거문고 타는 소리를 듣다

聽彈琴

맑고 고운 일곱 줄의 저 거문고

차가운 솔풍곡 고요히 듣는다

옛 가락 스스로 좋아하지만

지금 사람들은 대개 연주하지 않는다

泠泠七弦上
靜聽松風寒
古調雖自愛
今人多不彈

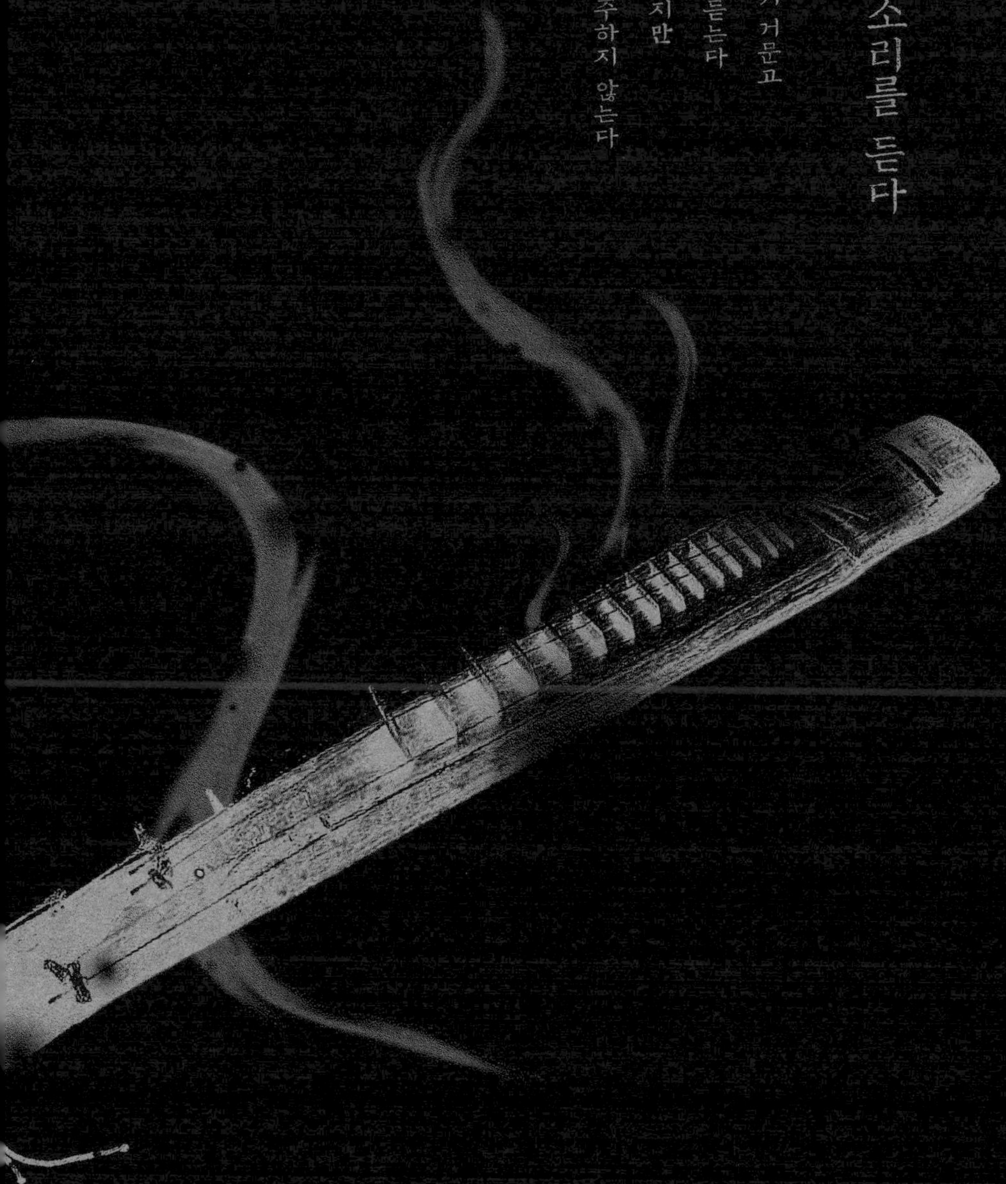

삼삼월무

십삼월무 7

참마도 新무협 판타지 소설

초판 1쇄 찍은 날 § 2006년 3월 28일
초판 1쇄 펴낸 날 § 2006년 4월 8일

지은이 § 참마도
펴낸이 § 서경석

편집장 § 문혜영
편집책임 § 김민정
편집 § 이재권 · 서지현

펴낸곳 § 도서출판 청어람
등록번호 § 제1081-1-89호
등록일자 § 1999. 5. 31
어람번호 § 제2-0872호

주소 § 경기도 부천시 원미구 심곡1동 350-1 남성B/D 3F (우) 420-011
전화 § 032-656-4452 팩스 § 032-656-4453
http://www.chungeoram.com
E-mail § eoram99@chollian.net

ⓒ 참마도, 2005

ISBN 89-251-0055-X 04810
ISBN 89-5831-750-7 (세트)

십삼월무

十三月舞

7

완결

참마도 新무협 판타지 소설

Fantastic Oriental Heroes

목차

마황 음화선

“흐음… 반가운 사람이 오려는가……?”

지저귀는 새소리를 들으며 송조승은 조용히 입을 열었다. 사가장의 커다란 앞마당을 거닐던 그는 문득 들려오는 인기척에 대문 쪽을 향해 눈을 돌렸다.

“아니, 아버님, 소식도 없이 어쩐 일이십니까?”

거대한 대문을 들어서는 한 명의 초로인을 보며 그는 반색을 했다. 사내는 바로 그의 아버지 송완이었는데 그는 들어서자마자 침중한 안색으로 송조승을 향해 입을 열었다.

“이곳은 아직 별일없었느냐?”

“예? 그 무슨 말씀이십니까? 별일이라뇨?”

송조승은 오히려 송완에게 반문했다. 송완은 잠시 자신의 아들을 바라보다 나직한 탄식을 뱉으며 입을 열었다.

“하아… 상황이 어떤데 지금 이리 한가히 산책을 하는 것이냐? 중원의 상황을 몰라서 그러는 것이더냐?"

"……?"

갑작스레 책망 아닌 책망을 받게 된 송조승은 그저 눈을 동그랗게 뜰 뿐이었다. 그러자 송완의 목소리가 다시 들려왔다.

"우리가 중원에 공을 들인 것들이 모두 수포로 돌아갈 것 같다. 그런데 이렇게 한가하게 있을 것이더냐?"

"…그 무슨 말씀이십니까? 설마 왕안석이 무슨 짓이라도 한 것입니까?"

그제야 사태가 심상치 않음을 느꼈는지 송조승은 목소리를 살짝 낮추었다. 하긴 큰일이 아니면 이런 이른 아침에 연경에 있어야 할 자신의 아비가 이곳에 올 이유가 없었다. 송조승이 아는 송완은 아들의 모습이 보고 싶어 한달음에 달려올 만큼 자상한 성격이 아니었던 것이다.

"아직 왕안석에 관한 것은 알 수 없지만 칠약회의 존재가 이상해졌구나. 강호에서 활동하던 그들의 존재가 하루아침에 사라져 버렸다. 현 강호에서 차지하는 그들의 위치를 볼 때 이렇게 존재조차 없어진다는 것은 있을 수 없는 일이다. 무언가 좋지 않은 기류가 흐르고 있어."

"……."

송조승은 어금니를 꽉 깨물었다. 송완의 말이 맞다면 강호에 해왔던 작업들이 모두 다 망가지게 된다는 것과 마찬가지인 것이다.

송조승이 아는 한 송완은 꽤 오래전부터 강호인들과 손을 잡고 있었다. 과거 천무대장군 서현을 찍어 내릴 때부터 본격적으로 서로 간의 의사소통을 시작하게 된 것인데 칠약회가 해준 일은 그것이 다가 아니었다.

그냥 이렇게 칠약회가 중원에서 흔적도 없이 사라진다면 모를까, 혹여 이 사실이 지금 그들의 정적인 왕안석에게 알려진다면 그건 치명타였다. 왕안석을 죽이고자 했던 사람이 바로 송완이었으니 말이다.

"하지만 아버님, 저희는 그들 말고도 또 다른 끈이 있다고 하시지 않습니까? 그를 사용하기만 한다면……."

"모르는 소리는 하지도 말거라. 애당초 그자를 이용할 수 있었다면 칠약회 따위 생각지도 않았을 터였다. 그는 그렇게 쉽게 움직일 수 있는 사람이 아니야."

누구를 이야기하는 것인지 모르지만 송완은 단숨에 송조승의 말을 잘랐다. 그러자 송조승은 이를 꽉 물뿐 더 이상 말이 없었다.

"어쨌든 이곳에 있는 것보다 무당으로 가는 것이 좋을 듯하구나. 그쪽에서 모여드는 사람들이 어떤 결과를 만들어내는가에 따라 우리도 움직여야 할 것이다. 그러니 어서 준비하거라."

"…예, 아버님, 당장 준비하겠습니다."

송조승은 조용히 대답을 한 후 신형을 옮겼다. 송완은 그저 멀어져 가는 그의 뒷모습을 조용히 바라볼 뿐이었다.

"후… 이 나의 운이 다한 것인가? 좋지 않구나……."

송조승의 입에서 나온 소리는 작은 자책이었다. 문득 그의 머릿속에 과거의 일들이 스쳐 지나가는 듯 그의 눈은 살며시 아련한 눈빛을 보내고 있었다.

슬며시 뒷짐 진 손이 살짝 움직였다. 오른 손가락의 반지를 왼쪽으로 돌리며 차분히 마음을 진정시키는 듯했는데 좀처럼 진정하지 못하는 듯 그의 손놀림은 멈추지 않고 있었다.

"……."

언제나 봐왔던 하늘이고 오늘도 다르지 않은 파란 하늘이었건만 송완의 눈에 비친 하늘은 조금 달랐다. 푸르른 하늘 저편으로 붉디붉은 피의 색깔이 비쳐 보이는 듯했던 것이다.

*   *   *

"호월 형님, 그냥 바로 움직이면 되는 건가요? 이제 거의 다 와가기는 하는데……."

취소걸은 살짝 말끝을 흐리며 호월의 신색을 살폈다. 호월은 아무런 이야기도 없이 그저 자신의 품에서 꺼낸 건포를 씹고 있었다.

일행은 지금 곧장 무당으로 향하는 길이었고 제갈세가를 떠난 지 삼 일째로 접어들고 있었다. 할 수 있는 한 가장 빨리 움직인 것인데 아쉽게도 제갈세가와 화산의 사람들은 오지 못했다. 아니, 어쩌면 그것이 당연한 일이었다.

제갈세가는 이번 일로 회생하기 힘들 정도의 타격을 입었다. 고수의 숫자도 이번 일로 인해 확연히 줄어들어 이젠 어린아이들을 다시 키워 시작해야 할 판이었다. 누굴 도와주고 자시고 할 수 있는 상황이 아니었던 것이다.

화산 역시 움직이기가 쉽지 않은 상황이었다. 물론 화산의 탁문일이야 바로 오고 싶어했지만 그럴 수가 없었다. 화산의 사람들 중 남은 사람은 이제 손으로 꼽을 정도였다. 함부로 움직여 더 이상 화산의 힘을 소진하는 일은 없어야 하는 것이다.

대신 다른 사람들이 이곳에 있었다. 바로 마교의 사람들이 같이 온 것인데 다른 사람들은 다 그대로 있고 딱 두 명만 더 같이 오고 있었다. 바로 일검마 오경우와 마도사랑 유강이 같이 온 것이다.

이들에게 도움을 청해 말을 얻을 수 있었고, 그 길로 내리 달려온 길이었다. 그리고 지금은 아침을 먹기 위해 조금 쉬었다 가기로 결정한 상태였다.

"가면 가는 것이지 뭐가 더 필요하냐? 뭐 생각되는 것이라도 있냐?"

"그건 아니지만 무당의 소식이 전혀 들려오고 있지 않아서 그러지요. 뭐가 어떻게 되었다고 본 파에서 소식도 오질 않아 조금 불안해서 그래요."

사봉희의 책망에 소걸은 퉁명스러운 목소리로 입을 열었는데 확실히 그 말처럼 너무 소식이 들리지 않았다. 그간 도움을 많이 주었던 하오문도 지금은 별 도움이 되지 못하고 있었다. 무당 쪽엔 그들의 선이 닿지 않았던 것이다.

　하오문은 주로 번화한 곳에 선이 닿아 있었다. 개방처럼 넓은 곳에서 정보를 취합할 수는 없지만 그만큼 고급 정보를 쉽게 손에 넣을 수 있었다. 하나 이번처럼 무당이 있는 무당산 부근은 그리 번화한 곳이 아니기에 그들도 별수 없었던 것이다.

　할 수 없이 그냥 일행은 움직이고 있었지만 소걸의 말처럼 조금 불안한 감이 없잖아 있었다. 혹시 이리 힘들게 움직이는데 무당이 무너지기라도 할까 봐 노심초사하고 있었던 것이다.

　"헛헛, 만일 무당에 무슨 변고가 크게 생겼다면 우리 쪽에서도 연통이 왔을 것이다. 아직까지 연통이 없는 것으로 보아 그리 큰일은 아닌 듯하니 걱정 말고 움직이기나 하자꾸나."

　"흠, 그건 나도 그렇게 생각하네. 우리 성교의 연락망도 쓸 만하다네. 하나 이 친구의 말처럼 아직 아무런 연통도 받지 못했으니 별다른 일은 아직 일어나지 않는 것처럼 보인다네."

　한천조의 말에 오경우까지 거들자 일행은 고개를 끄덕였다. 이 두 사람이 이렇게 이야기한다면 믿는 것이 좋았다. 마교라는 거대한 세력의 연락망도 믿음이 가지만 이 두 사람의 연륜 또한 함부로 볼 수 없었다. 연륜이라는 것은 보이지 않는 것도 볼 수 있는 능력을 부여하는 것이니 말이다.

　"그럼 그건 그리 생각하면 되고… 호월, 잠시만……."

　한쪽 구석에서 입에 건포를 넣고 우물거리던 당예화가 호월에게 다가왔다. 그리곤 호월의 왼손을 쥐고 진맥을 시작했는데 요즘 들어 당예화가 호월을 진맥하는 횟수가 부쩍 늘었다. 아마도 호월의 몸 상태가 자신이 생각하는 것 이상으로 달라진 듯했다.

　모두 당예화의 입을 바라보고 있었는데 당예화는 두 눈을 감고 조용히 생각에 잠긴 듯, 아무런 말 없이 그저 진맥만 하고 있었다. 그러다 슬그머니 손을 놓고는 뒤로 물러섰다.

"…예화 형님, 뭐 말해줄 것 없어요? 그냥 입 다무시면 저희가 섭하죠."

"그래요, 별일은 없나요?"

소걸과 사봉희가 입을 열지만 당예화는 그저 묵묵무답으로 일관할 뿐이었다. 잠시 그렇게 말없이 고개만 갸웃거리더니 이윽고 입을 열었다.

"별일이라… 이렇게 움직이는 것 자체가 별일이라 뭐라 말할 수가 없습니다. 몸에 제대로 펴진 것은 내력의 힘이 그렇게 만드는 것이기에 그렇다고 추측하는 것이지만 그 끌어올린 내력이 다시 가라앉지 않는 것은 도무지 이해하기 어려우니 원……."

당예화는 고개를 절레절레 흔들었다. 정말 호월의 몸은 평생 처음 보는 증상이었다. 일반적인 무림인의 내력과 달라도 너무 달랐던 것이다.

정말 이상하게도 지금 호월의 몸엔 양강의 내력이 가득 차 있었다. 분명 예전에는 음유와 양강이 같이 움직이는 몸이었는데 어느 순간, 아니, 얼마 전에 있었던 제갈세가의 일 이후에 계속 이런 상태가 유지되고 있었던 것이다.

보통 사람들이라면 그 후 내력이 평상시로 돌아갈 터였고, 사실 호월도 그동안 그렇게 됐었다. 그런데 이번엔 그렇지가 않았던 것이다.

무슨 일인지 모르지만 호월의 몸엔 양강의 기운만이 흘러넘치고 있었다. 여기 있는 한천조나 소걸, 혹은 오경우, 유강과 같은 내력을 가지고 있었던 것인데 이상한 것은 그 기운의 크기였다.

실은 호월이 가진 양강의 크기라 봤자 옆에 있는 소걸에게도 조금 못 미치는 정도였다. 오경우나 한천조와는 비교조차 될 수 없을 정도로 작았지만 그 효과를 보면 당예화 자신도 눈을 비빌 정도였다. 즉, 운용 방법에 뭔가 변화가 있었던 것이다.

그 변화를 알지 못해 당예화는 당혹해하고 있었다. 제일 좋은 것은 호월이 이야기를 해주면 좋겠지만 몸에 관련된, 특히 내력에 관련된 것은 그도 잘 알지 못했다. 그러니 답답한 노릇이었던 것이다.

"내력이 낮추어지지 않는다고? 그렇다면 지금 내력이 꽉 찬 상태란 말인가?"

오경우도 흥미가 돋는지 당예화를 향해 반문했고, 당예화는 고개를 끄덕였다. 그러자 그는 이상하다는 듯 호월의 전신을 훑어보았다.

오경우는 의원이 아니다. 그러나 강대한 내력을 지니고 있었기에 호월의 상태를 어느 정도 짐작할 수 있었다. 게다가 그는 호월을 보며 조금 놀라는 중이었다.

호월은 지금 양강의 내력을 몸 안 가득 담고 있었다. 그런데 문제는 없어진 음유의 힘인데 그것이 없어진 게 아니었다. 바로 몸 바깥쪽에서 조용히 흐르고 있었던 것이다.

마치 보이지 않는 벽 같은 것이 호월의 전신 바깥쪽에서 흐르고 있었다. 그리고 그것이 지금 호월의 몸에 일고 있는 기이한 현상이었다. 어떻게 하는 것인지 모르지만 말이다.

"어쨌든 지금은 별일이 생길 것 같지는 않습니다. 내력이 떨어지지 않는 것이 이상하기는 하지만 그것이 해가 될 것이라고 추측되진 않는군요. 일단 이대로 움직여도 무방할 것 같습니다."

음유의 힘이 꽉 차면 조금 문제가 생기겠지만 다행히 호월의 몸에선 양강의 기운이 흐르고 있으니 다른 사람과 같다는 소리였다. 당예화가 그렇게 이야기하며 나름대로 결론을 맺자 호월은 자리에서 일어서며 말했다.

"그럼 움직이도록 하지. 갈 길이 머니……!"

자리에서 일어나 말 쪽으로 움직이려던 호월의 몸이 그 자리에 우뚝 섰다. 사람들은 그 반응을 보며 왠지 긴장하기 시작했는데 호월이 저렇게 반응하는 것은 단 한 가지였다. 뭔가 알 수 없는 기운들을 눈치챈 것이다.

"호월 형님 무슨……."

"가만히… 상당한 무위다."

소걸의 말을 자르며 호월은 조금씩 내력을 휘돌리기 시작했다. 몸 안에서 빠르게 휘도는 내력을 따라 몸 바깥쪽의 내력도 흐르기 시작했는데 그 모습을 지켜보던 오경우의 눈이 반짝였다.

틀림없었다. 좀 전까지만 해도 삼류무사를 겨우 넘어설 정도의 내력이었지만 방금 몸 안의 힘을 휘돌린 순간, 자신과 비교해도 떨어지지 않을 만큼 강대한 내력이 형성되고 있었다. 정말 사술과 같은 호월의 내력이었던 것이다.

시간만 허락한다면 그는 좀 더 보고 싶었지만 아쉽게도 상황은 그렇게 내버려 두지 않았다. 오경우는 옆의 한천조를 툭 치며 자리에서 일어나려 했다. 한데…

"……!"

두 눈을 부릅뜬 그는 그대로 자리에 주저앉았다. 같이 일어서려던 한천조와 유강의 어깨를 붙잡고 눌러 앉히자 유강과 한천조가 눈을 동그랗게 뜨며 그를 바라보았지만 오경우는 그저 말없이 고개만 좌우로 저을 뿐이었다.

"자네 왜 그러……!"

한천조의 두 눈에 기광이 스쳐 가고 있었다. 어디선가 강대한 기운들이 뻗어 나오고 있었는데 그 기운은 곧장 호월에게 향하고 있었다. 한데 그 기운들은… 아주 친숙한 기운이었던 것이다.

셋, 아니, 네 개 정도로 판단되고 있었다. 정확히 호월의 양 어깨 견정혈을 향해 괴물체가 날아오고 있었다. 뭔지는 모르나 강대한 힘을 가진 것으로 함부로 상대할 만한 내력이 아니었다.

그러나 상대하지 않는다면 그것은 끝까지 자신을 쫓아올 것이라는 것도 직감적으로 알 수 있었다. 양손에 검을 뽑아 올릴 사이도 없이 호월은 양손을 살짝 들어올렸다. 그리곤 몸 안의 기운을 양손에 집중하며 좌우로 양팔을 쫙 벌렸다.

피이이이잉!

소리만 들릴 뿐, 아무것도 보이지 않을 정도로 빠른 움직임이지만 심상인으로 인해 호월은 알 수 있었다. 괴물체는 자신의 뒤편으로 유려하게 돌아가고 있었는데 그건 몸 바깥에 흐르는 내력을 움직여 하나의 통로로 만들어놓은 덕분이었다. 상대의 검날을 휘듯 괴물체의 궤적도 휘어버렸던 것이다.

호월은 재빨리 신형을 도약하며 괴물체가 발출된 곳으로 움직이려 했다. 그러나 그것보다 더 위험한 것이 다가오고 있었다. 어느새 뒤쪽에서 기이한 감각이 느껴진 것이다.

그것이 무엇인지는 보지 않아도 잘 알고 있었다. 자신이 튕겨낸 괴물체, 그것이 방향을 선회하며 날아오고 있었다. 뭔지 모르지만 공중에서 방향을 자유자재로 바꾸고 있었던 것이다.

탓… 좌아아아앗!

오른발을 앞으로 살짝 내딛은 채 그 발을 축으로 몸을 유려하게 돌렸다. 길게 왼발을 끌어 뒤편으로 가져가는 것과 동시에 호월의 양손에 남월과 여호검이 들렸다.

채애앵!

긴 검성의 여운을 남기며 검날이 검집에서 뽑혀 나오자마자 바로 유려한 움직임을 시작하고 있었다. 부드러운 호선을 그리며 호월의 쌍검이 움직이기 시작하자 날아오던 괴물체도 방향을 바꾸고 있었다.

기이이이잉… 치치칭!

기이한 소리가 들려오며 좌우로 떨리는 듯한 움직임을 보이자 호월은 눈을 좁혔다. 도무지 어디로 움직일지 알 수가 없는 상황에 그는 입술을 꽉 깨물었다. 상황이 이렇게 된다면 그냥 당할 수만은 없는 것이다.

휘리리리링!

호월이 움직이는 검날의 궤적을 따라 괴물체 역시 움직였다. 세 개의 물체를 흘려버린 호월은 나머지 하나의 괴물체 역시 흘려버리려는 듯 슬며시 검날을 기울여 움직였다. 그런데…….

쩌어어엉… 피리리링!

귀청을 찢는 소리와 함께 괴물체가 하늘로 솟구치고 있었다. 호월은 검을 휘둘러 비껴내는 척하다 후인장으로 장력을 집중해 그대로 튕겨내었고 괴물체는 하늘 높이 솟구쳤다가 다시 내려오고 있었다. 이번엔 거의 힘없이 일직선으로 떨어져 내리고 있었다.

"……."

가만히 그 물체를 보고 있는 호월은 눈을 좁혔다. 그건 손바닥보다 조금 작은 륜이었다. 납작한 원형 물체 외곽으로 날카로운 이빨이 촘촘히 박힌 것은 틀림없는 륜이었던 것이다.

아직까지 륜을 이렇게 다루는 사람을 호월은 본 적이 없었다. 누군지 알 수는 없지만 정말 상당한 실력인 것이 동시에 네 개의 륜을 내력을 다루는 것은 호월도 자신할 수가 없었던 것이다.

휘링… 콰악!

단단한 땅바닥에 반 이상 파고들던 륜을 보던 호월은 다시 신형을 돌렸다. 그러자 남은 세 개의 륜이 호월을 향해 날아오고 있었다. 호월은 주저없이 앞으로 신형을 날렸다. 그리곤 근 오 장여의 간격으로 좁혀지자 그 자리에서 멈추었다.

기기기기깅!

문득 륜의 움직임이 더욱 강력해진 듯 이젠 그 크기를 식별할 수 있을 만큼 기운을 뿜어내고 있었다. 하나가 사라지자 더욱 강한 내력을 실은 것 같았는데 륜들은 주저없이 호월을 향해 날아오고 있었다.

과아아아아—

주위의 공기를 휘감고 나오는 것이 정말 쉽지 않은 순간이었다. 그리고 그 순간 호월은 오히려 신형을 앞으로 날렸다. 아마도 세 개의 륜이 제자리를 잡기 전에 처버릴 심산인 것 같았는데 그건 보고 있던 한천조와 오경우, 유강을 제자리에서 벌떡 일어나게 만드는 일이었다.

"안 된다, 호월! 륜에 맞서면 안 돼!"

한천조는 자신도 모르게 소리쳤다. 저 륜이 누구의 것인지 잘 아는 그로서는 지금 호월의 행위는 자살행위나 다름없게 느껴졌다. 륜은 그냥 움직이는 것이 아니라 호월의 움직임에 맞추도록 날려진 것이다.

호월이 움직이면 그에 따라 움직이도록 되어 있으니 옆으로 빠지면서 하나씩 상대하는 것이 정석이었다. 이대로 움직이면 세 개의 륜이 한꺼번에 그에게 휘감기게 될 것이었던 것이다.

"저 바보 같은 놈이 정말 말을 안 들……!"

오경우 역시 소리치다 두 눈을 부릅떴다. 아니, 그만이 아니라 보는 사람 모두가 다 눈을 부릅떴는데 호월의 신형을 륜이 통과했다. 아주 짧은 순간 왠지 호월의 신형이 살짝 떨리는 듯하더니 륜들이 그대로 호월의 몸을 지나가게 된 것이다.

믿을 수 없는 일이었다. 며칠 전 제갈세가에서 절대의 무공을 선보였던 화산의 반도, 담우경을 상대할 때 잠깐 본 바로 그 움직임이었는데 그때는 그저 헛것을 봤겠거니 했었지만 이젠 확실히 알 수 있었다. 그것이 헛것이 아니었다는 것을 말이다.

콰가가가가각!

세 개의 륜을 호월을 지나쳐 얼어붙은 땅에 파고들어 가면서 세 줄기의 깊은 상흔을 만들어내고 있었고, 호월은 전력을 다해 앞으로 달려나가고 있었다. 관도의 저편, 앙상한 가지들을 달고 있는 숲 속으로 신형을 날린 것이다.

파아아아앙…….

공중으로 도약하며 호월은 양손에 기운을 가득 담았다. 그리곤 양손을 머리 위로 교차시켜 올리며 검날에 내력을 실었다.

지이이이잉…….

검이 울면서 검날 주위에 강한 음유의 힘이 뭉쳐지고 있었다. 양팔이 뻐근할 정도로 강한 내력이 담긴 것을 확인한 호월은 눈을 앞으로 돌려 목표를 찾았다. 바로 눈앞에 보이는 아름드리 나무 뒤였다.

쫘앙!

검날에 양강의 내력을 덧씌우며 호월은 양손을 힘껏 내렸다. 내려서는 힘도 같이 보태며 호월의 양손에 쥔 검에서 강한 기운이 쏟아져 나갔다. 그러자,

꽈아아아앙! 쩌저저정!

괴이한 소리가 들려오며 아름드리 거목이 한 바퀴 비틀려졌다. 멀쩡히 있는 나무가 뒤틀린다는 것은 그 뿌리와 연결점이 사라졌다는 뜻이다.

밑둥에서 반 장 정도 윗쪽에서 강한 폭발이 일며 나무가 비틀리며 옆으로 쓰러지고 있었다.

그리고 그 쓰러진 나무의 뒤쪽에 한 인영이 있었다. 병기를 앞으로 한껏 내민 채 호월의 내력을 막아냈지만 완전히 해소하지 못한 듯 뒤로 이 장여를 넘게 미끄러지고 있었다. 호월은 허리를 낮게 숙이며 그대로 땅에 착지했다.

탓… 파아아앙!

내려서는 순간 몸을 쭉 펴며 그대로 땅을 박차자 그는 땅에서 낮게 떠오르며 앞으로 향했다. 또다시 검날 가득 내력을 담아 괴인영을 향해 뻗어냈던 것인데 문득 그의 눈에 이채가 떠올랐다.

여인, 그의 앞에 서 있는 것은 커다란 륜을 들고 있는 여인이었다. 온몸을 파풍의로 둘러싼 채 하얀 얼굴을 내놓고 있었는데 호월의 얼굴색만큼이나 새하얀 여인이었다.

하나 이 여인이 저 륜을 보낸 여인임이 확실하니 그로선 주저함이 없었다. 다시금 강한 기운을 끌어올리며 여인을 향해 오른손 검날을 휘돌렸다. 그러자 여인의 손이 움직이며 륜이 앞으로 나왔다.

쩌어어엉!

"큭……."

"훗!"

두 사람 다 헛바람을 들이키며 서로 반 장여를 물러섰다. 하나 호월은 그냥 물러선 것이 아니었다. 물러서는 순간 그녀가 있는 곳을 향해 후인장을 쳐내어 바로 선공을 이어갔다.

위이이잉!

그녀의 머리 위에서 기운이 모이기 시작했고 한순간 그 힘은 폭발을 위해 뭉쳐져 이지러지고 있었다. 그리고 그 순간 자신이 만들어낸 기운을 가르는 검기가 하나 있었다.

시이이잇… 꽈아아앙

"헛!"

짧은 기합성을 내는 그 사람을 호월은 잘 알아볼 수 있었다. 그건 바로 일검마 오경우였다. 한데 그가 호월이 아니라 이 정체불명의 여인을 도와준 것이었다. 그리고 그 순간 또 다른 신형이 보였다. 한천조와 유강이었다.

"호월, 그만 검을 거두거라. 이분은 너에게 악의가 없으시단다."

"……"

뜻 모를 한천조의 목소리에 호월은 어금니를 꽉 깨물었다. 아무래도 오경우와 한천조는 이 여인의 정체를 아는 듯했다. 호월은 일단 손은 멈추었다.

한천조는 호월을 향해 한번 싱긋 웃더니 이내 여인을 향해 신형을 돌리곤 그 여인의 앞에 오체복지하며 입을 열었다.

"일권마 한천조, 마황을 뵙니다."

"일검마 오경우, 마황을 뵙니다."

"유강, 마황을 뵙습니다."

세 사람 다 오체복지하며 입을 열었고 그제야 호월은 그 이유를 알 수 있었다. 눈앞의 이 여인은 이들의 상관이었다. 아니, 이들에게 있어서 태양 같은 사람, 마교의 교주, 마황이었던 것이다.

2

"그대가 호월인가요?"

"……."

전혀 생각하지 못한 모습이기에 호월은 일순 할 말을 잊었다. 마교의 권력, 그 정점에 있는 자가 설마 여자일 줄은 정말 생각지도 못했던 것이다.

하긴 그가 겪은 이 여인의 힘은 상상을 초월하는 것이긴 했다. 순수한 내력의 힘 하나만 가지고 보더라도 저기 있는 한천조보다도 강한 힘이었고, 과거 기억 속에 있던 적금검노 천우안과도 비견할 만했다. 그러나 그런 힘을 여인이 가지고 있다는 점은 조금 의외였던 것이다.

물론 여인이 고수가 된다는 것이 그렇게 잘못된 것은 아니지만 일반적으로 여성보다는 남성이 고수가 될 확률이 높았다. 육체적인 능력 역시 무시하지 못하는 것인데 만일 그것을 극복하고 여성이 고수가 되었다면 그 여인의 능력은 정말 상상을 초월하는 것이다.

게다가 호월이 보기에도 지금 여인은 최선을 다한 것 같지는 않았다. 좀 전에 호월과 상대하면서 조금이라도 호흡이 가빠질 만도 하건만 그녀는 아무런 징후가 보이지 않았던 것이다.

"그렇습니다. 이 친구가 호월입니다. 말이 좀 없는 것이 흠이지요."

묵묵히 여인을 바라보는 호월을 대신에 그 옆의 한천조가 웃으며 입을 열었다. 그러자 마황이라 불린 여인은 고개를 끄덕이며 입을 열었다.

"세 치 혀를 놀려 사람을 상하게 하는 것보다야 백번 나은 일이지요. 보내주신 연락은 잘 받았습니다. 한데 왠지 전혀 필요가 없을 것 같습니다만."

살짝 의아하다는 표정을 지으며 그녀는 한천조를 바라보았는데 한천조는 하얀 이를 살짝 드러내며 동의했다. 그때와 지금의 사정이 조금 달라졌던 것이다.

한천조가 호월에게 마황 기록을 읽히고자 하는 것은 호월이 최고조의 내력을 끌어올리면 의식을 잃는 현상을 고치기 위함이었다. 마황 기록 내에 수록되어 있는 무공 중, 은력평호공(隱力平護功)을 호월에게 익히도록 하려 했던 것이다.

은력평호공은 말 그대로 숨어 있는 기운을 평소대로 되돌린다고 하는 것인데 최후의 순간, 호월이 이 무공을 사용함으로써 다시 제 정신을 차리게 하는 역할을 할 수 있을지도 몰랐다. 그래서 이를 호월에게 익히게 하려 마황에게 서신을 띄웠던 것이다.

"원래는 불허할 생각이었으나 내 아버님의 무공을 익힐 자가 있다는 말에 흥미가 생겼습니다. 그래서 이렇게 중원에 나오게 된 것인데 확실히 독특한 무공을 지니고 있군요. 하나 은력평호공은 좀 아닌 것 같군요."

"은력평호공?"

묵묵히 듣고만 있던 호월의 입이 열리자 한천조는 쓴웃음을 지었다. 그리곤 잠시 호월에게 은력평호공에 대한 이야기를 했는데 다 듣고 난 호월은 알았다는 듯 고개를 끄덕이며 입을 열었다.

"적의가 없고 볼일이 더 이상 없다면 이곳에 있을 필요는 없겠군. 그만 움직이겠소, 한 노야."

호월이 바로 신형을 돌리며 장내를 벗어나려 하자 일행도 움직이려 했었다. 한데 그때였다.

"은력평호공이 필요가 없다는 것일 뿐, 그대의 몸이 정상이라는 것은 아닙니다. 한없이 커지기만 하는 내력은 결국 그대를 해치게 될 것이오."

마황의 목소리에 호월은 신형을 멈추었다. 아직 당예화도 모르는 자신의 몸을 이 여인이 알고 있다는 것에 대해 조금 놀라고 있었는데 마황의 목소리가 다시 들려왔다.

"어쨌든 이거 처음부터 어긋나게 된 것 같군요. 정식으로 제 소개부터 하지요. 성교에 몸담고 있는 사람으로 미흡하나마 이들을 이끌고 있습니다. 음화선(音花善)이라 합니다."

스스로를 음화선이라 부른 여인은 말과 함께 조용히 입가에 미소를 머금었는데 자세히 보니 이십대 후반인 듯했다.

솔직히 미인이라 부르기엔 뭔가 미흡했지만 왠지 그녀의 외모에서 못생겼다는 말은 떠오르지 않았다. 게다가 마교의 마황 자리에 올라와 있는 사람으로서 말투가 상당히 공손했다. 그 점이 호월에게 좋게 다가온 것이다.

"호월이라 하오."

건조한 그의 목소리가 흘러나오자 음화선은 작은 웃음으로 답했다. 그리곤 호월을 향해 다시 입을 열었다.

"바쁘신 것은 알지만 일단 제 말을 듣고 가서도 될 것입니다. 무당에 관한 이야기도 있으니 말입니다."

"…아는 것이라도 있소?"

무당이란 말에 사람들의 표정이 대번에 변했다. 하긴 지금 움직이는 이유가 무당 때문이니 당연한 일이었다. 그에 음화선은 고개를 끄덕이며 입을 열었다.

"한때 왕성하게 움직이는 듯했는데 지금은 소강상태로 알고 있습니다. 상당한 자들이 무당산에 오르는 것을 막고 있더군요. 현재 무당은 고립된 상태이고 다른 문파들은 무당산 아래에 있지요. 아시다시피 본 교는 중원의 다른 문파들이 경계하는 통에 그들과 같이하진 못합니다."

"뭐라구요? 그럼 다른 여러 문파들 모두가 모여 있는데 고립된 무당을 도와주지 못한다는 말입니까? 도대체 어떤 자들이 와 있는데요?"

뒤쪽에서 조용히 듣고만 있던 취소걸이 앞으로 한 발 나서며 입을 열었다. 어찌 보면 강호 배분에서도 상당히 차이가 나는 두 사람이라 무례해 보일 수 있는 일이지만 다들 궁금한 일인지 모두 조용히 입을 다물고 있었다.

"모두가 흑의를 입은 자들이었어요, 취소걸 소협. 개개인의 무공이 일류고수를 훨씬 능가하는 사람들에다가 다들 마치 한 몸처럼 움직이고 있었어요. 제가 봐도 그 정도의 실력이라면 강호의 누구도 함부로 뚫고 들어갈 수가 없을 것 같더군요."

담담히 이야기하지만 그녀의 말에 얼굴을 굳히지 않는 사람이 없었다. 마교의 마황이 힘들다고 이야기하는데 그 누가 심각하게 받아들이지 않을 것인가?

그러나 한 사람만은 그리 생각하지 않는 듯싶었다. 바로 그녀의 앞에 서 있는 호월이었다.

"그럼 더욱더 빨리 가야겠군. 어차피 누구도 나서고 싶지 않으려 할 테니 말이야."

"……?"

호월은 바로 신형을 돌렸다. 음화선은 그 말에 눈을 반짝였는데 자신의 말에서 호월은 뭔가 다른 생각을 한 것 같았다. 문득 사봉희의 목소리가 들려왔다.

"호월, 그게 무슨 말이요? 누구도 나서지 않으려 하다니요?"

사봉희도 이상하게 생각했는지 움직이는 호월에게 입을 열었고 그러자 모두의 눈이 호월에게 향했다. 호월은 자신의 말로 다가가 말안장을 조이며 입을 열었다.

"강호인들이 다 모여 있는데 뚫지 못한다는 것은 말이 되질 않소. 흑의인들을 상대해 보지 않으면 모를까, 상대해 본 나로서는 이해할 수 없는 말이오. 설사 그쪽에 있는 흑의인들이 내가 상대해 본 자들보다 더 강하다 해도 말이오."

"……."

사봉희는 그게 무슨 뜻인지 정말 알 수 없었다. 분명 호월이 하는 이야기가 뭔지 알고는 있으나 설마 자신의 문파 역시 호월의 말처럼 나서지 않고 있는 것이라 생각하고 싶지 않았던 것이다. 하나 호월의 입에선 냉정한 목소리가 흘러나왔다.

"꼭 이번 일로 인해 자문파의 힘이 타격을 입지 않는다고 해도 그간 강호엔 여러 일이 있었소. 그리고 그 소용돌이 속에 힘을 잃지 않은 문파는 거의 없소이다. 소림과 개방을 제외하고는 거의 없다고 보면 될 것이오. 그러니 상황은 그 두 문파가 적극적으로 나서지 않는다는 뜻이겠지. 그렇지 않소?"

"대단하군요, 호월 대협. 그저 무공만 강한 분이신 줄 알았더니 그 이상입니다."

음화선은 진심으로 감탄했다. 호월의 판단은 예리하기 그지없었고 상황은 그의 생각대로였다. 무당을 구원하고자 하는 마음이 두 문파 속에 그리 강하게 있지 않았던 것이다.

이유는 모르지만 지금 무당산에선 그리 강한 싸움이 일어나지 않고 있는 것이 분명했다. 산 위의 싸움은 보지 않으면 모를 일이나 그 아래에서 일어난 싸움은 그 자리에만 있어도 보고 싶지 않아도 충분히 볼 수 있을 테니 음화선의 말은 사실일 터였다.

"결국 그런 사람들을 보며 당신도 발을 뺄 생각을 했겠지. 그래서 이쪽으로 온 것인가? 나도 역시 그렇지 않을까 하는 마음에? 찻!"

말 위에 올라서며 호월이 이야기하자 음화선은 살짝 미간을 찡그렸지만 굳이 부정하려 하지 않았다. 아무래도 호월이 말한 것이 사실인 것 같았다.

"그쪽이 뭘 원하는지 알 수는 없지만 확실히 해둘 것이 있소. 내가 그곳으로 가는 순간 난 주저하지 않을 것이오. 그곳엔 내가 반드시 만나야 할 사람이 있소. 이 강호에 나와 친구라 부를 수 있을 만한 사람이 그곳이 있소이다. 그를 위해 난 수단과 방법을 가리지 않을 것이오."

좀처럼 감정을 나타내지 않는 호월이지만 이번만큼은 달랐다. 호월의 음성에선 작은 결의가 느껴지고 있었는데 음화선은 그저 조용히 호월을 바라보고만 있었다.

"내가 무슨 말을 하는지 잘 알 것이오. 난 내 앞을 막는다면 그 누구도 용서하지 않을 것이오. 그럼… 하앗!"

끼히히힝…….

긴 말 울음소리를 내며 호월이 움직이자 당예화와 취소걸, 사봉희도 같이 말에 올라 그의 뒤를 쫓았다. 한천조와 오경우, 그리고 유강만이 그녀의 곁에 남아 있었다.

음화선은 그저 호월이 움직이는 뒷모습을 바라볼 뿐이었다. 문득 그녀의 입술이 열렸다.

"오 장로님, 제게 거짓을 말씀해 주셨군요. 그에게 도움을 주면 우리의 앞날에 도움이 될 것이라 생각하셨다구요?"

"……."

오경우는 입을 꾹 닫았다. 설마 마황이 직접 그를 보러 올 줄은 몰랐던 것

인데 그가 호월에게 은력평호공을 주자고 하면서 내건 조건이 호월을 포섭하
자는 것이었다.

하지만 이렇게 마황이 그를 직접 본 순간 그 계획은 다 망가진 것이나 마
찬가지였다. 호월을 보는 사람 누구나 처음에 느끼는 감정이 있으니 말이다.

"그는 누구에게 속해 있을 사람이 아닙니다. 특히 한 단체를 운영하는 사
람이라면 단번에 알 수 있지요. 그는 스스로의 기준에 의해서만 움직이는 사
람입니다."

"……."

오경우는 그저 꿀 먹은 벙어리처럼 가만히 있을 뿐이었다. 그 말처럼 호월
은 다루기 어려운 사람이다. 그를 마교를 위해 힘을 쓰도록 만든다는 것은 그
저 핑계일 뿐이었다. 그만큼 오경우도 호월의 성장을 바라보고 싶었던 것이
다.

"생각 같아서는 제게 거짓말을 한 오 장로님을 영원히 본 교에 붙잡고 평
생 강호에 나오지 못하게 하고 싶군요. 하나 그렇게까지 한 오 장로님의 마음
역시 조금은 이해할 수 있을 것 같습니다. 본 교의 무공이 그의 무공기반이라
하셨나요?"

"그렇습니다, 마황님. 세심마수가 그의 무공에 녹아 있습니다. 그리고…
오 장로에 관한 일은 이 한천조도 부탁드립니다. 그러니……."

"생각이 그렇다는 것일 뿐, 더 이상 아무런 감정도 없습니다. 그렇게 하고
싶은 생각이 이젠 들지도 않네요."

"감사드립니다, 마황님."

한천조는 한숨 놓았다는 표정을 지으며 대답했고 안도의 한숨을 쉬었다.
한데 갑자기 음화선의 서릿발 같은 목소리가 흘러나왔다.

"그러나 유 단주의 행동에 대해선 벌을 받아야 할 것입니다. 유 단주는 제
말에 수긍하십니까?"

“그렇습니다, 마황님. 수하는 언제든 죄를 받을 준비가 되어 있습니다.”

아마도 마황 비록을 제갈가에 넘겨준 것을 일컫는 것 같았다. 한천조와 오경우는 어떻게든 그를 도와주고 싶었지만 이번엔 아무런 말도 할 수가 없었다. 이미 이전부터 그렇게 하기로 되었던 것이니 말이다.

“교칙대로 하면 당장 그대의 무공을 전폐하고 성교에서 그 이름을 지워야 하나 결과적으로 본 교의 위상을 높이게 되었기에 한번의 기회를 드리겠습니다. 지금 즉시 호월에게 은력평호공을 전하세요. 그럼 그 죄를 상쇄하는 것으로 하겠습니다.”

“…예? …아 알겠습니다.”

유강은 왠지 멍한 표정을 지었는데 전혀 뜻밖의 조건에 그는 놀랐다. 게다가 은력평호공을 전한다는 것은 호월에게 쓸모없다는 투로 이야기했는데 지금은 반대로 말을 하니 갈피를 잡을 수가 없었던 것이다.

“마황님, 우둔한 속하는 그 말씀을 이해하지 못하겠습니다. 어째서 호월에게 은력평호공을 전하려 하십니까? 이미 그는 필요없다고 하지 않으셨습니까?”

한천조는 조심스런 목소리로 입을 열었다. 그의 말처럼 분명 호월에겐 은력평호공이 필요없었다. 이젠 잘 치유된 것같이 보였으니 말이다.

“필요없다는 것이 아니라 소용없다는 것이 맞겠지요. 익혀봤자 아무런 득이 없습니다. 이미 호월의 무공은 은력평호공이 다스릴 수 있는 한계점을 넘긴 듯 보여요. 하나, 그렇다고 해서 완전히 도움이 안 되는 것은 아닙니다.”

“마황님, 그럼 지금 호월의 몸에 이상이 있다는 말씀이십니까? 있다면 그것이 어떤 것인지요?”

오경우도 궁금하긴 마찬가지인지 대뜸 물어왔는데 음선화는 그저 조용히 웃었다. 그리곤 모두가 궁금해하는 대답을 하기 시작했다.

“확신할 수는 없지만 이대로 계속 움직이면 호월이란 사내는 죽습니다. 그가 가진 무공은 이미 인간이 담을 수 없을 만큼 강대한 것입니다. 아직은 그 실체를 깨닫지 못하여 사용하는 것도 채 칠성이 안 되는 힘을 사용하지만 그가 십이성의 공력을 사용할 수 있다는 것을 깨달으면 그땐 문제가 다릅니다."

"……."

다른 말을 안 들렸다. 그저 호월이 죽게 된다는 말만 한천조의 귓가에 못이 되어 박혔는데 음화선은 잠시 그의 신색을 살폈다. 그가 그다지 이해 못한다는 반응을 보이자 음화선은 작은 한숨과 함께 말을 이었다.

"후… 제가 보기에 그는 자신의 몸 안에 내력을 가두고 그 반대되는 성향의 내력을 외부에 키워 올려 이를 합산시켜 사용하는 듯하더군요. 아까 싸워보니 충분히 그 위력을 알겠습니다. 하나 제가 기대했던 것보다 한참 아래인 힘이었습니다."

"……."

"충분히 더 큰 힘을 낼 수 있는데도 사용하지 않는다는 것에 전 조금 화가 났었습니다. 그래서 정말 살수를 써볼까도 생각했는데 조금 더 싸우자 알겠더군요. 그는 아직 자신의 한계를 모르고 있었습니다. 그래서 그냥 그만두었던 것이지요."

"…정말이십니까?"

솔직히 한천조나 오경우 둘 다 그리 녹녹한 사람들이 아니다. 강호의 경험은 둘째치더라도 그들의 무공은 세상을 오시하진 못해도 그 누구도 그들을 무시할 수 없을 정도였다. 그런데 그런 그들도 호월의 미래는 짐작하지 못했다.

물론 음화선의 무공은 이 둘을 넘어서긴 했지만 그래도 이렇게 확신할 정도는 아니었다. 불경한 마음일지도 모르나 혹 음화선이 틀린 것이 아닌가 하는 생각을 하게 된 것이다.

"아무래도 믿지 못하는 모양이군요. 혹 두 분께선 제 선친이 어떤 무공을 사용했고 왜 은력평호공을 창안하셨는지 잊으셨나요?"

"…그럴 리가 있겠습니까? 전임 교주이시던 음평환(音平煥) 교주님의 차기마염공(借氣魔炎功)을 모르는 사람이 없을 리가 없지요. 더구나 그 힘을 더욱 크게 하기 위하여 창안하신 것이 은력평호공이라 알고 있습니다."

한천조는 대답과 함께 머릿속에 지난날을 회상했다. 붉은 눈썹과 수염을 휘날리던 전임 교주 음평환은 정말 대단한 무공을 소유한 사람이었다.

홍염마화선(紅染魔火仙)이란 외호에서 알 수 있듯 그는 양강의 무공을 극성으로 익힌 사람이었다. 한천조가 익힌 무공과도 일맥상통하는 것인데 그 성취도에서 둘의 차이는 너무나 극명했었다.

한데 그는 자신의 상황에서 안주하지 않고 또 하나의 무공을 창시했다. 그것이 바로 은력평호공이라고 하는 것인데 그로 인해 한 단계 더 높아지는 무공을 볼 수 있을 것이라 사람들에게 장담했지만 그건 실행되지 않았다. 운공을 하던 사이 어이없게도 주화입마에 걸려 버렸던 것이다.

당시 마교 내에 정적들의 짓일지도 모른다는 생각에 철저한 수사가 이루어졌지만 결국 정말 주화입마로 판명나 성대한 장례식을 치르는 것으로 일단락되었기는 했다. 하나 이 일은 참으로 이해할 수 없는 일로 되어 있었는데 한데 음화선은 왜 이 아픈 이야기를 꺼내는 것인지 알 수 없었던 것이다.

"맞습니다. 그리고는 주화입마에 드셨지요. 그리고 임종하시기 전 제게 왜 주화입마에 걸리게 되셨는지 말씀해 주셨습니다."

"……."

음화선의 눈에 아릿한 감정이 떠올랐다. 꽤나 오래된 이야기이지만 아직도 기억이 생생한 듯 감정이 떠오른 것인데 사람들의 귓가에 음화선의 목소리가 들려왔다.

"아버님은 성공하셨습니다. 당신의 무공을 한 단계 더 높이시고는 기뻐하셨다고 합니다. 한데 그것이 오히려 화가 되었습니다."

"예?"

갈수록 이해할 수 없는 말만 골라 하고 있었다. 한천조는 그 의미를 전혀 이해할 수가 없었고 그건 다른 사람도 마찬가지였다. 음화선은 다른 사람의 반응은 무시한 채 바로 입을 열었다.

"결론적으로 말하면 더 큰 힘을 얻어 이를 사용하시다 주화입마에 빠지신 것이 아닙니다. 너무도 큰 힘이기에 오히려 이를 떨쳐 내려다 주화입마에 걸리신 것입니다. 바로 은력평호공이 가져다준 것이지요."

"……!"

모두의 눈이 휘둥그레졌다. 음평환도 어쩔 수 없는 내력이 있다는 것이 믿기지를 않았으나 마황의 말이었다. 믿을 수밖에 없는 것이다.

"아버님의 무공은 다들 아시다시피 일반적인 무공과 궤를 달리합니다. 내공과 외공을 떠난 또 하나의 무공, 의념공부임을 잘 아시겠지요? 지금 호월의 무공과 성질은 다르지만 그 외 무에 다를 게 있겠습니까?"

"…그… 그렇습니다."

뭔가 마음에 확 와 닿았는지 한천조는 바로 입을 열었다. 의식만으로 상대를 격살할 수 있는 내력을 몸 바깥에 응집하는 기술, 바로 호월이 보여주는 후인장이었던 것이다.

"제가 보기에는 지금 호월의 수준은 과거 아버님이 당신께 찾아올 거대한 힘을 느끼기 바로 직전인 것 같습니다. 그러니 보여주어야지요. 그렇지 않으면 그 역시 감당할 수 없는 힘에 의해 유명을 달리해야 될 것입니다."

"…그런 일이……!"

오경우의 입에서도 비명과 같은 소리가 흘러나왔다. 전임 교주의 죽음 이면에 이런 일이 숨어 있는지도 몰랐지만 지금 그 길을 호월이 다시 가고 있다는 것 역시 놀라운 일이었다. 그러다 문득 그의 머릿속에선 의문이 떠올랐다.

만일 호월에게 이 은력평호공을 가르쳐 준다면 호월 역시 더 빨리 죽게 될 것이다. 그 또한 전임 교주처럼 강한 힘을 추구할 것이 분명하니 같은 죽음을 맞이하게 될 터였다. 한데 왜 그런 일을 시키는지 이해할 수 없었다. 분명 호월은 지금 성교에 적대적 관계가 아닌데도 말이다.

"송구하지만 한 말씀드립니다. 그럼 지금 호월에게 은력평호공을 가르쳐 주라 하심은 무슨 의미이십니까? 설마……."

차마 뒷말을 못하고 흐렸지만 '그를 죽이려 하는 것이냐'라는 이야기가 올 것은 뻔한 추측이었다. 음화선은 오경우의 말에 빙긋이 웃으며 입을 열었다.

"내 말을 오해하셨군요. 물론 지금 호월에게 은력평호공을 준다면 잘못될 확률이 매우 높습니다. 하나 반대로 어쩌면 그 강대한 힘을 얻을 수도 있습니다. 그건 아버님께서 확신하신 일입니다. 그때 당황하지 않고 은력평호공만 제대로 풀어냈다면 가능했을 것이라 말입니다."

음화선은 자신이 호월에게 해를 입히려 하는 것이 아님을 분명히 했다. 오경우와 한천조는 한시름 놓았지만 그래도 확실한 말을 들어야 했다. 왜 호월이 은력평호공이 필요한지 말이다.

다행히 음화선은 입을 다물지 않았다. 그녀는 잠시 생각을 하는 듯하더니 입을 열었다.

"제 생각엔 은력평호공은 기운에 의한 몸의 움직임을 기술한 것이 아닌, 기운 그 자체에 관한 이론서 같았습니다. 하나의 기운을 어떤 기준에 의해 규정했다고 볼 수 있지요. 확고한 통찰을 가능하게 하는 것인 만큼 거대한 힘을 받아들이는 시전자에게 최대한의 심리적 안정을 가져다주는 것 같습니다. 고수의 기준에서 작은 힘 하나가 어떠한 영향을 미치는지는 굳이 이야기하지 않아도 두 분은 잘 아실 것입니다."

"물론입니다. 연공 중이라면 더욱더 중요한 것이지요. 생각하지도 않은 한 푼의 힘이 더해져도 자칫하면 피를 토하는 것이니까요."

오경우의 목소리에 한천조는 고개를 끄덕였다. 고수가 말하는 한 푼의 힘은 하수들의 한 푼의 힘과 엄청난 차이가 있다는 것은 바보라도 잘 알 수 있었다.

강호에서 가장 강한 고수와 어린아이가 싸운다면 어찌 될까? 자명한 것은 어린아이가 상대가 안 된다는 것이었다. 하나 여기서 고수가 어린아이를 죽이지 못한다는 전제를 달면 이야기가 달라진다.

고수는 단 한 번도 손을 내밀어선 안 되었다. 그가 가진 일 푼의 힘이라도 어린아이는 즉사할 수 있었다. 하수들이 오성의 힘으로 아이를 때리면 그 아이는 단단한 나뭇등걸에 당한 듯 온몸이 시꺼멓게 멍이 들겠지만 고수는 그냥 죽일 수밖에 없다.

힘을 움직이는 단위 자체가 다른 것이다. 따라서 고수가 연공할 때 나오는 일 푼의 힘은 일 푼이 아니었다. 사람에 따라 다르겠지만 지금 호월에게 비한다면 일류고수의 칠성 수준 이상이 나올 터였다.

"아버님은 일 푼이 아닌 십성 이상의 힘을 느끼셨다고 합니다. 한데 그 힘에 관한 어떤 제반지식도 가지지 못했기에 그리 된 것이지요. 은력평호공이 이를 가능하게 했다면 마찬가지로 막는 것 역시 가능할 것입니다. 그러니 호월에게 주어야 하겠지요."

"그렇군요!"

한천조는 이제야 확연히 알 수 있었다. 음화선 역시 호월을 도와주려 하는 것이다. 물론 그것이 해가 될지 득이 될지는 아무도 모르지만 말이다.

사실 음화선도 호월의 앞날에 대해 확실히 알고 있는 것은 아니었다. 하지만 그의 아버지가 걷던 길과 호월이 앞으로 걸어나가려 하는 길이 비슷하기에 이렇게 하려는 것뿐이었다.

그러나 분명한 것 한 가지는 있었다. 음화선 역시 호월에게 도움이 되려

하는 것이지, 해가 되고 싶어하지 않는다는 것이었다. 모든 것을 다 떠나서 그 한 가지만으로도 오늘의 만남은 호월에게 득이라면 득이지 절대로 해가 아니었다.

"그렇다면 지금 떠나겠습니다. 자세한 사항은 이 일이 끝난 뒤 모두 보고 드리겠습니다."

"그렇게 하세요. 그리고 이것을 가져가요."

유강에게 내민 것은 작은 양피지 두루마리였다. 손바닥보다도 작은 크기이지만 두께는 손가락 한 마디 정도로 좀 두터웠다. 그것은 음화선이 정리한 은력평호공인 듯했다.

유강은 공손히 손을 내밀어 그것을 받아 들고는 자신의 말로 향했다. 한천조와 오경우 역시 자신의 말을 향해 움직였는데 그때였다. 세 사람의 귓가에 음화선의 목소리가 들려왔다.

"참, 그리고 한 가지 더 말하겠습니다. 어떠한 일이 있든지 세 사람이 직접 호월의 일에 나서는 것은 불허합니다. 아시겠습니까?"

"예?"

한천조는 고개를 돌렸다. 기왕 도와주는 것 깨끗하게 도와주면 될 것을 지금 그녀는 절대 도와주지 말라고 하고 있었다. 이해할 수 없는 명령인 것이다.

"왜 그런지는 그곳에 가면 알 것, 그러니 그리 알고 움직이세요."

"…알겠습니다, 마황님!"

마음에 들지 않는 결정이긴 하지만 그녀는 마교의 마황이다. 세 사람이 토를 달 수는 없었던 것이다.

어쨌든 일단 호월을 도와주러 가는 것을 허락받았으니 세 사람은 바로 달리기 시작했다. 어느새 그들은 하나의 점이 되어 사라져 가고 있었고 음화선은 그 자리에서 조용히 바라보고만 있었다. 한데 그녀의 주위에 갑자기 이상한 기운이 서리기 시작했다.

스스스슷……

순식간에 그녀의 뒤쪽엔 근 이백여 명이 넘는 사람이 시립해 있었고 모두 검은 옷에 검은 두건을 쓰고 있는 사람들이었다. 바로 마교의 최정예인 그녀의 친위병력들이었다.

"흠… 아무래도 우리가 나설 시기가 아직 안 된 것 같군요. 혼탁한 강호이긴 하나 이런 기회를 잡아 강호에 진출하고 싶지는 않습니다. 그만 우린 돌아가도록 하지요."

"하나 마황님, 후연(煦衍)이 아직 명령을 받지 못하고 있습니다. 오래전부터 계획해 온 일인데 여기서 그만두시겠습니까?"

한 사내가 입을 열었다. 복장이 거기서 거기라 정확히 누군지는 알 수 없었지만 아무래도 이들 중 제일 높은 사람 같았다. 음화선은 그를 향해 빙긋이 웃으며 입을 열었다.

"애당초 우리에게 강호 제패의 야욕이 있었습니까? 다 부질없는 일입니다. 강호가 돌아가는 꼴을 보니 언젠가 크게 망가질 것 같아 계획한 일입니다. 한데 그 모든 것을 바로잡을 수 있을 만한 사내가 나타났으니 우린 그만 사라져야지요."

"그 호월이란 자 말씀이십니까?"

조금은 믿기지 않는다는 듯 사내는 불신 어린 목소리로 입을 열었다. 그녀가 못 미더운 것이 아니라 호월이 못 미덥다는 것이지만 말이다.

"그래요, 그 사내는 충분히 그러고도 남을 사람입니다. 후연에게는 독자적인 판단에 맡긴다고 하세요. 우린 그만 본 교로 돌아갑니다."

"…알겠습니다, 마황님. 하지만 속하, 왠지 그자를 믿지 못하는 것은 분명히 말씀드립니다. 우리 친위대보다 못한 무공을 지닌 자입니다."

"……"

사내의 말에 음화선은 고개를 다시 돌렸다. 조용히 시립해 있는 그를 향해 그녀는 다시 입을 열었다.

"차 대주께선 어찌 생각하십니까? 제가 본신의 무공을 모두 사용한다면 여기 있는 사람들 중 몇 할이 살아남을 것 같죠? 그냥 묻는 말이니 대답해 주세요."

"…굳이 말한다면 이 할은 살아남을 것입니다. 개개인의 힘이 일파의 일대 제자 이상이며 일류고수를 넘어선 것은 오래전의 일이니까요."

차 대주라 불린 사람이 입을 열자 음화선은 고개를 끄덕였다. 정확한 지적이었다. 그리고 그 이 할은 바로 이 친위대를 이끄는 절대고수 이십여 명이라는 것도 잘 알고 있었다.

"분명히 말하지만 지금 호월이란 사내와 여러분이 맞붙는다면 최소한 동귀어진입니다. 그는 이미 나의 힘을 넘어선 사람입니다. 그러니 믿을 수밖에요."

"…그, 그럴 리가!"

차 대주는 두건 밑의 눈을 부릅떴다. 천하의 마황이 하는 이야기이니 믿을 수밖에 없었지만 동의할 마음은 절대로 없었다. 그는 숨어서 모든 정황을 다 보고 있었던 것이다.

"그의 진정한 힘은 직접 대결해야 알 수 있습니다. 좋습니다. 정히 그렇게 믿음이 가지 않으신다면 직접 보십시오. 무당산이 보이는 곳으로 이동하도록 합시다. 그리고 그의 무위를 한번 보면 알겠지요."

"그리 하겠습니다. 모두 준비하라!"

차 대주의 목소리에 이백여 명의 사람들이 움직이기 시작했다. 삼삼오오 흩어져 사위를 경계하며 이동하기 시작했고, 그 중앙에 음화선은 홀로 서 있었다. 이윽고 그녀가 서서히 움직이기 시작하자 사람들 역시 같이 움직이고 있었다.

하지만 길가에 보이는 것은 음화선 혼자뿐이었고 그녀를 수행하던 사람들은 어느새 사라진 상태였다. 보이지 않은 곳에서 그녀를 호위하며 그들 역시 움직이고 있었던 것이다.

하나 그들이 향하는 곳 역시 무당이었다. 그렇게 사람들은 무당으로 속속들이 움직이고 있었다.

◈ 第二章 ◈

무당의 초입에서

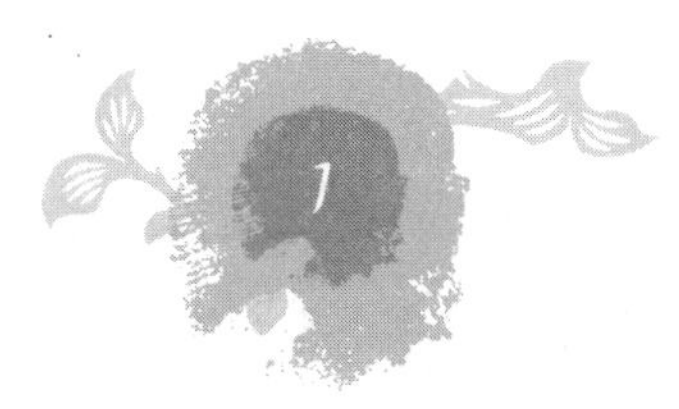

"그래… 아이들은 좀 어떠하느냐?"

"아직까진 걱정없습니다, 장문인. 흑의인들은 산문 바로 아래 진을 치고 있지만 아무도 올라오고 있지는 않습니다. 지금은 장문인이 기운을 내야 할 때입니다."

검공인 현양자는 파리한 안색 위에 작은 웃음을 지어 보였다. 가슴과 배에 목면천을 감고 있는 그의 모습을 사람들 모두 걱정스런 모습으로 바라보고 있었는데 그의 물음에 대답한 이는 바로 아래 사제, 상소 도인 허정자였다.

"쿨럭… 이런 못난 꼴을 보이다니, 우습기 짝이 없구나. 이대로 어찌 조사님을 뵈올지……."

"그런 말씀하지 마십시오, 장문인. 모두가 한마음으로 최선을 다하고 있습니다. 반드시 무당은 이번 우환을 떨쳐 낼 것입니다."

이번에 입을 여는 이는 그의 둘째 사제 중정관천 헌우였다. 현양자는 이둘을 보며 진심으로 편하게 웃을 수 있었다. 둘 다 초췌한 안색이지만 그 누구보다도 믿을 만한 사람들이었던 것이다.

"그래… 자네들을 보니 내 마음이 흡족하이. 부디 이 우형을 대신해 무당을 지켜주길 바라네."

"걱정말고 조금 쉬십시오. 곧 다시 찾아뵙겠습니다."

헌우는 차분한 목소리를 낸 후 바로 신형을 돌렸다. 두 사람은 침상에 휘장을 드리운 뒤 방을 나서서 바로 대청으로 들어섰다.

대청엔 꽤나 많은 사람들이 있었다. 근 오십여 명이 넘는 사람들이 입장하는 두 사람을 향해 뜨거운 시선을 던지고 있었는데 그들이 바로 이 무당의 총 인원이었다. 본산제자 오십여 명이 모두 항전을 하고 있었던 것이다.

벌써 십여 일 이상을 싸운 이들이기에 피로도 상당히 쌓여 있지만 그 누구 하나 힘들어 하는 기색을 보이고 있지 않았다. 아니, 그렇게 보이지 않으려 노력한다는 것이 더 옳은 말이었다.

돌이켜 보면 황당한 일이었다. 어느 날 아침 일어나서 보인 흑의인들, 가타부타 말도 없이 바로 화산의 산문을 넘어왔다. 물론 좋은 말과 함께 서서히 넘어온 것은 절대로 아니었다.

개개인 모두 손에 병기를 든 채 살기를 풍기며 다가온 그들이었고 당연히 무당은 항전했다. 그러나 상당한 차이가 있는 상태였다.

화산무인 중 삼분지 일이 고혼이 되었다. 저쪽 흑의인들은 그리 많은 피해를 입은 것 같지 않아 보였다. 철저히 당해 버린 것이다.

그나마 시일이 흐르며 조금씩 적응이 되기 시작하자 사정은 그나마 조금 나아졌지만 그렇게 되기까지 한 사람이 적극적으로 희생해야 했다. 바로 장문인 현양자가 자신을 돌보지 않고 선두에 섰던 것이다.

그 결과가 지금 저렇게 자리를 보전하고 있는 것이었다. 고수가 한 명이라도 아쉬운 이때 정말 좋지 않은 상황이지만 그래도 그들에게 항복할 수는 없으니 허정자와 헌우가 사람들을 독려해 싸우고 있는 실정이었다.

"산 아래의 상황이 어떤지 모르니 답답하구나. 십여 일 이상 이런 일이 계속되었으니 다들 알고 있을 터인데 어찌 아직도 올라오지 않는지……."

"일단 도와주러 누가 올지는 모르지만 그들의 도움은 받을 생각하지 않는 것이 옳을 듯합니다. 이 시간까지 오지 않는다면 무언가 문제가 생긴 것이니까요."

허정자의 목소리에 헌우는 냉정한 목소리를 내었고 허정자는 그저 묵묵히 고개만 끄덕였다. 냉정한 분석이긴 해도 그의 말이 옳았다. 더 이상 그들에 대한 기대는 하지 않는 것이 차라리 마음이 편했던 것이다.

무당의 대외적 관계를 맡고 있던 상소 도인 허정자 이기에 아쉬움이 더 큰 것일지도 모르지만 그들의 생리 역시 잘 알고 있었다. 어쩌면 알면서도 조용히 있는 것일지도 몰랐다. 자문파의 이익에 도움이 되지 않는다고 생각하면 절대로 오지 않는 사람들이 그들이니 말이다.

믿을 것은 오직 여기 있는 사람들뿐이었다. 허정자는 눈을 내려보며 자랑스런 얼굴을 만들었다. 세상 그 누구보다 용감하게 이들은 싸워주고 있었다.

"그래, 옥당과 완이가 이토록 대단한 실력을 갖추고 있었을 줄은 내 정말 알지 못했다. 특히 옥당은 일기협이란 명호도 가지고 있으니 그럴 만한다고 생각한다면 완아는 정말 의외로구나. 고맙다."

"어인 말씀이십니까? 이런 때라면 누구나 다 최선을 다하게 될 것입니다. 그런 말씀하지 마십시오, 사부님."

환안은 고개를 깊숙이 숙이며 읊조렸고 허정자는 그윽한 눈초리로 그를 바라보았다. 아닌 게 아니라 환안의 활약은 정말 대단했다. 그들의 사숙급인 양우와 인성보다도 강한 무공을 지니고 있었던 것이다.

"허허허, 사형께서 그동안 힘들게 노력하신 덕분인 것 같습니다. 어쨌든 환아는 이번 일을 계기로 명실상부 우리 무당의 기둥으로 자리잡은 것 같습니다. 더욱 분발하거라."

"예! 헌우 대사백님, 명심하겠습니다!"

방금 전까지 싸우고 온 듯 송골송골한 땀을 이마에 걸며 그는 고개를 숙였고 모든 사람은 입가에 흐뭇한 미소를 지었다. 좋지 않은 상황에서도 한줄기 좋은 일을 만난 것 같아 기분이 좋아진 것이다.

"한데… 옥당 네 검이 좀 이상하구나."

"아… 조금 파손되었습니다."

중정관천 헌우는 은옥당의 검을 보며 입을 열었고 은옥당은 검을 들어 보였다. 검에 작은 실금이 비쳐 보이는 것이 언제 깨져도 이상할 것이 없는 상태였던 것이다.

"중요한 순간에 검이 부서져서야 되겠느냐? …이 검을 받거라."

헌우는 의자 뒤편에 있는 단상으로 올라가 그곳에서 검 하나를 꺼내 옥당에게 내밀었다. 은옥당은 그 검을 받아 들고는 눈을 둥그렇게 떴다.

"이것은… 제 사부님의 검이 아닙니까?"

그가 받아 든 것은 다름 아닌 이젠 유명을 달리한 상명의 것이었다. 비로 은옥당의 사부가 쓰던 검이었던 것이다.

"하지만 전 아직 이 검을 받을 수 없습니다. 흉수도 처단하지 못했거늘 어찌 제가……."

"사소한 관습에 얽매일 때가 아니니라. 어서 받거라."

허정자는 다시금 검을 내밀었고 은옥당은 조용히 검을 받아 들었다. 무당의 관습으로 사부가 누구에게 살해당했다면 그 흉수를 찾아 죽이기 전엔 그의 병기를 손에 못 대게 되어 있었다. 흉수의 수급을 검 앞에 놓아야 하는 것이다.

아직 잔살검 조등을 죽이지 못했기에 은옥당은 받을 수는 없었지만 허정자의 말처럼 지금은 그런 것을 가릴 때가 아니었다. 은옥당은 입술을 꼭 깨문 채 공손히 검을 받아 들었다.

"알겠습니다, 허정 대사백님."

결국 은옥당은 공손히 사부의 검을 받았고 허정자는 고개를 끄덕이며 시선을 돌렸다. 그리곤 대청에 시립해 있는 사람들을 향해 입을 열었다.

"언제 흑의인들이 들이닥칠지 모르는 상황이다. 모두들 조금이라도 쉬면서 몸을 건사하도록 하여라."

"예, 대사백님!"

허정자의 목소리에 사람들은 모두 신형을 돌려 대청을 나가기 시작했고 허정자는 떠나는 사람들의 모습을 바라보고 있었다. 문득 그의 입술이 열리며 은옥당의 발길을 잡았다.

"옥당아, 잠시 할 이야기가 있구나!"

"예, 대사백님!"

은옥당은 공손한 목소리로 입을 열었고 그 자리에 서서 허정자의 입술을 바라보았다. 허정자는 사람들이 다 나간 것을 확인하며 입을 열었다.

"그래, 호월이란 친구에게 연락이 오진 않았더냐?"

"…아직 아무런 연락도 없습니다."

은옥당의 대답에 허정자는 쓴웃음을 지었다. 하긴 지금 무당을 둘러싼 흑의인들 때문에 연락이 올 리 없었거늘 괜한 것을 물어본 것이다.

"사형도 참… 지금 본산의 상황을 뻔히 알면서도 그러십니다. 그 녀석이 보고 싶은 것이야 저도 마찬가지지만 힘들지 않겠습니까?"

"허허허……."

헌우의 목소리에 허정자는 스스로 주책없다 생각했는지 그저 웃을 뿐이었다. 상황이 이렇게 어렵고 사형인 현양자가 부상을 입자 이제 세상에 없는 연헌자가 생각이 났었다. 그래서 그 후인인 호월을 생각하게 된 것이었다. 하지만 헌우의 말이 옳았다.

올 리가 없는 것이다. 생각해 보면 연헌의 후인이라고 하나 무당에서 딱히 잘해준 것도 없었다. 그의 도움을 바랄 일이 없기도 했다.

아니, 꼭 그의 도움을 받는다는 것보다 그냥 한번 보고 싶었다. 그럼으로써 연헌의 모습을 한 번 더 떠올렸으면 하는 것이 그의 생각이었다. 혹 모르는 상황이 벌어질지도 모름을 스스로 직감한 것인지도 모르는 일이었다.

"물론 그렇겠지만 호월은 반드시 올 것입니다. 저는 이곳으로 온다고 했고 호월은 오겠다 말하진 않았지만 자신의 일을 해결하면 바로 올 것입니다."

"온다고? 이 흑의인들을 보면서도 그런 생각을 하느냐? 개개인이 나와도 맞먹는 사람들이다. 그런 사람들을 헤치고 어찌 온다는 말이더냐?"

헌우는 은옥당의 말이 이해가 안 간다는 듯한 목소리였다. 하긴 헌우가 호월을 본 것이 꽤 되었으니 그런 말을 할 수도 있다. 당시의 호월이라면 그렇게 될지도 몰랐다.

그러나 호월은 지금 엄청난 성장을 보이고 있었다. 헌우는 절대 호월의 무공을 알 수 없었고 지금 은옥당이 보지 않는 이 순간에도 그는 성장하고 있을지 몰랐다.

"상황이 어찌 되었든 혹은 그 자신의 위험하게 되든 간에 그는 올 것입니다. 그 녀석은… 그런 놈입니다."

싱긋 웃으며 그는 뭔지 모르겠다는 얼굴을 하던 허정자와 헌우를 뒤로한 채 신형을 옮겼다. 정말 이제는 조금이라도 쉬어야 할 때인 것이다.

은옥당이 생각하는 호월은 반드시 올 터였다. 아니, 그냥 오는 것도 아니고 피의 폭풍을 몰고 올 터였다. 그리고 그가 아는 호월은 아주 간결한 이유를 댈 터였다.

친구를 보러 왔다고, 달랑 그 말 하나면 족할 놈이었다. 그것이 은옥당이 생각하는… 호월이었다.

*　　　*　　　*

"그래서 지금 이 무공을 내게 익히라는 것이오?"

호월은 또다시 건조한 목소리를 내었다. 그는 지금 손에 작은 두루마리를 가지고 있었는데 그를 따라 달려온 한천조 일행이 준 은력평호공이었던 것이다.

한천조와 오경우, 그리고 유강은 바로 호월을 쫓아왔고 얼마 지나지 않아 따라잡을 수 있었다. 호월에게 은력평호공을 전해주고자 함이었는데 호월이 쉬지 않고 계속 움직이는 바람에 하루종일 따라 달리다 지금 전해주는 길이었다.

호월 일행은 이제 한 시진 정도면 무당산의 아래에 도착할 수 있었다. 그동안 조금이라도 체력을 회복하기 위해 이곳에서 쉬었던 것인데 한천조는 그 사이를 잡고 호월에게 은력평호공을 전해주며 마황이 했던 이야기를 전해준 것이다.

"그래, 그러니 어서 익히거라. 익히기 싫으면 그만이지만 최소한 한번 읽어보기라도 하거라. 그래야 무언가 얻을 수 있을 것이야."

"……."

일단 한천조가 내미는 것이니 받았지만 사실 호월은 이 은력평호공엔 관심이 없었다. 이유는 알 수 없지만 의식을 잃지도 않았고 몸 상태를 스스로 돌아보아도 별다른 이상이 없었기에 그리 크게 마음에 와 닿지 않았던 것이다.

그러나 한천조가 이토록 권하는데 안 받는 것도 이상하고 해서 일단 받아 품속에 넣었다. 그러자 오경우의 입이 열렸다.

"아니, 가지고 있으라고 준 것이 아니네. 부탁이니 지금 한 번 읽어보시게 분량이 그리 많지 않아 금방 읽을 것이야."

"지금 말이오?"

호월의 물음에 오경우는 고개를 끄덕였다. 그러자 호월은 쓴웃음과 함께 신형을 돌렸다. 한시가 바쁜 상황이긴 하지만 지금 안 읽었다가는 꿈쩍도 하지 않을 태세였던 것이다.

그렇다고 매몰차게 거절할 수도 없는 사람들이라 조금 한적한 곳으로 가 읽으려는 것인데 그렇게 호월이 움직이자 당예화의 목소리가 들려왔다.

"뭔가 다른 것이 있는 듯합니다. 혹 마황께선 호월의 몸에서 다른 무언가를 느끼신 겁니까?"

당예화는 의원의 입장에서 세 사람에게 묻자 한천조, 오경우, 유강은 어두운 안색을 했다. 잠시 그들은 서로를 바라보다 한천조가 입을 열었다.

"마황님의 말씀을 그대로 전하자면 현재 호월의 상태는 위험하다고 하네. 전임 교주이자 현 마황님의 아버지이신 음평환 교주께서도 호월과 비슷한 류의 무공을 연공하시다 세상을 등지셨다네."

"……!"

취소걸의 눈이 동그랗게 떠졌다. 마교 교주 음평환이면 그냥 어중이떠중이가 아니었다. 그 정도의 사람이 이기지 못한 무공이라면 호월이라고 뾰족한 수가 있을 턱이 없었다. 음평환은 한때 강호제일의 고수로 불리운 사람인 것이다.

"음 교주께서 비슷한 무공을 익히셨다고 하는데 그것이 대체 뭐지요? 그리고 정말 호월이 익힌 무공이 그와 비슷한 것인가요? 호월은 음 교주를 만난 적도 없었을 텐데요?"

사봉희의 질문은 당연한 것이었다. 두 사람이 서로 유사한 무공을 익혔다 함은 어느 정도 관계가 있어야 했는데 두 사람이 관계를 맺었을 리가 없었다. 호월이 강호에 나오기도 전에 음 교주는 죽었으니 말이다.

그런 호월이 음 교주와 유사한 무공을 하고 있다니 이해가 가지 않는 것이 당연한 일이었다. 한천조는 고개를 끄덕이며 입을 열었다.

"물론 전임 교주님의 무공이 그에게 전해진 것은 아니란다. 하나 두 사람 다 의념공부를 하고 있는 것이라 마황께서 말씀하시더군, 소걸은 그것이 무엇인지 잘 알 것이다."

"정말인가요? 음 교주가 의념공부 중에 그리 된 것이라고요?"

소걸은 가슴이 덜컥 내려앉는 기분이었다. 정말이라면 맞게 본 것이었다. 호월이 의념공부를 한다는 것은 화시조 육영산을 통해 잘 알고 있던 이야기인 것이다.

"의념공부? 그게 뭔데?"

당예화는 솔깃한 얼굴을 들이밀었고 그러자 소걸은 잠시 생각을 정리했다. 이어 그는 당예화에게 화시조 육영산에게 들었던 이야기를 시작했다.

"정말이냐? 생각만으로 내력을 일으키고 그것을 조종할 수 있단 말이야?"

"예화 형님은 여태껏 호월 형님하고 다니면서 뭘 본 겁니까? 그렇지 않았다면 어찌 후인장이 가능해요?"

되묻는 당예화에게 소걸은 퉁명스럽게 입을 열었다. 그러자 당예화는 곰곰이 생각에 잠기기 시작했고 소걸은 그저 한숨밖에 나오질 않았다.

대체 뭘 어떻게 해야 호월에게 도움이 될 수 있는지 그 점이 답답한 것인데 그건 모두가 다 마찬가지의 생각이었다. 당최 호월에게 뭘 해줄 수 있는 게 없었던 것이다.

사실 그간 호월에게 도움받은 것이 적지 않았던 사람들이기에 그 마음은 더 했다. 그렇게 모두가 저편에 뒤돌아서 있는 호월을 바라보고 있을 때였다.

"그래… 그렇다면 음 소저의 말이 맞아. 호월이 위험해."

"예?"

뜬금없는 당예화의 말에 취소걸은 되물었다. 순간 사람들의 고개가 모두 당예화에게 돌아갔는데 당예화는 침을 한번 크게 삼키고는 입을 열었다.

“그 정도의 힘이라면 틀림없이 몸 안에 있는 것이 아닐 것이야. 비록 내가 무공은 모르지만 인간인 이상 지금 호월이 보여주는 힘을 고스란히 몸 안에 지니고 있는 것은 말도 안 된다고 본다. 가끔씩 다들 놀랄 정도로 강한 힘을 보여주잖아?”

한천조는 그 말에 고개를 슬며시 끄덕였는데 사실 호월 정도의 힘을 몸에 담을 수 없는 것은 아니었다. 아마도 당예화가 무공고수들을 많이 보질 않아서 이런 말을 하는 것 같았는데 어쨌든 호월의 내력이 성장하는 속도가 불가사의할 정도니 일단 들어볼 만한 이야기였다.

“결국 몸 바깥에 힘을 차용한다는 이야기이겠지. 차력이라고 해야 하나? 하여튼 그런 관점으로 본다면 외부의 힘을 얼마만큼 끌어들이느냐에 따라 이야기가 달라지지. 생각만으로 자신의 내력을 한 지점에 모을 수 있다면 흐르는 외부의 힘도 끌어들일 수 있겠지. 안 그래?”

“그래서요?”

“그래서는 뭐가 그래서야? 생각해 봐, 만일 그 힘이 넘치면 어떨 것 같아? 사람이 그 힘을 견딜 수 있을 것 같아? 결국 무공도 사람을 이롭게 하는 힘일 뿐인데 그 힘이 오히려 시전자를 해치게 된다는 것이지. 의원 입장에서 본다면 이 세상에 지금 호월 이상의 힘을 낸 후 버텨낼 수 있는 육체는 없다고 단언할 수 있어.”

“……!”

소걸과 봉희의 눈이 부릅떠졌다. 하나 정작 두 사람이 놀랄 만한 이야기를 한 당사자인 당예화는 사람들이 놀라든 말든 아랑곳없이 자신만의 생각을 계속하고 있었는데 이윽고 뭔가 생각이 난 듯 그의 입술이 다시 열렸다.

“그래, 그래서 의식을 잃은 것이야. 너무도 강한 힘, 그 힘을 이용해 몸을 움직였기에 굽혀졌던 몸도 바로 펴질 수 있었지만 막강한 힘을 다시 허공으로 되돌려놓았기에 몸이 말을 안 듣게 된 것이야.”

"말도 안 돼요!"

소걸은 당예화의 말을 부정했다. 그렇다면 지금 호월의 몸은 어떻게 설명할 수가 없었다. 이미 호월은 곧게 펴진 몸을 가지고 있었고 잠을 잘 때도 그렇게 자세를 유지했었다. 소걸은 완전히 그가 나은 줄 알고 있었던 것이다.

"아니야. 당 의원의 말이 옳아. 아울러 마황님의 말도 이해가 가는군. 그렇다면 지금 호월이 처한 상황은 그 힘을 인지하고 어느 정도 사용하는 방법을 터득한 것 같구나. 그 힘을 풀지 않고도 정상적인 생활이 가능하다면 말이다."

오경우는 조용히 입을 열었고, 모두 그 말에 입을 꽉 닫았다. 과연 그렇게밖에 생각할 수 없었다. 그렇다면 지금 호월은 반드시 저 무공을 익혀야만 했다. 힘을 다루는 법을 알았다면 그 힘을 증폭시키려 노력할 것이 뻔하기 때문이다.

만일 그렇게 되다 자신이 감당하기 힘든 힘을 만나게 되면 전임 교주처럼 최후를 맞게 될 수 있었다. 그제야 모든 상황이 이해가 가는 것이다.

그렇다면 앞으로 어떻게 해야 할지 모두가 생각하는 가운데 불쑥 한천조의 눈앞에 한 권의 두루마리가 보였다. 어느새 책을 다 읽고 한천조에게 호월이 돌려준 것이다.

"다 읽었소이다."

"…도움이 되었느냐?"

한천조는 속이 타는지 바로 물어왔지만 호월은 고개를 좌우로 흔드는 것이 아직 어떠한 깨달음도 없는 것 같아 보였다.

"별다른 것은 없었소이다. 딱히 뭐가 다른 점이다라고 생각하기도 힘들고… 이만 움직일 것이오."

조용히 입을 연후 호월은 자신의 말로 다가갔고 이어 말 위에 몸을 실었다. 점점 사위도 어두워져 가건만 호월은 쉴 생각이 없는 것처럼 보였고 그런 호월의 행동을 따라 모두가 다 자신의 말로 움직이고 있었다.

"오 장로님, 안 가십니까?"

"응? 아, 그래."

유강의 목소리에 오경우는 퍼뜩 정신을 차리고는 자신의 말로 향했다. 유강은 그 모습을 이상히 바라보다 곧 자신의 말로 움직였는데 오경우는 말 위로 오른 채 계속 호월의 모습만을 살피고 있었다.

"……."

변했다. 분명 아무런 느낌도 없다고 했건만 호월 주위에 보이지 않는 무엇인가가 꿈틀거리는 것이 확연히 느껴지고 있었다. 한천조는 호월에 대한 격정에 아무것도 느껴지지 않는 모양이지만 자신은 확실히 느낄 수가 있었다.

이젠 그 결과만은 바라볼 뿐이었다. 전임 교주처럼 죽음에 이르게 될지, 아니면 그 이상이 될지 모르지만 그저 오경우는 최선의 결과가 나오길 하늘에 빌고 있었다.

2

"이상하지 않으십니까, 형님? 소제는 왜 이리 불안한지 모르겠습니다."

"불안해할 것 없다. 어차피 우린 시키는 대로 하면 될 일, 그 외의 일은 그저 흐르는 대로 맡기면 될 것이야."

조등은 조금은 황당하다는 듯 그의 의형을 바라보았다. 그는 바로 여당이었는데 여당은 지금 깊어가는 산중의 밤을 온몸으로 느끼는 듯 눈이 쌓인 곳에 벌렁 드러누워 있었다. 그런 그의 표정에선 조급함이란 티끌만큼도 찾아볼 수가 없었던 것이다.

"저야 별로 잃을 것이 없지만 형님이 데리고 있던 아이들은 그야말로 최정
예입니다. 이렇게 아무것도 하지 않은 채 무당만 포위하고 올라오는 사람과
내려가는 사람을 막다 간 모두 소진될 것입니다."

"어차피 내가 만들어낸 애들이 아니다. 대인이 데리고 와 내게 준 것, 대인
이 시키는 대로 그대로 따르는 데 아쉬울 것이 무어냐? 그냥 보고만 있어."

정말 팔자 편한 소리만 골라 하고 있었다. 자칫 일이 잘못되면 그땐 자신
들이 나설 것이 뻔한 데도 뭐가 아쉽냐는 데 할 말이 없었다. 조등은 잠시 그
의 얼굴을 바라보다 입을 열었다.

"형님, 형님은 대체 누구십니까? 전 아무리 생각해도 이해할 수가 없습니
다. 형님 정도면 대인 위에 설 수도 있는 사람……."

"또 쓸데없는 소리를 하는구나. 잔말 말고 몸이나 쉬어라. 어쩌면 우리도
앞에 나설 수 있을 테니 말이다."

"……."

이미 여당도 앞으로의 상황을 짐작한 것 같았다. 그래도 저렇게 태평하니
조등으로서는 이해할 수가 없는 노릇이었다. 잠시 여당의 얼굴을 더 바라보
던 조등은 자리를 털고 일어섰다.

"후… 형님은 그렇게 편할지 몰라도 전 아닙니다. 차라리 지금부터 그냥
뛰어들랍니다. 형님은 여기 계속 쉬시오."

"…마음대로 해라."

조등은 고개를 절레절레 흔들며 신형을 옮겼다. 그가 가고 있는 곳은 무당
산 위쪽, 아마도 그쪽 포위망에서 싸울 듯싶었는데 여당은 거의 신경도 쓰지
않고 있었다. 그저 묵묵히 하늘에 하나둘씩 보이는 작은 별들을 바라보고 있
었던 것이다.

그렇게 한 일 다경이나 있었을까? 문득 그가 자리에서 허리를 일으켰다.
저 멀리 움직여 가는 조등을 보며 그의 입술이 살짝 열렸다.

"미안하구나, 조등…… 형이라 불리기도 민망하구나."

왠지 모르지만 그의 음성에선 지독한 자괴감이 묻어 나오고 있었다. 여당은 그렇게 한참 동안을 멍하니 있다 다시금 입을 열었다.

"이젠… 임의대로 활동하란 말인가? 그것이 어떤 결과를 가져올지도 모르는 데도?"

중얼거리듯 입을 열다 그는 다시 입을 닫았다. 그리곤 자리를 털고 일어설 때까지 아무런 말도 하지 않았다.

*　　　*　　　*

푸르르륵!

말의 투레질을 진정시키며 호월은 전방에 눈을 돌렸다. 그곳엔 짙은 어두움이 깔려 있었고, 그 어두움 속에 커다란 산 하나가 어스름하게 그 형상을 보여주고 있었다. 바로 무당산이었던 것이다.

호월은 말에서 내려 주위를 둘러보았다. 산 아래 부근에 꽤나 많은 인기척이 느껴졌는데 그것은 모두 이곳으로 몰려온 강호인들의 것이었다. 정확히 그들이 누구인지는 알 수 없으나 숫자만큼은 상당했다. 근 이백여 명이 넘는 사람들이 느껴졌던 것이다.

"헛, 대체 얼마나 이곳에 온 것이지? 이 정도의 사람이라면 전쟁도 해볼 정도 아닌가?"

"그간 강호에 꽤나 소문이 많이 난 것 같습니다. 시일이 지나면 지날수록 더 많은 사람들이 모일 것입니다."

한천조의 목소리에 유강이 대답하자 사람들은 고개를 끄덕였다. 하긴 강호의 무인들이 싸움 구경을 마다할 리는 없었다. 물론 여기 있는 사람들 중 진짜 무당을 위해 싸워줄 사람이 있을 수도 있지만 말이다.

"흑의인들은 보이지 않는데요? 일단 내려가 보죠?"

취소걸은 눈을 가늘게 뜨며 주위를 둘러보았는데 아마도 자신의 문파인 개방을 찾는 것 같았다.

하나 이미 사위가 어두워져 뭐가 어디에 있는지조차 잘 보이지 않는 그의 눈에 겨우 한 사람의 모습이 들어왔다.

"어라? 사부님이네? 사부님!"

그 자리에서 빽 하니 소리를 지르며 그는 말고삐를 부여잡으며 앞으로 나갔다. 약 십여 장 떨어진 곳에 한 노인이 웃으며 서 있었는데 다름 아닌 환우 장로였던 것이다.

"에잉, 고놈 참… 아직도 어리광이냐?"

"부릴 때 잘 받으세요. 좀만 나이 들면 시켜도 안 합니다."

싱긋 웃으며 소걸이 말하자 환우 장로는 그저 웃으며 제자의 어깨를 두드렸다. 소걸도 키가 작지만 환우 장로도 상당히 키가 작아 이젠 머리로 손이 가질 않는 듯했던 것이다.

"장로님, 오랜만에 뵙네요."

"쯧, 뭐 그리 좋은 일이 있다고 만날 밖으로만 싸도느냐! 시집갈 마음있으면 조신하게 준비나 할 것이지."

"아이, 장로님도 참……."

환우 장로의 말이 싫지는 않았는지 사봉희는 몸을 살짝 꼬았고 그 모습에 소걸은 입술을 댓발이나 내밀었다. 왠지 어울리지 않는 모습에 심사가 뒤틀린 것이다.

"그건 그렇고… 다들 환영합니다. 마교의 분들까지 이곳으로 오실 줄은 몰랐습니다. 연락을 받고 이 늙은이가 왔으니 행여 다른 오해는 마시길 바랍니다."

"허허허, 개방의 환우 장로님께서 직접 나오셨는데 무슨 오해가 있겠소이까? 오히려 사심없이 대해주니 고맙소이다.”

세 사람을 대신해 한천조가 입을 열자 환우는 빙그레 웃다가 호월을 향해 시선을 던졌다. 그는 잠시 호월의 무위를 가늠하는 듯 여기저기 바라보고 있다가 말을 던졌다.

“그렇지 않아도 지금 여기 와 있는 각대 문파의 사람들이 한곳에 모여 있네. 방주님께서 자네가 오고 있다는 소식에 날 보낸 것이니 한번 가보세. 향후 일정에 도움이 될 것일세. 모두들 함께 가시지요.”

“…….”

호월은 묵묵히 고개를 끄덕이며 앞으로 움직였고 그를 따라 모두 움직이기 시작했다. 그렇게 호월 일행이 도착한 곳은 한 커다란 천막이었다.

근 오 장여가 넘는 반경을 가진 천막 앞에는 개방의 제자들이 번을 서고 있는 듯했다. 호월은 그들에게 살짝 목 인사를 하고는 바로 안으로 들어섰다.

“오… 어서 오게나. 결국 도착했구만!”

들어서자마자 그를 반갑게 맞이해 준 사람은 중앙에 앉아 있던 개방 방주 표우등이었다. 호월은 역시 목 인사로 살짝 답한 후 주위를 둘러보았다. 커다란 천막의 가 측으로도 사람들이 빽빽이 둘러서 있었다.

그중에는 소림의 방장인 만수불인 혜오도 있었고, 장경각주 혜연과 집법당주 혜중도 있었다. 꽤나 비중있는 사람들이 온 것이 소림에서도 역시 이번 일을 크게 보는 듯한데 아직까지 아무런 행동도 취하지 않은 것이 더 이상하게 보일 정도였다.

아미는 장문인 정혜 사태와 정인신장 은명이 보였고, 그 외에 못 보던 사람들도 있었다. 종남은 언젠가 한번 봤던 고우준이 눈길을 슬며시 피하는데 그 모양을 청수사 이립이 이상한 눈으로 바라보고 있었다.

종남의 옆에 있던 점창은 표문강이 보였고, 장문인 사인검 장문각이 보였다. 모두가 호기심 어린 눈으로 호월을 바라보는 가운데 역시 나란히 앉아 있던 곤륜은 회음노조가 보였고 장문인 천명수심 야은노조가 보였다.

확실히 이번 일로 인해 올 수 있는 문파는 거의 다 온 것 같기는 했다. 다만 명수에 비해 참여한 문파의 수는 상당히 적어 보이는 것이 이곳에 참여하지 못한 청성과 무당, 그리고 화산의 빈자리가 고스란히 드러나는 듯했다.

"지금 모두 내일 있을 대반격에 대해 이야기하고 있었네. 선봉에 누가 설지만 결정되면 이 회합도 끝이 나네."

"마침 오셨으니 시주의 말도 들었으면 좋겠소이다. 아미타불… 어떻소이까? 지금 다른 분들은 아직 결정을 하지 않으신 듯한데 이중에 누가 선봉을 서는 것이 좋겠습니까?"

"……."

표우등과 혜오의 목소리에 호월은 아무런 말도 없이 그저 주위를 바라보았다. 왠지 이들의 다툼이 피부와 와 닿는 듯했던 것이다.

서로 누가 선봉에 서겠다고 다투는 것이 아니라 누구든 앞으로 나서라는 뜻이었다. 흑의인들의 무공이 강해서인지 아니면 지금 무당산 위에 있는 무당파의 세를 봐서 별로 얻을 것이 없어서인지 몰라도 다들 주저하고 있었던 것이다.

강호의 협사라면, 그저 옳다고 믿는 신념 하나로 강호를 살아온 무림인의 모습에 비하면 너무나 초라한 것이다. 이래서야 그 누구 하나라로도 믿을 수가 없었던 것이다.

"이미 어느 정도 사정은 이야기 들었소이다."

호월은 건조한 목소리를 내며 말문을 열었다. 호월의 뒤에 있는 마교의 세 사람에게 사람들의 시선이 잠시 집중되었지만 아무도 그에 대해선 말하지 않았다. 일단 지금 호월이 하는 말이 더 중요하니 말이다.

"그래서 한 가지만 확실하게 묻겠소. 내 생각이 맞다면 지금 서로 선봉에 서겠다고 하는 것이 아닌 것 같소만……."

“······.”

호월의 목소리에 소림의 혜오와 개방의 표우등은 조금 씁쓸한 표정을 지었다. 호월은 그 표정만 봐도 자신의 짐작이 맞았음을 잘 알 수 있었다. 그럼 솔직히 더 할 말도 없었다.

양성산의 혈사 이후로 각대문파의 세는 약해질 대로 약해진 후였다. 고수의 수도 현격하게 줄었거니와 최근엔 무당, 청성, 화산까지 박살나 버리자 이들은 지금 자문파의 세를 보존하려 하고 있었다. 이곳에 온 것은 그저 구색에 맞추어 다른 사람의 입방아를 견제하기 위함이었다.

솔직히 이들 중 몇 명이나 제대로 싸워줄지 알 수가 없었다. 호월은 나직한 목소리를 내었다.

“내가 서라면 선두에 설 것이오? 여기 있는 문파 아무나 지정해도 말이오?”

말도 안 되는 것임을 뻔히 알기에 호월의 목소리는 조롱으로 들렸다. 그러나 애초에 조롱받을 말을 시작한 것은 바로 이들이었다. 호월에게 묻는 것 자체가 바보 같은 일이었던 것이다.

표우등도 그저 답답한 생각에 입을 연 것이 오히려 호월의 심기를 건드릴 줄은 몰랐을 터였다. 그렇게 사람들이 어색해하고 있을 때 종남의 청수사 이립의 목소리가 들려왔다.

“물론 말도 안 되는 이야기지. 본 파는 분명히 이야기하지만 이번 일엔 강호의 태산북두인 소림이나 개방이 먼저 나서야 한다는 생각이오. 그 외의 문파는 상당한 타격을 입었음을 잘 알고 있을 것입니다. 이대로 더 타격을 받는다면 우리 종남은 청성처럼 봉문을 해야 할지도 모릅니다.”

이립의 목소리는 단호했다. 그는 절대 앞으로 나서지 않겠다는 입장을 분명히 했고 그건 다른 문파들도 마찬가지였다. 말하진 않아도 표정만 봐도 잘 알 수 있었던 것이다.

"양성산의 혈사를 말하자면 그것이 어디 우리가 획책한 일이오이까? 이 장문인도 알다시피 그 칠약회의 행사 때문 아니오이까? 결국엔 자승자박 아니오?"

그 말이 마음에 들지 않았던지 표우등의 뒤쪽에 있던 태결 장로가 입을 열었다. 그러자 여기저기서 도끼눈이 떠졌는데 이젠 칠약회가 거의 공공연한 이야기가 된 것 같았다. 칠약회에 참여한 것으로 알고 있는 곤륜, 점창, 청성, 아미, 종남의 다섯 문파가 일제히 그를 쏘아본 것이다.

"이런 식으로 해선 될 일도 안 되겠군요."

갑자기 허허로운 목소리가 들려오자 모두의 눈이 한곳으로 향했다. 말을 연 사람은 인자해 보이는 노비구니였는데 바로 아미의 연문이었다.

그녀의 곁에는 노인들도 있었는데 바로 검일과 삼패권이었다. 그들을 최고조로 내력을 끌어올려 이곳에 도착한 것이었다.

"여기 옆에 계신 곤륜의 검일 장로님과 삼패권 장로님도 잘 아시지만 그날 양성산의 혈사는 철저하게 조작된 것입니다. 모두들 그 일을 발설하지 않으셨지만 잘 알고들 계십니다."

"……"

그녀의 목소리에 모두의 입이 다물려졌다. 사라진 청성의 삼목 진인에 의해 당한 것임을 모두 짐작하고 있었다. 사실 오늘 이렇게 달려온 것도 무당의 위기가 아닌 그 삼목 진인을 향한 복수심 때문이었던 것이다.

애당초 동기 자체가 달랐던 것이다. 소림과 개방을 제외한 문파들을 이와 같은 입장이었고 소림과 개방은 이들의 행사를 견제하기 위한 목적이 컸다. 이래서야 될 일도 안 될 것이었다.

"모든 일은 다 묻고 시작하면 안 되겠습니까? 저 위에서 우릴 기다리고 있는 무당을 생각해서라도 본니가 선두에 서겠습니다. 이젠 문파가 아닌 개인 자격이 필요할 것 같군요. 아미타불……."

"허허허, 연문 사태께서 그리 이야기하시니 이 늙은 것도 움직여야겠소이다."

"사형이 가시면 저도 가야지요. 혹 압니까? 저 흑의인들 중에 그 빌어먹을 놈이 끼어 있을지."

연문의 말에 맞장구를 친 것은 검일과 삼패권이었다. 하나 말을 연 것은 그들뿐, 그것도 곤륜의 회음노조와 아미의 정혜 사태는 계속 고개를 좌우로 젓고 있었다. 허락할 수 없다는 표시였던 것이다.

"……."

그들의 목소리를 듣고 있던 한천조는 남모르게 한숨을 쉬었다. 왜 마황이 참여하지 말라고 하며 가면 알 게 될 것이라 했는지 이제 알 것 같았다. 정말 나설 수가 없었다.

어디까지나 이들은 정파를 자처하는 사람들, 마교 역시 정을 표방하고는 있지만 그 정이란 것은 이들이 말하는 것과는 달랐다. 이럴 때 이들을 뒤로하고 호월과 위로 올라간다면 그건 정파 전체를 무시한 처사였다.

딱 보니 지금 이렇게 탁상공론을 펼친 것이 하루 이틀의 일이 아닌 것 같았다. 어째서 저기 있는 소림이나 개방의 큰소리를 내며 분위기를 몰아가지 않는지 알 수가 없었지만 확실한 것은 있었다. 자신들도 나설 수가 없다는 것이다.

갑자기 그는 답답해져 왔다. 이때 조금이라도 누가 나서며 앞으로 간다면 자신은 그의 뒤에서 조용히 도움을 줄 수 있건만 그럴 상황은 만들어지지 않았다. 그때였다. 문득 취소걸의 외침이 들려왔다.

"지금 뭐 하자는 겁니까! 그래도 강호의 명숙이며 배분이 높은 분들이 저처럼 어린놈에게 뭘 가르치려 하십니까! 이런 일이 있으면 스스로 숨어 있으라고요? 다른 문파의 힘이 약해지면 곧 우리가 사는 길이라 이겁니까? 대체 무슨 생각들이십니까!"

"취 소협! 말이 너무 심하오. 우린 우리 나름대로 최선을 다해 생각하고 또 생각을 거듭하고 있는 중일세. 소협 같은 아직 새파란 젊은이들이 나설 때가 아니야!"

그래도 성질은 있는지 곤륜의 회음노조가 시퍼런 눈을 뜨고 소걸을 향해 호통을 치자 사봉희는 화가 치밀어 오르는 것을 느꼈다. 그녀는 앞으로 한 발 나가 소리쳤다.

"지금 그 눈이 여기 소걸에게 향해야 맞는 것인가요? 저 앞에 어디선가 우릴 보며 비웃고 있을 흑의인들에게 돌려져야 하는 것이 아닙니까? 아무리 어리다지만 사리 판단 하나 못할 것이라 생각합니까? 사부님! 볼 것도 없이 우리 개방이 앞에 서지요. 그럼 되는 것이 아닙니까?"

"잠시 마음을 가라앉히거라. 물론 그리 할 것이나 일단 더 조율을 할 것이 있구나."

사봉희의 말에 표우등은 낮은 목소리를 내었는데 그 말을 믿는 사람은 아무도 없었다. 내심 표우등도 다른 문파의 이런 태도에 화가 나 있었고 그것이 어떤 대결 구도로까지 이어져 버린 것처럼 느껴지고 있었다.

환장할 노릇이었다. 저 위에선 어떤 일이 일어나는지 몰라도 옥당 형님이 자신을 기다리고 있을 터였다. 비록 간다고 이야기하진 않았지만 그간의 정리를 생각해 최소한 호월과 함께 자신은 올 것이라 생각하고 있을 터였다. 그런데 이렇게 발목을 잡힌 꼴이라니.

더 이상 참지 못하고 소걸은 앞으로 나가 소리치려고 했다. 한데 그보다 먼저 입을 연 사람이 있었다.

"정말 웃기는 노릇이군. 이런 광대 같은 광경을 보여주기 위해 날 이곳으로 부른 건가?"

"뭐라! 말을 삼가라!"

"아니, 어느 안전이라고 감히……."

곳곳에서 언성이 높아지는 가운데 정작 말을 한 호월은 태연했다. 그는 더 이상 이곳에 있기도 싫다는 듯 신형을 반쯤 돌리며 입을 열었다.

"어차피 짐작하고 있었지만 직접 눈으로 보니 할 말이 없군. 결론을 말하자면 누가 선봉에 서든 관심조차 없다. 그러니 당신들은 당신들 멋대로 움직여라."

"진정 건방진 자로구나! 감히 이곳이 어디라고 망언을 쏟는가!"

아미의 정혜 사태가 참지 못하고 일어섰다. 그녀의 얼굴은 벌겋게 물들어 있었는데 호월은 그 표정에 비웃음으로 대신했다. 그러다 호월의 입이 열렸다.

"망언? 그래 망언이라고 치지. 하나 한 가지 내 약속하지. 난 지금 올라간다. 그리고 가서 내 친구를 만나겠다. 그리고 그 친구를 만났을 때 그 친구가 조금이라도 상해를 입고 있다면 말이다……."

후우우우우우…….

천막 주위의 공기가 휘몰아치기 시작했다. 막강한 내력을 휘돌리며 호월이 실력 행사를 시작한 것인데 그 누구도 호월의 힘에 정면으로 막아설 수 없었다. 그저 자신의 내력을 끌어올려 대항하기에 바빴던 것이다.

"잠시의 시간이나마 날 잡아뒀던 너희들을 그냥 두지 않겠다."

"……!"

호월의 목소리에 여기저기서 눈이 둥그레졌다. 혹자는 병기까지 손에 쥐고 달려나오려 했지만 그런 사람들에겐 더욱더 강한 내력이 몰려갈 뿐이었다. 결국 호월은 바로 신형을 돌려 천막에서 빠져 나갔다.

"…이럴 수가! 더욱더 강해졌지 않는가!"

표우둥의 얼굴은 놀람으로 물들었다. 그러나 그를 비롯한 여러 사람이 놀라는 마음보다 표우둥의 태도에 실망한 소걸과 봉희의 상실감이 더욱더 컸다.

두 사람은 아무런 말도 없이 신형을 돌렸다. 그들 역시 호월과 함께하기로 마음을 먹고 나서는 것이었고 그 뒤를 따라 한천조와 당예화, 유강과 오경우 역시 같이 나서고 있었다.

"모두 다 이곳에 있으시오. 나 혼자 가는 것이 편하오."

"호월! 무슨 말을 하는 거야!"

호월의 목소리에 당예화가 눈을 부릅떴다. 그는 무슨 일이 있어도 같이 올라갈 생각이었다. 그러나 천막 밖으로 나와 자신들을 등지며 하는 호월의 말은 예상과는 너무 달랐던 것이다.

"정파와 마교의 관계…… 그 때문에 세 사람은 나서지 않겠지. 그렇지 않소, 한 노야?"

"……."

호월의 말에 한천조는 아무런 말을 못했다. 아니, 그만이 아니라 유강과 오경우도 말을 못했다, 틀린 말이 아니니.

"그리고 소걸, 봉희, 그리고 예화는… 위험하다."

"……."

이번엔 취소걸과 사봉희, 그리고 당예화가 아무런 말도 못했다. 지금 위험하단 이야기는 그냥 듣기 좋으라고 하는 말이 아니었다. 사봉희와 취소걸도 위험할 정도임을 호월은 눈치챘던 것이다.

"그러니 결론은 하나… 나 혼자 간다."

"호, 호월!"

"말도 안 돼요, 호월 형님. 그럴 수는 없어요!"

사봉희와 소걸이 다급히 호월에게 말하며 앞으로 다가가려 했지만 그렇게 할 수가 없었다. 호월의 손이 자신들을 향해 쫙 펴져 있었던 것이다.

"내 말이 무슨 뜻인지 모를 것이라 생각하지 않는다. 저 앞에 서면 난… 나 하나 간수하기도 벅차게 될 것이다."

"그런데 왜 혼자 가려고 그래요! 그렇게 잘 알면 어떻게든 방법을 찾아 같이 움직여야 하는 것 아니에요!"

소걸은 지지 않고 소리쳤다. 하지만 호월은 이미 단단히 마음을 먹어버린 것 같았다.

양손 가득 기운을 북돋아 올린 채 호월은 다시 입을 열었다.

"그것이 내가 할 수 있는 유일한 길이니까. 이것이 내가 생각하는 친구에게 대하는 법이다. 그리고 너희는……"

호월은 잠시 말을 끊었다. 두 사람과 한천조, 오경우, 그리고 당예화와 유강을 바라보며 그냥 서 있는 듯하더니 이윽고 오른손을 내려 힘껏 자신이 딛고 있는 발 앞으로 내력을 쳐올렸다.

퍼어어어엉!

커다란 소리와 함께 허공에 단단히 얼어붙은 흙들이 퍼져 오르고 한순간에 반 장여의 공간이 옅게 패여 나가 있었다. 이만한 내력을 사용할 수 있다는 것을 마치 보여주는 듯했다. 호월은 다시 입을 열었다.

"이 정도의 실력이 되지 않는다면 오지 마라. 이건 부탁이 아니다."

"……."

호월은 대답도 듣지 않은 채 바로 신형을 돌렸다. 그리곤 저 앞의 어둠을 향해 발을 내딛기 시작했다. 한 걸음 내딛을 때마다 앞으로 쭉쭉 나갔다, 양손을 검파 위에 얹은 채. 그리고 그가 산 위를 향해 빠르게 다가서는 순간 어디서 나타났는지 새까만 사내들이 앞을 가로막았다.

시리링!

양손을 움직이며 쌍검을 꺼낸 호월의 전신에서 강한 기운이 흘러나오기 시작했다. 두 눈을 살기로 가득 담은 호월의 입술 사이로 작은 목소리가 새어 나왔다.

"기다려라, 옥당!"

◆ 第三章 ◆

은옥당

“후우……”

“잠을 이루지 못하십니까?”

은옥당은 이마에 흐른 땀을 닦아내며 침상에서 일어섰다. 조금이라도 자야 다음 공격에 대비할 텐데 지금 전혀 그렇게 할 수가 없었던 것이다.

왠지 불안한 것이 도무지 마음을 진정할 수가 없었다. 탁자 위에 놓은 찻물을 들이킨 그는 고개를 돌려 입을 열었다.

“부인, 지금 시간이 얼마나 되었습니까?”

“이제 일경을 갓 지났습니다. 아직 새벽이 되려면 멀었습니다.”

거의 잠을 자지 못했다는 이야기였다. 은옥당은 심호흡을 크게 하여 마음을 진정시켰다. 그러나 더 이상 잠이 오진 않을 것 같았다.

왠지 모를 불안감… 무언가 뾰족한 것이 자신의 마음을 찌르는 듯한 그런 느낌이 들었다. 무당산 내의 자신의 처소에서 이러한 마음이 들다니…….

“아무래도 뭔가 이상한 생각이 드오. 부인 먼저 잠자리에 드시구려. 난 좀 더 있다가 자겠소이다.”

“…….”

말없이 자신을 바라보는 부인을 뒤로한 채 그는 방을 나섰다. 자신의 검과 사부의 검, 두 개의 검을 나란히 찬 채 찬바람을 맞기 위해 연무장 쪽으로 향하고 있었다. 한데…

휙… 휘이익! 휙!

“……!”

괴이한 소리에 그는 신형을 살짝 낮추며 앞으로 움직였다. 소리는 연무장 쪽에서 나는 것이었는데 혹 적이라도 온 것이 아닌가 의심되었던 것이다.

그러나 그 소리는 그저 연무하는 소리였다. 연무장의 한켠에서 슬쩍 누군지 확인한 은옥당은 한숨을 살짝 내쉬었다. 바로 양우와 인성 사숙이었고 한쪽엔 양의선인 연도 장문이 서 있었다.

아마도 연도 장문이 무언가 가르치는 중 같아 은옥당은 신형을 돌리려 했다. 한데 그의 귓가에 연도 장로의 목소리가 들려왔다.

“옥당이는 이쪽으로 오너라.”

“…예, 장로님.”

연도의 목소리에 은옥당은 앞으로 나아갔고 곧 그의 앞에 섰다. 양우와 인성은 조용히 웃으며 연공을 멈춘 상태였다.

“허허허, 잠이 오질 않는 모양이구나. 마음이 불안하더냐?”

“그렇습니다. 가슴이 답답한 것이 통 잠을 이룰 수가 없습니다.”

은옥당의 말에 연도는 그저 허허롭게 웃었다. 그러다 불쑥 한 장의 작은 양피지를 은옥당에게 내밀었다.

“장로님, 이것은……?”

“한번 보거라, 이것이 무엇인지.”

연도의 말에 은옥당은 눈을 돌려 글을 읽어나가기 시작했다. 글이야 양피지 한 장에 달랑 쓰여진 것이니 많을 리가 없었다. 삽시간에 읽은 그는 곧 눈을 동그랗게 떴다. 시작하자마자 예사롭지 않은 글귀가 쓰여져 있었던 것이다.

"아니, 가지고 있던 모든 무공을 버리라는 것이 시작이란 것입니까?"

두 눈을 동그랗게 뜨며 그는 연도에게 물었다. 연도는 그저 빙긋이 웃을 뿐 아무런 말이 없었는데 은옥당은 다시 눈을 돌려 자신이 읽은 것이 맞는지 확인하기 시작했다.

"도무지 이해할 수 없는 글귀들만 쓰여 있군요 나를 잊고 세상을 보라니오? 이건 마치 불가의 경전이나 우리 도가의 도서와 같습니다. 처음 글귀로 보아 이건 무공서 같은데 맞습니까?"

"허허허. 그렇단다. 그것은 하나의 무공서이다. 그것도 아주 잘 아는 것일 테지. 바로 십삼월무의 내용이란다."

연도의 목소리에 은옥당은 조금 놀란 표정을 지었다. 그간 호월에게 듣기로 이 무공은 그 기록이 거의 남아 있지 않다고 했다. 호월의 사부인 연헌자도 구전으로 내려오는 것을 연도에게 들었다고 알고 있었던 것이다.

"이것이 기록이 남아 있는지는 정말 몰랐습니다. 호월은 이 기록을 모르고 있는 것 같습니다만."

"그래, 사실 그것이 정답이다. 이 기록은 내가 쓴 것이다. 과거 조사님께서 설명해 주신 것을 기억나는 대로 쓴 것이지. 연헌자는 이 작은 양피지 조각을 보고 십삼월무를 익히려 한 것이고……."

순간 옛 기억이 나는지 연도는 하늘을 잠시 바라보았다. 맑게 개인 밤하늘에 보이는 것이라고는 초롱한 별빛뿐이지만 아마도 그때의 일을 회상하는 것 같았다. 아주 어릴 적 자신이 만났던 사람, 연헌자의 마지막 모습을 말이다.

"허허, 나이가 먹으니 헛생각만 나는구나. 그의 소식을 들을 것만도 즐거운 일이거늘… 어떠냐 네가 보기에 이 무공을 어떻게 느껴지는고?"

연도는 호기심 어린 눈빛으로 은옥당을 바라보고 있었는데 솔직히 은옥당은 전혀 이해할 수가 없었다. 처음의 구결도 그렇지만 그 다음의 구결 역시 이해하기 쉽지 않았던 것이다.

"용천혈부터 모든 기운을 다시 시작하려 노력하라는 말도 이해하기 어렵습니다. 모든 힘은 단전에서부터 시작되는 것, 그 상리를 벗어나려 함은 너무 위험하다고 사료됩니다. 솔직히 저라면… 이렇게 하지 않을 것입니다."

은옥당의 목소리에 연도는 고개를 끄덕였다. 당연한 노릇이었다. 자신이 이제껏 해온 것은 모두 버리는 것도 우스운 일이지만 이대로 한다 해도 된다는 보장이 없으니 당연했다. 한데 요즘 그는 새로운 생각을 하고 있었다.

"그래, 나도 처음엔 그리 생각했었다. 그러나 요즘 들어 이상한 생각이 드는구나."

"……."

"왠지 이 십삼월무는 하나의 무공이 아닐 것 같은 생각이 들었단다, 조사님의 뜻이 어쩌면 다른 곳에 있을 수도 있다는."

"장로님 그것이 무슨 뜻인지요?"

조용히 듣고만 있던 양우도 궁금증이 이는지 연도에게 물어왔는데 그러자 연도는 작은 웃음을 입가에 띠었다. 하긴 이해하기 그리 쉬운 것은 아닐 터였다.

"생각을 한번 해보거라 그간 우리 무당에 전해져 왔던 무공들, 그 무공을 익힌 사람이 과연 조화를 이루려 노력했었느냐? 아니면 강한 양강의 힘을 키워 자신의 무공을 더 강하게만 만들려 했더냐?"

"……."

양우는 살짝 눈을 좁혔다. 사실 지금 무당의 무공은 양강의 힘이 팔 할이 넘었다. 분명 조사님께선 양과 음의 조화를 최우선으로 생각하려 했지만 그 분이 떠나고 난 후 상황은 연도가 말한 것처럼 되어갔다. 모두들 음과 양의 조화보다는 더욱더 강한 양강의 힘만을 추구했었던 것이다.

그저 그것을 당연하게 생각했었다. 그래서 무당의 무공은 날이 갈수록 그 힘이 커져만 갔고 어느 한순간 다른 문파의 무공들과 별다른 차이가 없게 되었다. 물론 심도있게 파고든다면 차이점이 크지만 말이다.

"호월이란 아이를 처음 봤을 때, 그 아이의 기운을 느끼며 난 생각했었다. 어쩌면 진정한 무당의 무공을 그가 연성하고 있다고 말이다. 한없이 부드러운 그 내력을 보면서 말이다. 너희들은 그렇게 생각하지 않느냐?"

"……."

양우와 인성, 그리고 은옥당은 그저 묵묵무답이었다. 연도의 말에 대답할 수 있을 정도로 그들은 호월의 무공에 대해 알지 못했다. 그러니 대답을 할 수 없을 수밖에.

"비록 그가 가진 초식은 무당의 것이 아니지만 그의 내력만은 가장 무당답다고 느꼈다. 허허허, 말이 안 되는 듯하지만 한편으로는 또 말이 되는 이야기니……."

"그래서 십삼월무를 무공이라 생각하지 않으시는군요. 이건 우리가 나아가야 할 방향을 조사께서 남기신 것이 아닐까 하는 생각 말입니다."

"그래, 양우 네 말이 맞다. 정말 이 양피지에 적힌 대로 하든 안 하든 그 근본을 잊지 말라는 교훈과도 같은 것이지. 그런데 연헌자는 실제로 자신의 몸을 통해 이를 확인하려 한 것이고 말이다."

은옥당은 그제야 고개를 끄덕일 수 있었다. 이것이 무공이든 아니든, 그건 중요한 것이 아니었다. 세상에서 몸을 누일 순간에 그토록 고심해 만든 이 기록은 결국 무당의 후세를 위한 것이었다. 그리고 지금껏 그 진위조차 제대로 모르고 있었던 것이다.

인연이라고 해야 하나? 어쨌든 조사님의 뜻은 지금 호월을 통해 다시 피어오르고 있었다. 그것도 아주 확실하게 말이다. 문득 그는 호월을 생각하며 빙그레 웃었다. 그러자 연도의 목소리가 들려왔다.

"무엇이 그리도 즐거우냐? 그리 즐거운 일이 있다면 같이 알자꾸나."

"하하하, 아닙니다, 장로님. 잠시 호월과 처음 만났을 때를 생각했습니다. 다짜고짜 이 목검을 내밀며 네 것이 아니냐고 물었습니다."

은옥당은 품속에서 작은 목검 하나를 내밀었다. 그건 자신이 연헌자에게 준 것인데 호월이 돌려준 것이었다.

"이 목검엔 저의 땀뿐이 아니라 호월의 땀도 같이 들어 있습니다. 제가 연헌 태사숙님께 드렸던 것보다 훨씬 더 반들해져 있었지요. 그날이 생각나 웃었습니다."

"허허허, 정말 수련을 많이 한 듯한 흔적이 보이는구나. 게다가 보관도 아주 잘 되어 있고… 한데 그걸 아직도 가지고 다니느냐?"

연도는 헛웃음을 지으며 묻자 은옥당은 환한 미소로 답을 대신했다. 호월과 자신을 처음 연결해 준 것이 바로 이 목검이었다. 그는 무당으로 되돌아온 후에도 몸에서 이것을 떼지 않았던 것이다.

은옥당은 다시 품속에 목검을 집어넣었다. 그리곤 연도를 향해 다시 입을 열려 한순간이었다.

"습격이다! 모두 정 위치로!"

"……!"

산문 쪽에서 들려오는 고함 소리에 네 사람은 동시에 신형을 돌렸다. 또 한 번의 공격이 시작된 듯 보였는데 네 사람은 서로를 마주 보며 고개를 끄덕거린 후 바로 신형을 돌렸다. 그리곤 저 멀리 아스라이 보이는 산문을 향해 전력으로 뛰어가기 시작했다.

*　　　　*　　　　*

스스슷… 피피피피핑—

호월이 있던 자리에 대여섯 자루의 검날이 허공을 가르며 섬뜩한 소리를 내고 있었다. 일견하기에도 상당한 내력이 실린 검날은 흑의인들의 무공을 아주 잘 보여주고 있었다. 이 정도라면 저 밑에 있는 무림인들이 모두 덤빈다 해도 쉽지 않을 것이다.

어쩌면 저 밑에 모인 무림인들은 정말 이들이 두려운 것일지도 몰랐다. 아마도 선봉에 서지 않으려는 이유가 이 정도의 힘을 가진 자들에게 대적한다는 것 자체가 자파의 힘을 적어도 오 할 이상을 소진할 수밖에 없다는 계산이 섰기 때문일 것이다.

시시싯… 피피핑!

또다시 날아오는 도검의 공격에 호월은 다시 신형을 움직였고 이어 마음을 다스렸다. 일단은 이들을 뚫고 올라가야 했다. 그래야 은옥당에게 도움을 주든 어떻든 할 것이니 말이다.

그런데 이들을 뚫고 올라가는 것이 그리 녹녹하지 않았다. 일단 이들의 무공도 무공이지만 그 합격술이 기가 막혔다. 어떻게 하는지 모르지만 마치 기계들의 정확한 움직임을 보는 것 같았다. 긴장되는 순간이 한두 번이 아니었던 것이다.

다행히 심상인으로 인해 아직까지 그리 심한 부상은 입지 않았지만 그가 입고 있던 헐렁한 파풍의 여기저기는 벌써 베어진 곳이 십여 곳이 넘게 느껴지고 있었다. 한순간도 마음을 놓을 수는 없었던 것이다.

피이잇—

문득 호월의 감각이 전면에서 강한 기운이 담긴 검날이 들어오는 것이 보였다. 호월은 오른손의 남월검을 앞으로 내밀다 비스듬히 오른쪽으로 밀어 내렸다.

스스슷—

그자의 검이 한쪽으로 치우쳐지자 호월은 몸을 움직였다. 환영과도 같은 그의 움직임이 보여지며 어느새 호월의 몸이 그자와 바싹 붙어 있게 되었다. 호월은 오른손의 검을 빙글 돌려 검날을 거꾸로 말아 줘었다.

그리고는 재빨리 손을 앞으로 내밀어 그자의 목 밑에 검날을 갖다 대었다. 이어 그는 앞으로 빠르게 달려나갔다.

타타타탓…….

인간같이 보이지 않는 자들이지만 무의식중에 삶에 대한 욕망은 있는 것 같았다. 그가 뒷걸음을 치며 움직이자 호월은 고개를 왼쪽으로 돌렸다. 오른편의 공격은 이렇게 막을 수 있을 것이라 생각했던 것이다. 한데,

피핏!

“……!”

오른쪽에서 엄청난 살기가 느껴지자 호월은 오른발로 땅을 굴렀다. 단 한 동작으로 미끄러지듯이 그는 왼편으로 움직였는데 움직이자마자 양손을 뻗으며 허리를 축으로 길게 검날을 휘돌렸다.

스파아아앗… 콰가가각!

“커어억!”

호월의 귓가에 단말마의 비명이 들려왔다. 슬며시 고개를 돌린 호월의 눈이 살짝 좁혀졌다. 자신이 방패막이로 사용한 사람의 등 뒤로 비죽한 것이 여러 개 튀어나와 있었다. 이제 어스름하게 떠오르는 달빛에 창백한 빛을 반사하는 날카로운 창날이었다.

이들은 동료의 목숨조차 별로 중요하게 생각하지 않는 듯이 보였다. 그리고 바로 그 순간 호월은 깨달을 수 있었다.

빠르게 올라가는 것도 좋지만 그건 불가능한 일이었다. 어느 정도의 숫자가 될지 모르지만 이들의 목숨을 앗아야만이 올라갈 수 있으니 말이다.

우우웅…….

양손에 쥔 검이 낮게 울 정도로 강한 내력을 주입한 후 호월은 주위를 둘러보았다. 그러다 한순간 앞으로 폭발하듯 움직이며 양손을 휘둘렀다.

파앙… 쩌정!

한 수에 두 사람이 뒤로 물러나자 호월은 바로 허리를 틀었다. 그리곤 오른발을 휘돌려 뒤에서 다가온 살기를 쳐내었다.

우직!

어느새 창날이 그의 뒷목을 노리고 있었다. 창대를 부러뜨리며 호월의 오른발은 공중을 휘돌았는데 땅에 내려선 그의 오른발은 힘껏 땅을 후려치고 있었다.

파아앙!

살짝 땅이 울릴 정도로 강대한 타격이 울리고 그 반동으로 호월의 오른발이 다시 허공에 휘돌고 있었다. 창대를 밀어내던 자의 관자놀이를 힘껏 후려쳤다.

꽈앙… 우득!

발가락 끝에 그의 두개골이 부서지는 듯한 감각이 들자 호월은 바로 발을 내렸다. 그리고 그 순간 양쪽에서 검날이 동시에 들어오고 있었다.

스스슷…….

"……."

상당한 고수였다. 한 사람은 호월의 앞으로 또 한 사람은 뒤로 스치듯 지나가며 호월을 공격할 모양인 것 같았다. 호월은 양팔을 좌우로 뻗으며 내력을 휘돌렀다. 그러자,

치이잉―

두 개의 검이 호월의 검에 모두 달라붙었다. 순간적으로 몸 안에 음유의 힘을 담아낸 것인데 호월은 자신의 몸 바깥쪽으로 최대한 원호를 그리며 허리를 틀었다.

키키키킥… 좌아아아앗!

호월의 힘에 두 사람이 질질 끌려왔지만 그들은 절대 검을 놓지 않았다. 두 사람이 호월의 앞뒤에 정확히 섰을 때 호월은 팔을 살짝 안으로 굽히다가 바로 내력을 양으로 바꾸며 밀어내었다.

콰각!

"…쿡."

"흡."

괴이한 소리와 함께 호월의 검날에 두 사람의 목이 걸리자 호월은 순간 허리를 반대로 틀며 양손에 온 힘을 가했다.

파아아아앗!

섬뜩한 소리가 들려오며 피보라가 허공에 쏟아지고 순간적으로 호월의 전신은 핏방울에 흠뻑 적셔졌다. 그리고 그 피가 땅에 떨어지기도 전에 정수리를 쪼개오는 듯한 강한 압박이 느껴졌다.

"……!"

한 사내가 허공에 떠 있었다. 동료들의 죽음을 미끼 삼아 호월의 사각지대로 튀어 오른 것이었다. 호월은 미동도 하지 않은 채 그저 그의 얼굴을 바라만 보고 있었다.

그가 허공에서 정점에 이른 후 막 떨어지려 할 때 호월의 양손이 좌우로 벌려졌다. 그와 함께 흑의인의 가슴에서 또 한 번 피분수가 터져 나왔다.

쩌어엉!

"커어억!"

단말마의 비명과 함께 그는 허공으로 다시 튕겨졌다. 또 하나의 피보라를 만들어내며 일 장여의 공간을 날아 땅에 떨어졌고, 호월은 그런 그를 그저 무심한 눈으로 바라만 보고 있었다.

"……!"

주위의 흑의인들이 움찔하며 한 걸음 물러서는 것이 보였다. 호월은 긴 호흡과 함께 내력을 다시 한 단계 끌어올렸다.

스스스스……..

스산한 소리와 함께 그의 몸 주위에서 자색의 운무가 조금씩 피어오르고 있었다. 피 안개인지 아니면 내력의 기운인지 모를 가운데 호월의 살기 역시 점점 짙어지고 있었다.

온몸의 감각을 최고조로 일깨운 가운데 호월은 주위를 향해 눈을 치켜떴다. 지금 이 순간, 그는 강호에서 여러 사람들을 도와준 그가 아니었다. 망일곡의 어두운 암굴 속에서 살기 위해 남을 죽였던 그때의 호월이었다.

*　　　*　　　*

치링… 티잉!

날아오는 검날을 검의 옆면으로 흘리다 그대로 되튕겨내며 은옥당은 이를 악물었다. 벌써 반 시진째 이들을 상대하고 있지만 아직 단 한 사람도 차가운 땅에 눈 사람이 없었다.

차륜전(車輪戰), 틀림없이 의도된 차륜전이었다. 이러다 힘만 빠지게 될 것은 너무나도 자명했다.

일단 현 상황은 아직 우려할 만한 상황이 아니었다. 뒤편엔 연도 장로를 비롯한 상소 도인 허정자와 중정관천 헌우가 모두 와 있는 상황이었고 여차하면 이곳으로 뛰어들 태세였다. 그 모습만 봐도 솔직히 앞에서 싸우는 사람들은 힘이 나고 있었다.

앞에서 싸우는 사람들은 양우와 인성을 주축으로 한 일대제자들이 막아서고 있었다. 양우, 인성, 우면이 선두에서 품(品) 자를 형성하며 싸우고 있었고 바로 뒤를 자신과 환안, 그리고 곤사문과 백초문이 받치고 있는 형세였다. 그 뒤로 어린 제자들이 더 있었고 말이다.

당장이야 다른 곳에서 밀고 들어오는 기미도 보이지 않으니 별다른 상황이 펼쳐질 것 같지는 않아 보였지만 문제는 사기였다. 이렇게 막아내는 데도 저들이 별로 타격을 입지 않은 듯하니 그것이 더 문제였던 것이다.

나이가 좀 있고 강호 경험이 있는 사람들이야 저들의 실력을 어느 정도 알고, 또 지금과 같은 시기에 앞으로 나가 싸워 이기려는 것이 얼마나 위험한 것인지 잘 알기에 신경 쓰일 것이 없지만 문제는 어린 제자들이었다. 초초함이 가득 담은 눈동자가 곳곳에서 느껴졌던 것이다.

이러다간 제대로 싸우기도 전에 모두 제풀에 지칠 것 같아 은옥당은 이를 악물었다. 그리곤 허리를 살짝 숙이며 몸을 낮추었다. 그러자 자신이 검날을 튕겨낸 흑의인 역시 살짝 긴장하는 모습이 보이고 있었다.

단 한 번의 일격이었다. 눈앞의 흑의인은 일견하기에도 자신과 동급, 혹은 그 이상의 무공을 지닌 사람이었다. 이런 사람을 상대로 확실한 승리를 거두려면 그도 그만한 대가를 지불해야 한다는 것을 그는 너무나 잘 알고 있었다.

스슷… 파아앙!

슬쩍 오른쪽으로 움직이는 듯 발을 뻗다 바로 땅을 차며 앞으로 달려들자 사내가 뒤로 물러나는 것이 보였다. 은옥당은 더욱더 빠른 속력을 내기 위해 왼발을 들어 힘껏 땅을 구르려는 동작을 취했다.

콰악… 파아아앙!

하지만 그것은 대치하고 있던 흑의인들에게 기회를 준 것이나 마찬가지였다. 은옥당의 앞에 있던 흑의인은 단번에 눈을 빛내며 앞으로 맞서 나오고 있었다. 은옥당보다도 반보 정도 빠른 것이 이러다간 은옥당이 먼저 당할 것처럼 보이고 있었다.

"…이런, 옥당! 뭐 하는 것이냐!"

가장 가까이 있던 인성은 버럭 소리를 질렀지만 이미 상황은 엎질러진 물이었다. 앞으로 나간 은옥당의 전면에서 오는 공격은 양옆에서 조여들던 흑의인들보다 배는 빨라 보이는 속도였던 것이다.

흑의인이 노리는 곳은 은옥당이 발을 내딛는 곳이었고 은옥당의 몸 중에 가장 방향을 전환하기 어려운 곳이 바로 그곳이었다. 내딛는 순간 그의 발목은 잘리게 될 것이었다.

흑의인의 검날이 빠르게 다가왔다. 마치 제비가 허공에서 낮게 날듯 그 역시 허리를 숙이며 검날을 찔러왔고 정확히 은옥당의 발목 어림에 다다르고 있었다. 한데 그때 흑의인의 눈을 의심하게 만드는 일이 일어났다.

찌이이잉!

"……!"

낮은 울림과 함께 자신의 검이 밑으로 숙여지고 있었다. 그리고 숙여진 검신의 중앙엔 검극이 하나 올려져 있었다. 은옥당은 그냥 발을 내린 것이 아니라 이미 손목을 꺾어 검을 밀어 내린 것이었다.

이미 흑의인이 그렇게 나올 줄 알고 있다는 뜻이었고, 그것이 무엇을 의미하는지는 본능적으로 알 수 있었다. 바로 함정이었던 것이다.

황급히 그는 검날을 회수하며 몸을 뒤로 빼려 했지만 상대는 은옥당이었다. 그리 쉽게 몸을 가눌 수 있는 상대가 아닌 것이다.

피링

작은 소리와 함께 또 한 번 은옥당의 손목이 꺾이자 그의 검극이 흑의인의 미간을 향했다. 보았다 싶을 땐 이미 그의 검날이 치고 간 후였다.

핑!

흑의인의 이마 한가운데서 달빛에 반짝이는 액체가 흘러나왔다. 그와 함께 흑의인의 신형은 힘없이 무너졌다. 일기일원공의 일점검식이 그 위력을 발휘한 것이었다.

탓… 파아아앙!

기어이 흑의인의 신형을 땅에 뉘인 은옥당은 내려진 왼발을 재빠르게 굴렀다. 그가 예측한 것은 이 다음까지였다. 자신이 요행히 저 흑의인을 죽인다 해도 그 뒤가 문제였던 것이다. 다른 흑의인들이 그냥 있을 리가 없었다.

더욱이 이들의 합격술은 강호에서 봤던 흑의인들과 비교해 볼 때 더욱 정교해진 상태였다. 방법은 오로지 하나, 최선을 다해 신형을 빼는 수밖에 없었던 것이다.

피핏!

"흡!"

허공에 두 줄기 핏줄기가 터져 오르며 은옥당은 어깨 어림에 시큰한 감각을 느껴야 했다. 몸을 빼긴 했으나 그냥 빠지진 않았던 것이다.

"후우……."

겨우 다시 대오를 맞춘 은옥당의 입에서 긴 한숨 소리가 흘러나왔다. 대가치곤 상당히 싼 편이었다. 다행히 상대가 방심을 해 살아난 셈인 것이다.

살짝 고개를 돌려 뒤를 바라본 은옥당의 눈에 어린 무인들의 모습이 보였다. 안색이 눈에 띄게 좋아진 것은 드디어 적이 쓰러졌다는 생각에 힘을 내기 시작하는 듯했다.

그러나 진짜 위험은 지금부터였다. 이제부터 흑의인들은 정말 최선을 다할 것이었다. 특하나 자신에게는 말이다. 그동안 봐준 것은 아니나 몇 번의 지리한 공격으로 인해 마음 한구석이 조금 풀려 있었음을 은옥당은 알 수 있었다. 그러나 이젠 그러한 일은 기대할 수가 없을 터였다.

과연 자신을 향한 살기가 이전과는 비교할 수 없을 만큼 커진 자들이 눈앞을 메우기 시작할 때였다. 문득 멀리서 굵은 고동 소리가 들려왔다.

부우우우우…….

그리 크다고는 할 수 없으나 이런 조용한 야밤에 울린 그 소리가 모든 사람들의 귀에 똑똑히 들려오자 흑의인들의 신형이 바빠지기 시작했다. 삽시간에 뒤로 쭉 빠져 버리는 것이다.

"……."

또 한 번의 공격이 끝난 듯싶었다. 은옥당은 잠시 한숨을 돌린 후 신형을 돌려 인성을 찾아 공손히 숙였다.

"죄송합니다, 사숙님. 어쩔 수 없는 상황이었으니 이해해 주시길 바라겠습니다."

"…이해할 수 없는 것은 아니나 네가 이 무당에서 지닌 비중도 생각해 주기를 바란다. 다음부턴 절대 이러지 말거라."

나름대로 인성도 은옥당이 왜 나섰는지 알고 있었으나 그렇다고 그냥 둘 수는 없는 노릇이었다. 그는 한소리하곤 바로 신형을 돌렸다. 그렇게 무당의 사람들도 모두 돌아서는 순간이었다.

잠시 주위를 둘러보며 혹여 남은 매복이 있나 살펴보던 은옥당의 눈이 반짝였다. 저쪽 화산의 옆 봉우리에 아스라이 한 사람의 신형이 보이고 있었다. 꽤나 멀었기에 잘 확인할 수는 없지만 분명 그는 알 수 있었다. 그 사람이 가진 분위기 하나면 충분했다.

"조등……!"

이를 가는 듯한 음성이 은옥당의 입에서 흘러나왔고 그는 막 바로 움직이려다 다시 멈추었다. 언젠가 이와 같은 상황에 이성을 잃었다가 낭패를 봤던 때가 생각나서였다. 그때 그는 호월과 당예화를 잃을 뻔했다. 이번에야 자신 하나만 죽으면 되는 일이기에 그때와 비교할 수는 없으나 그래도 갈 수는 없었다. 이를 악물며 그가 몸을 돌리려 할 때였다.

"옥당, 저기 저 사람 아는 사람이냐?"

"……."

환안이었다. 그 옆에 곤사문과 백초군도 있었는데 모두 자신과 비슷한 생각을 가지고 매복이 있나 살펴보고 오는 중인 듯싶었다.

이미 같이 싸우던 일행은 본산으로 들어간 상태였고 남아 있는 사람은 여기 넷이었다. 은옥당은 잠시 주저하다 입을 열었다.

"…저놈… 아무래도 조등 같아서."

"뭐? 상명 사숙을 죽인 놈? 그럼 여기서 뭘 해! 당장 가서 복수해야지!"

백초군이 이를 갈며 소리쳤지만 은옥당은 애써 무시했다. 또 한 번 똑같은 결과를 가져올 수는 없으니 말이다. 그런데 이어 들린 환안의 목소리에 그의 발걸음이 멈추었다.

"나와 같이 가자, 은옥당. 시간이 없으니 둘이서 상대하고 빨리 내려오자. 얼마나 강한지 몰라도 너와 내가 함께라면 반 시진 안으로 끝낼 수 있다."

"……."

그 말에 은옥당은 갈등을 시작했다. 그의 말처럼 환안이 도와준다면 반 시진 안에 끝낼 수 있었다. 한 번의 공격이 끝나면 최소한 두 시진 이상 오지 않던 것이 흑의인들의 수순이었다. 그 안에만 오면 될 것도 같았던 것이다.

잠시 갈등하던 그의 눈에 자신의 허리춤에 걸린 검이 보였다. 허정자로부터 넘겨받은 사부의 검이었다. 왠지 은옥당은 그 검이 울고 있는 듯한 착각이 들어 그 검을 보는 순간 마음을 굳힐 수 있었다.

"반 시진, 늦어도 거기서 일 다경 정도 안에 올 터이니 좀 부탁한다. 가자 환안!"

"좋아! 어디 얼마나 대단한 놈인지 한번 보자고!"

힘차게 외치면서 환안은 은옥당을 쫓아 바람처럼 신형을 날리기 시작했다. 장내엔 백초군과 곤사문만이 남게 되었는데 백초군은 입을 열어 곤사문을 채근했다.

"가자, 사문. 일단 들어가 두 사람의 종적에 대해 핑계라도 대야 할 것 같다."

"그래. 어서 가자, 초군. 그리고 우리도 좀 쉬어야지."

두 사람은 고개를 끄덕이며 본산을 향해 들어가기 시작했다. 어스름한 달이 서서히 중천에 떠오르는 가운데 그렇게 무당의 분위기는 도가의 그것과는 전혀 다르게 펼쳐지고 있었다.

한데 그 풍광 중에 하나는 아주 어울리지 않는 것이 있었다. 바로 본산을 올라가던 곤사문, 그의 얼굴에 떠오른 표정이었는데 그의 얄팍한 입가에 아로새겨진 꼬리가 슬쩍 올라가 있었다.

2

"자네… 그냥 여기 있어도 되겠는가?"

"이런 일에 스러질 호월이 아닙니다. 수백, 수천 명이 그의 앞에 있다 해도 호월은 살아남을 겁니다. 다른 사람 다 죽어도 그만은 삽니다."

"허허허, 정말 희한한 친구야. 도대체 좋은 이야기인지 악담인지 모르겠네 그려……."

호월이 싸우고 있는 곳에서 근 오십여 장 정도 떨어진 곳에 한 무리의 사람들이 보였다. 이미 사위를 둘러싼 짙은 어둠에 몸을 맡긴 그들은 바로 하오문의 사람들이었다. 한평을 비롯한 여러 사람들이 보였던 것이다.

그런데 그 앞에서 말을 하고 있는 두 사람은 하오문의 사람들이 아니었다. 바로 왕안석과 염천이었던 것이다.

왕안석은 그저 허허롭게 웃을 뿐이었고, 염천은 허리를 깊숙이 숙인 채 말을 하고 있었는데 뒤에서 보고 있던 한평은 그저 궁금할 따름이었다. 왕안석은 분명 이 일에 깊이 관여하지 않는 것으로 알고 있었던 것이다.

대관절 무슨 바람이 불어서 이곳에 왔는지 모르지만 지금 중요한 것은 그것이 아니었다. 한평은 앞으로 한 걸음 나서며 염천에게 물었다.

"양 호법께서는 어째서 그런 말씀을 하시는지 알 수 없습니다. 분명 호월의 무공이 대단하다는 것은 익히 알고 있으나 그러나 지금 이 상황을 타개할 정도로 강하다고는 생각지 않습니다. 한데 왜 그리 말씀하시는지요?"

이젠 하오문 내에서 염천은 양화운이라는 제 이름을 찾았고 호법이란 직책도 맡았다. 물론 명목상의 것이지만 그런 굴레를 씌우는 것도 쉬운 일은 아니었다. 조르고 졸라 겨우 염천의 허락을 받았으니 말이다.

어쨌든 이젠 강호에 어엿한 자신의 이름을 가지게 된 염천은 고개를 살짝 돌렸다. 그리곤 그를 향해 다시 입을 열었다.

"문주께서는 호월에 대해 얼마나 아시오?"

"예?"

뜬금없는 목소리에 그는 눈을 동그랗게 떴다. 염천은 허리를 펴며 저 하늘의 달을 바라보고 있었다. 밝지도 그렇다고 어둡지도 않은 어스름한 그 달빛을 보면서 그는 다시 입을 열었다.

"호월을 처음 봤을 때 난 그가 곧 죽을 것이라 생각했었소. 어린아이였고 고생이라곤 전혀 해본 것 같지 않았던 녀석이었소. 그런데 그는 지금 저렇게 성장을 했소. 그 한 가지만으로도 그는 저기서 살아남을 수 있다는 증거요. 게다가……."

"……."

"그는 그 빌어먹을 망일곡에서 살아남은 단 두 사람 중의 하나요. 물론 그 중 하나가 나지만 그와 나는 방법이 달랐소. 난 세를 형성하고 그 세를 운용하여 살았지만 호월은 한 마리의 야수였소이다. 누구와도 손을 잡지 않은 채 오로지 자신의 실력과 느낌만으로 살아남은 것이오. 그래서 난 단언할 수 있소이다."

그저 자신의 감으로 말하는 것인데도 염천은 확신하고 있었다. 한평은 의아하긴 했지만 그의 귀에 염천의 목소리가 계속 들여오자 일단 귀를 열었다.

"그는 살아남을 것이오. 어떤 상황이 와도 호월은 살 것이오. 망일곡의 갱도 안에서 보여준 호월의 모습을 모르는 사람이라면…… 아마 백번 설명을 해도 알 수 없을 것이오이다, 문주."

"……."

결국 망일곡에서 살아남았다는 것이 이유라는데 그건 정말 설득력이 없는 이야기였다. 하지만 망일곡을 체험한 염천은 너무나도 당연한 것이었다.

흔히들 무공이 강한 사람이 험한 상황에서 살아남을 확률이 높다고 생각하지만 그건 모르는 이야기였다. 진짜 살아남을 확률이 높은 사람은 바로 그보다 더한 상황을 이미 체험해 본 사람이다.

인간이 가질 수 있는 최대한의 잔인함, 그리고 그 속에서 스스로 생명이라는 것을 지켜내야만 한다는 생각을 어릴 때부터 체득한 사람이 호월이었다. 그런 성정을 가진 사람은 무공이 없더라도 조심해야만 했다. 정신 하나만으로도 상대를 주눅 들게 하고 제 실력을 발휘해 내지 못하게 만드니 말이다.

하물며 호월은 그 무공 또한 믿을 수 없을 만큼 강했다. 상황이 이러니 어째서 그가 비관적인 생각을 할 수 있겠는가? 이모든 이야기를 다 장황하게 늘어놓을 수 없는 것이 아쉬울 따름인 것이다.

염천은 그저 신형을 돌려 호월을 바라볼 뿐이었다. 호월은 아직도 짙은 어둠 속에서 한 마리 야수처럼 움직이고 있었다.

*　　　*　　　*

"후우……."

작은 숨을 몰아쉬며 호월을 기식을 조절했다. 얼마만큼의 시간이 흘렀는지는 모르나 꽤 많은 시간이 흐른 것같이 느껴졌지만 그것이 아니라는 것도 잘 알고 있었다. 하늘에 보이는 달의 위치가 그다지 변화가 없었던 것이다.

아마도 심하게 몸을 움직이면서 한순간이 한 시진처럼 느껴졌을지도 몰랐다. 그만큼 상대의 무공도 강했지만 호월의 집중력도 상당한 것인데 지금 호월은 자신의 주변에 있는 모든 것이 다 느껴질 정도로 강한 집중력을 보이고 있었다.

물론 공간은 시원하게 뚫려진 넓은 산 들판이었지만 지금 호월이 느끼는 이 공간은 거의 밀폐된 공간이었다. 망일곡의 갱도 안과 다를 바가 없었던 것이다.

살을 에이는 듯한 살기에 조금만 움직여도 적들의 반응이 심상치 않은 것이 정말 그때와 다른 것이 없었다. 하나 한 가지 다른 점이 있다면 그건 상대하는 사람이 다르다는 것이었다.

망일곡에서 살던 사람들, 그들은 희망이란 없는 사람이었다. 모두가 최고형을 받거나 죽음을 대신에 왔던 수인들이기에 목숨에 대한 가치 자체가 없었다. 하나 여기 이곳의 사람들은 달랐다.

분명 이들은 전에 관군이었을 테니, 그만큼 어두운 곳의 생활을 알지 못할 것이다. 의식적으로 군율에 의해 인간의 감정을 배제한 척하는 것이지 진정으로 감정을 배제당한 사람들과는 천지 차이였다. 그리고 그 차이를 호월이 이용하고 있었던 것이다.

죽음에 대한 일말의 두려움… 그것으로 인해 호월은 이 위기를 헤쳐 나갈 수 있었던 것이다. 오히려 지금이 망일곡의 갱도에 비해 더 나을 수도 있는 상황이다.

시링… 카카칵!

한순간 사람들의 기척이 느껴지자마자 그는 오른손의 검날을 밀어 올렸다. 그리고는 그 검날을 타고 자신의 검을 흘려냈다. 호월의 손목에 파육의 느낌이 진하게 느껴졌다.

피피피핏!

검이 그자의 팔 하나를 훑으며 지나가자 피가 솟구쳐 호월의 몸을 적셨지만 호월은 아랑곳없이 계속 검을 밀고 나갔다. 겨드랑이 아래로 파고들어 가 그대로 가슴 쪽으로 밀어 올리자 흑의인의 신형이 힘없이 쓰러져 내렸다.

휘이잉… 후두두둑!

호월은 검날에 묻어나는 핏방울을 허공에 털며 다시 눈을 들어 주위를 살폈다. 이미 호월의 주위엔 수십여 구의 시신이 널브러져 있건만 아직도 남아 있는 사람들은 헤아릴 수 없을 정도로 많았다.

지금 이 순간 호월의 뇌리엔 어떤 무공도 떠오르지 않았다. 그가 익혔던 무공들 전부가 그냥 몸을 통해 흘러나오는 것이었고 공격 방향에 대한 이성적 판단 또한 들지 않았다. 오로지 덤비는 자들은 베고 공간이 생기면 산 위로 오르는 것을 반복하고 있었던 것이다.

툭… 툭…….

살짝 늘어뜨린 검끝으로 피가 맺혀 떨어지는 가운데 호월은 다시금 눈을 좁혔다. 아직 그가 헤치고 나가야 할 길은 너무나 많았던 것이다.

*　　　　*　　　　*

"조등!"

은옥당은 이를 갈며 소리쳤다. 어느새 그가 있던 곳으로 한달음에 달려온 그는 도망치지도 않은 채 그저 자신을 바라보는 조등을 발견할 수 있었다. 무슨 이유에서인지 그는 입가에 미소까지 띤 채였다.

"정말 오랜만이다, 은옥당. 호오~ 이거 한결 더 강해진 것 같군 그래. 좋은 일이라도 있었나?"

조등은 전혀 은옥당을 두려워하는 기색이 아니었다. 분명 은옥당은 마지막에 만났을 때보다 훨씬 강해져 있음에도 조등은 너무 여유로웠던 것이다.

혹여 이것이 조등의 함정이 아닌가 하는 생각에 은옥당은 촉각을 곤두세우며 주변을 휘둘러보았지만 아무런 기척도 느껴지지 않았다. 게다가 지금 이 주변엔 환안이 돌고 있었다. 그 역시 암습의 가능성을 염두에 두고 있었던 것이다.

대체 무슨 속셈인지 모르지만 정말 조등은 혼자 온 것이다. 선뜻 이해되지 않는 행동이었다.

"이거 섭섭한데? 내가 꼬리라도 달고 왔을 줄 알았나 보지? 걱정 마라, 은옥당. 난 지켜보다 좀이 쑤셔 나온 것이니 말이다."

"무슨 꿍꿍이냐, 조등!"

은옥당은 낮은 목소리를 내며 내력을 키워 올렸다. 그의 몸 안에서 일원일기공이 다시금 휘돌려지고 있었고 그 크기는 좀 전까지 싸웠던 크기에 비할 바가 아니었다. 거의 최대한의 힘을 낸 것같이 보였던 것이다.

그 기운이 심상치 않음을 조등 역시 느낀 모양이었다. 얼굴색이 조금 바뀌며 그는 입을 열었다.

"호오~ 이거야 원. 내가 잘못한 것이 아닌가 하는 생각이 드는구만. 너의 내력이 예전에 비할 바가 아니야. 전력을 다해도 쉽지 않겠는데?"

"그걸 알고서도 이곳에 온 네놈이 바보다!"

파아아앙—

더 볼 것도 없었다. 환안이 아직 안 오기는 했지만 지금은 그것이 중요한 것이 아니었다. 어쨌든 최단 시간 안에 조등과 승부를 내야 했기에 서두른 것이었다.

은옥당의 검극은 정확히 조등의 미간을 향하고 있었고 조등은 그럴 줄 알았다는 듯 바로 검날을 움직였는데 언젠가 그와 만났을 때 보여주었던 그 음유의 힘을 사용하고 있었다.

마치 호월과도 같은 움직임에 전엔 당황했었지만 이젠 아니었다. 이미 이 자가 이런 무공을 익혔다는 것을 알고 있었고 더욱이 호월과 같이 움직이면서 그의 내력에 상당히 익숙해진 은옥당이었던 것이다.

스스스스—

어느새 미끄러지듯이 움직이는 그의 신형을 옆으로 흘리며 은옥당은 신형을 살짝 뉘었다. 일단 충분히 벗어날 시간을 준 셈인데 이것이 나름대로 호월의 무공을 보며 은옥당이 그간 생각해 왔었던 방법 중의 하나였다.

호월은 그 움직임이 대단했다. 비단 음유지력을 익혔기 때문이 아니라 무류종환보라는 희대의 절기까지 익혔기에 솔직히 움직임은 여기 조등보다 훨씬 좋았다.

은옥당도 그와 친구이기 이전에 무공을 하는 사람이어서 호월이 움직일 때마다 그 움직임을 유심히 보곤 했었다. 그리고 만일 그와 호월이 대결한다면 자신이 어떻게 움직여야 하는지 그것을 상상하곤 했었다.

지금이 바로 그간 생각해 왔던 것을 보여줄 때였다. 비단 화산의 화시조 육영산에 의해 높아진 내력뿐이 아니라 그간 호월과 같이 싸우며 가다듬은 그의 모든 무공을 보여줄 때인 것이다.

탓—

흘려버린 조등의 신형을 향해 은옥당이 몸을 움직였다. 강한 내력을 동반한 움직임은 아니었지만 흐르는 물처럼 부드럽게 이동하는 모습이었다. 이윽고 은옥당은 오른손에 쥐어져 있던 검날을 들어올렸다.

한껏 치켜 올려진 오른발을 땅으로 찍어 내리며 구름 같은 기운을 검날에 담기 시작했다. 그리고는 내려지는 오른발에 체중을 실었다.

쩌엉!

강한 진각이 울리며 발이 한 치나 차가운 대지에 파고들자 은옥당의 신형이 멈추어졌다. 은옥당은 오른손을 밀어내며 고함을 질렀다.

“조천비룡참!”

과아아아—

은옥당의 검에서 강한 기운이 솟아오르며 긴 창대 하나가 솟아난 형상이 만들어졌다. 그리고 그 창대 끝에는 한 사람의 신형이 있었다. 잔뜩 놀란 얼굴을 한 채 은옥당을 바라보는 조등이었다. 설마 자신의 신형을 잡아낼 줄은 몰랐던 것이다.

은옥당이 호월과 상대하는 것을 가정할 때 그가 이길 수 있는 방법을 생각한 것이 바로 이것이었다. 보기엔 별것 아닌 것 같지만 철저히 주위의 지형지물을 눈에 익혀놔야만 가능한 것인데 바로 움직일 위치를 미리 봐두는 것이다.

간단하지만 절대 간단한 것은 아니었다. 고려해야 될 것이 너무도 많았는데 자신이 공격할 방향부터 시작해서 상대가 반드시 피할 상황을 만드는 것까지, 처음 기습이 성공하지 않으면 바로 실패할 것이 이번 공격이었다.

도박이라면 도박이라 말할 수 있었다. 그러나 확실한 것은 이 도박이 성공했다. 적어도 지금 이 순간은 말이다.

파아아아앗

“……!”

조등의 신형이 굳어졌다. 지금 이 공격은 피하고 싶어도 피할 수가 없었다. 이전에 그가 보았던 조천비룡참의 초식이 아니었던 것이다.

중앙의 뻗어오는 강한 힘이 주위의 공기를 모두 쓸어버리며 다가오고 있었다. 강한 대기의 울림 속에 신형조차 자유롭지 못하니 피하는 것은 거의 불가능이었다. 약간만 잘못 맞는다 해도 맞는 부위가 바스러질 것만 같은 상황이니 방법은 한 가지였다.

“하압!”

과아아앙!

　조등 역시 검날에 내력을 주입하고는 엄청난 기운을 끌어올렸다. 정면 승부였던 것이다. 그는 검면에 왼손을 대면서 미간 앞으로 검을 들어올렸다. 그리고는 날아오던 은옥당의 검기와 정면으로 부딪쳤다.

　쩌저저저정!

　"큭!"

　"웃!"

　두 사람 다 답답한 신음성을 흘리며 뒤로 팅겨났다. 어찌 된 영문인지 상황을 살펴본 은옥당의 눈이 아쉬움으로 물들었다. 두 사람의 검이 모두 부서져 나갔던 것이다.

　조등의 검이 부서진 것이야 내력으로 박살난 것이니 당연한 일이지만 자신의 검이 부서진 것은 좀 다른 이유에서였다. 얼마 전부터 그어져 있던 실금이 기어이 일을 낸 것이었다.

　조등을 만났다는 생각에 검을 바꾸지 않은 것이 실수였다. 은옥당은 이를 악물며 한 걸음 뒤로 물러섰다. 비록 이번엔 성공하지 않았다 해도 조등이 멀쩡할 리는 없었다.

　조금만… 조금만 더 조이면 이 싸움은 자신의 승리였다. 은옥당은 잡고 있던 검파를 버린 채 스승이 남긴 검을 잡아 뽑아 들었다.

　시리리링—

　조금은 낯선 감촉이었지만 대신 그의 손에 한줄기 온기가 느껴지는 것이 언제나 이 검을 가지고 다니던 스승에 대한 마음이 아직도 남아 있었던 것이다.

　검을 들어 눈앞으로 들어올렸다. 새로이 자신의 애검이 된 스승의 검을 하늘을 향해 뻗어 올렸다. 검에 은옥당은 서서히 내력을 주입시켜 갔다.

　지이잉—

　확실히 자신이 가지고 있던 검과 비할 바가 아니었다. 이젠 검이 깨지는 것을 상관하지 않고 내력을 끌어올릴 수 있게 된 것인데 그때였다.

"……!"

검동과 검날이 맞닿은 곳, 그곳에 뭔가 흐릿한 것이 쓰여 있었다. 왠지 기호나 도형 같아 보였는데 안력을 집중한 은옥당의 두 눈이 크게 떠졌다.

그것은 글씨였고, 그것도 피로 쓴 것이었다. 순간 그 형상을 자세히 보던 은옥당의 몸이 석상처럼 굳어졌다.

'안(眼).'

조금 이지러져 자세히 보긴 힘들었지만 그건 분명히 안 자였다. 한데 왜 그것이 이 검날에 쓰여 있는지 그것이 모를 일이었다.

이 검에 글을 쓴 사람, 그 사람은 다름 아닌 그의 사부 상명일 터였다. 비록 흔들리는 글씨이긴 했지만 분명 사부의 글씨체와 비슷했다. 허면 이 '안' 자가 가지는 의미가 무엇인지 그 문제만 해결되면 되는데 그것이 좀 애매했다. 한데 그 순간이었다.

"은옥당, 무얼 하고 있어? 시간이 없다!"

뒤쪽에서 누군가 외치며 다가왔고 그러자 은옥당의 전신에서 소름이 돋기 시작했다. 안, 이 작은 글자는 뒤에서 다가오는 사람의 이름이기도 했다.

환안, 그의 이 두 글자를 머릿속에 떠올리는 순간 은옥당은 어떤 기억 하나가 떠오르고 있었다. 호월과 헤어져 이곳으로 올 때 당예화가 했던 말.

"어쩌면 조등이 그 흉수가 아닐 수도 있다, 은옥당."

그 말을 들었을 때 은옥당은 부정했었다. 절대 그럴 리가 없다고 말이다. 호월도 그렇게 의심하고 있다고는 했지만 두 사람 다 상상력이 풍부하다고 생각해 버렸었다.

그런데 이렇게 스승의 검날에서 환안의 외자 이름이 발견되자 이젠 더 이상 별것 아닌 일로 치부해 버릴 수 없는 노릇이었다. 하나 환안에게 어떻게 말을 시작해야 할지 생각하는 것부터가 마음에 걸렸다.

더욱이 눈앞에 있는 사람은 지금 다시 온힘을 끌어올리며 자신에게 대항을 준비를 하고 있었으니 이럴 때 그에게 따지기는 힘들었다. 그렇게 은옥당은 잠시 참고 일단 조등을 상대하려 했다. 무당을 공격해 온 흑의인들은 조등이 데려왔을 테니 말이다. 그런데,

파아아앗!

"……."

은옥당의 신형이 꿈틀거렸다. 뭔가 허전한 감각에 그는 오른팔 쪽을 바라보았다. 그러자 의당 있어야 할 신체 부위가 보이지 않았다.

팔… 스승의 검을 잡고 있어야 할 자신의 오른팔이 없고 대신 붉은 피가 분수처럼 쏟아지고 있었다. 은옥당은 비칠거리며 뒤로 물러서다 땅바닥에 떨어진 자신의 팔을 바라보았다. 잔경련을 일으키며 차가운 바닥에 떨어져 있었던 것이다.

"쯧, 귀찮게 되어버렸구만. 설마 내가 이렇게 손을 써야 할 상황이 올지는 몰랐는데?"

"…네놈… 네놈이!"

은옥당의 입에서 거친 소리가 튀어나왔다. 자신의 팔을 자른 사람은 조등이 아니었다. 뒤에서 다가온 환안이었던 것이다.

그는 은옥당의 피가 흠뻑 먹은 검날을 들고 서 있었다. 말은 은옥당에게 하고 있지만 눈은 은옥당의 잘려진 팔을 보고 있었다. 아니, 그 팔이 잡고 있는 검을 향하고 있었다.

"이런 재주를 피울 줄 알았었나? 생각보다 네놈의 사부는 꽤나 통속적인 사람인걸?"

"네놈이었나! 사부님을 그렇게 만든 놈이! 정녕 네놈이란 말이냐!"

은옥당의 입에서 커다란 고함성이 터져 나왔다. 가슴속에서 치밀어 오르는 분노로 이미 이성적인 판단은 흐려진 상태였다. 환안은 그런 은옥당을 보며 비웃듯 말했다.

"딱 보면 알아야지. 다들 저 미련한 조둥에게 신경이 팔려 있더구만. 나 같으면 단박에 알 텐데 말이다. 아! 참, 고마웠어. 네가 하도 침통해하길래 다른 사람들의 신경이 모두 조둥에게 갈 수 있었지. 역시 하늘은 내 편이란 말이야."

"이… 이 죽일 놈아! 이야아아아아!"

파아아앙!

검도 없고 팔이 잘려진 상황에 내력도 불균형을 이루고 있지만 은옥당은 온 힘을 다해 환안에게 덤벼들었다. 오로지 그의 머릿속엔 환안을 죽여야만 한다는 생각뿐이었다. 사부에 대한 복수뿐만이 아니라 이런 놈이 무당에 있다면 그것만으로도 앞으로 무당의 앞날은 어두워질 테니 말이다.

그러나 그건 그의 생각일 뿐이었다. 피눈물을 뿌리는 은옥당과는 달리 환안은 그저 비웃음을 짓고만 있었는데 환안은 오히려 앞으로 나서며 왼손을 들어올렸다.

스스슷―

"……!"

은옥당의 눈이 커졌다. 환안의 신형 역시 저 조둥의 신형처럼 미끄러지듯이 움직이고 있었다. 순간적으로 보인 그의 무공은 조둥의 무공과도 상당히 유사했었던 것이다.

아무런 소득 없이 은옥당은 허공을 날아야 했다. 이미 미꾸라지처럼 빠져나간 환안은 들어올린 왼손을 은옥당의 등을 향해 밀어내었다. 슬며시 등짝에 손을 대더니 힘껏 밀어내었다.

쩌어엉!

“커억!”

은옥당의 입에서 피 화살이 뿜어졌다. 튕겨 허공으로 더욱더 높게 날아가는 그의 눈에 환안의 얼굴이 들어왔다.

일말의 주저함도 없었다. 처음부터 자신은 이럴 작정으로 무당에 들어왔다는 듯이 보였는데 은옥당의 머릿속엔 순간 지나온 날들이 회상되고 있었다.

어릴 때부터. 아주 어릴 때 이끌려 온 무당에서 두 사람은 참으로 친한 친구였다. 아니, 그만이 아니라 같은 동기인 곤사문과 백초당을 합쳐 네 사람은 언제나 같이 힘들어했고 또 같이 웃었다.

그런 네 사람의 속이 언제나 같은 것이라고 은옥당은 생각했었다. 그러나 현실은 그렇지 않았다. 환안이 이렇게 나오는 것을 보면 네 명 다 각기 다른 생각을 품을 수도 있었다.

협소한 봉우리의 절벽 부근에 은옥당은 떨어져 내렸다. 환안이 내지른 일장에 몸은 이미 만신창이가 되었지만 아프지 않았다. 정말 아픈 것은 그의 마음이었던 것이다.

퍼어어억… 좌아아…….

얇게 얼어붙은 땅을 미끄러지면서 그는 끝까지 환안을 쳐다보았다. 하나 환안의 얼굴에 띤 비웃음은 여전했다.

“화안……!”

욕지거리가 치밀어 오르지만 은옥당은 대신 그의 이름을 불렀다. 미끄러지다 등이 허전함을 느끼지만 지금 그의 마음속에 치밀어 오르는 분노보다 더 중요한 것은 없었다. 은옥당의 입에서 피와 함께 처절한 목소리가 흘러나왔다.

“아아안!”

그것이 환안과 조등이 들을 수 있는 마지막 은옥당의 목소리였다. 은옥당은 절벽 아래로 사라지고 있었으니 보지 않아도 그 결과는 확실했다. 무당산의 절벽들은 하나같이 험준하고 날카로운 돌들이 튀어나와 있으니 말이다.

"쯧… 멍청한 표정은 그만두지 그래? 하긴 이곳에 혼자 나타난 것을 보면 멍청한 놈일 테니 맞긴 하구만."

"……."

환안의 목소리에 조등은 그저 황당한 표정을 지을 뿐이었는데 왜 이자가 도와주었는지 이해할 수가 없었던 것이다. 하나 그런 그의 표정은 오래가지 않았다. 환안이 품속에서 목합 하나를 꺼내 뭔가 하자 단박에 이유를 알 수 있었던 것이다.

"이러면 좀 알 것 같나? 꼭 이렇게까지 내가 해야 해?"

"…비팔수!"

환안이 목합 안에서 꺼낸 것은 작은 점이었다. 그것을 자신의 미간에 붙이자 그제야 조등은 환안의 행위가 이해가 갔다. 처음부터 자신의 편이니 말이다.

"무슨 생각으로 이곳에 왔는지 모르지만 어서 돌아가. 대인께서 생각이 있으시니 널 이곳에 부른 것이겠지. 그전까지 멍청하게 굴지 마라, 조등."

"…대인의 지시가 있었소?"

조등은 한결 여유로워진 얼굴로 환안에게 물었다. 그렇다고 긴장의 끈을 놓은 것은 아니었는데 눈앞의 환안은 막내의 죽음과도 관련이 있는 인물이었다. 아니, 그는 삼목 진인이 사람, 그 사실 하나만으로도 좋은 감정이 생기질 않았다.

"지시가 있고 없고 네놈이 알 필요는 없다. 좋은 말할 때 돌아가라. 너는 너의 일, 나는 나의 일을 하면 그뿐이야."

차가운 목소리와 함께 환안의 신형이 돌려졌다. 서서히 움직여 사라져 가는 그의 신형을 보며 조등은 어금니를 꽉 깨물었다. 설마 비팔수가 무당의 사람일 줄은 몰랐던 것이다.

"후… 생각보다 쉽지 않은 일이 될 것 같구만. 제길, 차라리 어디론가 떠나는 것이 목숨을 부지하는 길일지도 모르겠군."

남모르는 한탄을 하며 조등 역시 신형을 돌렸다. 그저 답답한 마음에 온 것인데 일이 너무나 커져 버렸다. 이젠 조용히 숨어야 할 때였던 것이다.

"쿨럭! 컥!"

은옥당은 피를 토해내었다. 절벽에서 불어오는 찬바람을 온몸으로 맡으며 은옥당은 가물거리는 의식을 차리기 위해 애를 쓰고 있었다.

은옥당이 있는 곳은 절벽 바로 아래 십여 장 정도 떨어진 곳이었다. 그의 왼손은 무언가 꽉 부여잡고 있었고 그것은 바로 자신의 목검이었다.

그는 떨어지자마자 온 힘을 다해 품속에서 목검을 꺼내고 이어 절벽에 검을 꽂아 넣었다. 그리고는 겨우 신형을 다 잡을 수 있었던 것이다.

"크윽… 으으으읍!"

온 힘을 다해 그는 왼손을 잡아당겼다. 한참 동안을 씨름하던 그는 기어이 왼 팔꿈치에 목검을 끼워 넣었다. 이후 은옥당은 떨리는 왼팔을 돌려 피가 흐르는 오른팔을 점혈했다.

"큭… 허헉……."

가쁜 숨을 들이쉬며 은옥당은 호흡을 조절했다. 겨우 매달린 그였지만 그의 눈은 새파랗게 빛나고 있었다.

"환… 안! 환안!"

악다문 그의 이빨 사이로 작은 소리가 흘러나왔다. 몸이 아프기에 죽을 것만 같은 고통보다도 배신당한 고통이 더욱더 크게 느껴지는 가운데 은옥당은 숨을 죽이며 다시금 이를 악물었다. 지금은 누구에게 화를 낼 때가 아니었다. 어떻게든 이 상황을 벗어나는 것이 우선이었던 것이다.

치밀어 오르는 노화 속에 은옥당은 한줄기 차가운 이성을 끌어올리려 했다. 그러나 그렇게 하기엔 그의 몸 상태는 너무도 좋지 않았다. 더욱이 가슴 속에서 치밀어 오르는 배신감에 좀처럼 그는 마음을 집중하지 못하고 있었다.

◆ 第四章 ◆

전장 속의 미소

온몸에 피를 흠뻑 적신 채 호월은 주위를 둘러보고 있었다. 주위에 있던 흑의인들이 얼마나 줄었는지는 모르나 상당한 수의 사람들이 쓰러진 듯싶었다.

문제는 혼자서 이렇게 움직이는 것이 한계가 극명하다는 점이었다. 하지만 그렇다고 멈출 수는 없는 일. 호월은 다시 움직이려 했었다. 한데…

"……."

그의 신형이 완전히 멈췄다. 뭔가 기이한 생각이 들고 있었다. 아니, 생각이 아니라 귓가에 무언가 들려왔던 것인데 그것이 무엇인지 확신할 수는 없지만 왠지 알 수 있을 것만 같았다.

은옥당, 그의 비명 소리였다. 잘못 들었다고 생각할 수 있을 만큼 아주 미세한 소리지만 그는 들을 수, 아니, 알 수 있었다.

심상인으로 주위의 모든 것에 신경을 쓰던 그였기에 확실히 알 수 있었다. 어디선가 흘러나오는 미약한 기운 하나가 그의 신경에 걸렸던 것이다.

"…으득!"

어금니를 꽉 깨문 채 호월은 다시 양손에 힘을 주기 시작했다. 서서히 깔리는 자색의 연기를 더욱더 짙게 만들며 그는 앞으로 한 걸음 나섰다.

가슴이 뛰고 있었다. 무슨 일인지 모르지만 은옥당에게 어떤 일인가 생긴 것만 같았다. 그리고 그것 때문에 지금 호월은 무리한 힘을 내려 하는 것이었다.

*　　　*　　　*

"도대체 일을 어떻게 하는 것인가! 이곳에서 자네는 무얼 노리고 이런 일을 벌이나! 이러다 자네와 우리가 세인들의 이목을 끌게 된다면 어떤 일이 일어나게 되는지 몰라서 이러나!"

"……."

허연 수염을 떨며 소리치는 송완을 보며 삼목 진인은 아무런 말을 할 수가 없었다. 대신 그의 입가엔 작은 미소 하나가 지어져 있었는데 그건 노골적인 비웃음이었다. 아니, 적어도 송완과 송조승의 눈엔 그렇게 보이고 있던 것이다.

"그 웃음의 의미는 무엇이오! 설마 하니 우릴 곤란하게 만들기 위해 이렇게 한 것이오이까!"

송조승을 추상같은 소리를 질렀다. 잠이고 뭐고 다 생략하고 내리 달려온 길이었다.

이곳 무당에서 일어나는 일을 본 그들은 기가 찰 뿐이었다. 지금 보이는 이 흑의인들은 절대로 세상에 나와선 안 되는 사람들인 것이다. 아니, 그들의 명령이 있기까지 절대 세상에 나와선 안 된다는 것이 옳은 말일 터였다.

이들은 송가에서 모든 지원을 한 사병이나 마찬가지였다. 물론 그 사병의 대부분은 관군으로 이루어졌고 말이다.

　송조승이 세상이 어떻게 돌아가든 별 상관하지 않은 것엔 이런 이유가 숨어 있었다. 그는 무력을 가지고 있었던 것이다. 그것도 엄청난 무력을 말이다.

　그런데 그 무력이 세상에 나와 있었다. 어쩌면 한 나라를 조용히 엎어버릴 수도 있는 강대한 힘이 지금 무당에 풀려 버린 것이다.

　"자네의 말을 듣고 싶네. 이제 자네와 우리는 서로 다른 배를 타고 있다고 생각해도 되는 것인가? 아니라면 이런 일을 벌이는 이유를 모르겠네."

　조금 마음이 진정되었는지 송완은 한층 가라앉은 목소리를 내었다. 역시 한 시대를 풍미했던 정치인답게 얼굴색의 변환도 빨랐다.

　삼목 진인은 잠시 그들의 얼굴을 바라보았다. 그러다 이윽고 입을 열었다.

　"이유라… 말하자면 조금 기오만… 그냥 없다고 생각할 수는 없겠소이까?"

　"지금 그 말을 내가 믿으라고 하는 소리인가!"

　결국 송완은 다시 노성을 질렀다. 양손까지 부들부들 떠는 것이 진짜 화가 많이 난 듯했다. 이어 그는 다시 소리쳤다.

　"아무 이유도 없이 이런 일을 벌였다는 그 말을 내가 믿으라고 하는 말인가! 대관절 무슨 이유가 그런가! 그럼 자네의 사문인 청성이 봉문한 것도 그냥 한 것인가!"

　"…무슨 말을 하는 것이오? 본 파가 봉문을 하다니, 그 무슨 해괴한 소리요!"

　"……."

　뜻밖의 반응에 송완은 눈을 동그랗게 떴다. 이건 그가 생각하던 상황이 아니었는데 지금껏 여기 서 있는 삼목 진인은 청성의 상황을 모르고 있었다. 지금껏 삼목 진인이 청성을 봉문해 버린 것이라 생각했었던 것이다.

청성의 무인들보다도 강력한 사람들, 이 흑의인들의 수준은 그 이상이었다. 그래서 그는 삼목 진인이 확 돌아서 버린 줄 알았었다.

그런데 이 사람은 완전히 자신의 생각을 뒤집는 것이었다. 오히려 눈을 부라리며 되묻는 것이 복수라도 할 것처럼 보였는데 그 순간이었다. 어디선가 중후한 목소리 하나가 들려왔다.

"허허허, 해괴한 소리라…… 여기 있는 이들을 키운 사람이 어찌 그런 소리를 하는가? 대범하게 세상을 봐야 하지 않겠나?"

"……!"

삼목은 눈을 크게 치켜떴다. 말과 함께 나타난 이는 그가 너무도 잘 아는 사람이었다. 바로 적금검노 천우안이었던 것이다.

"태사조님께서…… 본문을 봉문시키셨습니까?"

도무지 믿어지지 않는다는 듯 삼목은 입을 열었고 천우안은 그저 빙그레 웃을 뿐이었다. 천우안은 멍한 얼굴로 자신을 바라보는 송완과 송조승은 본 척도 하지 않은 채 삼목에게 말했다.

"이런 강호의 우환을 만들어냈으니 당연한 귀결이겠지. 그 정도도 하지 않으면서 저 흑의인들을 통제하려 했었나? 세상 사람들이 바보는 아니지 않는가?"

"……!"

말도 안 되는 이야기였다. 그렇다면 지금 이들을 만들어낸 것이 청성이라는 뜻인데 절대 그렇지 않았다. 키운 것은 자신이고 후원은 여기 송가에서 한 것이었다. 청성과는 전혀 상관없었던 것이다.

무당을 손아귀에 넣으며 다시 칠약회를 시작하고픈 삼목이었다. 거기에 이들의 무위를 측정하는 의미도 있었고, 이 일을 도화선 삼아 앞으로 송가의 압력에서 벗어나고자 했다. 그 이후에 모든 것을 다시 시작하려 했던 것이다.

그런데 자신의 의도대로 모두 된다 해도 그럴 목적이 사라졌다. 소림과 개방을 누르고 청성이 오르고자 했던 것이 어그러진 것이다.

이번 일에 반드시 저들 소림과 개방이 나서리라 예측했고, 나름대로 맞아 떨어졌다. 지금 이곳에 와 있는 자들만 없애도 상당한 도움이 될 터였다.

그런데 그들이 봉문을 하다니… 그로선 황당한 마음뿐이었지만 그때였다. 문득 그를 향해 날아오는 알 수 없는 기운에 삼목은 손을 들었다.

쉬리리링!

"태, 태사조님!"

그건 천우안의 내력이었다. 어느 틈에 비단 천과 같이 변해 그를 둘러싸고 있었는데 움직이고 싶어도 그럴 수가 없었다. 내력과 자신 간의 거리는 기껏해야 일 척, 움직이다 닿기라도 한다면 온전한 몸을 보전할 수 없을 것만 같았다.

"사람들이 납득할 수 있도록 사건의 원흉은 있어야 하겠지. 그러니 이러는 것일세. 너무 화내지 말게나."

"…천우안!"

결국 삼목의 입에서 고함성이 터져 나왔다. 이젠 이자의 의도를 알 것 같았다. 청성과 자신을 희생양으로 살아남으려는 속셈인 것이다. 아니, 다시금 무림에 나서고 싶어하는 것이다.

이번 일을 계기로 새로운 청성을 만들 수도 있을 터이고 그땐 정말 대단한 권력을 누리게 될 터였다. 아마도 그는 그런 것을 바라는 것 같았다.

"그러니 얌전히 굴거라. 뭐 하는 것이냐? 어서 시작하거라."

"…너… 너는!"

천우안의 목소리에 나타난 것은 당용민이었다. 그는 손에 침통 하나를 들고 삼목에게 다가왔는데 그 모습에 삼목은 이를 꽉 물었다. 무슨 짓을 하려는지 잘 알고 있었다. 얼마 전 죽은 담우경과 같은 짓을 하려는 것이 분명했던 것이다.

"이놈! 감히 누구에게 손을 대려 하느냐! 당장에 손을 멈추고……."

"허어, 너답지 않구나, 삼목. 그만 중얼거리거라."

"큭!"

보이지도 않는 무형의 강기에 점혈당하자 삼목은 그저 어금니만 꽉 물뿐이었다. 걱정하던 것이 현실로 일어난 것이다.

애당초 이자는 자신을 이용하려 마음먹었던 것이 분명했다. 어이없게도 그가 알려준 방법으로 당하게 될 줄만 몰랐었던 것이다.

원독에 가득 찬 눈초리로 천우안을 바라보지만 그리고 해서 별다른 수가 있는 것은 아니었다. 목 뒤 옥침혈에 따끔한 감각을 느낀 순간 더 이상 그의 머릿속에 떠오르는 것은 아무것도 없었던 것이다.

"자… 이제 나와 이야기하는 것이 더 나을 듯한데… 그렇게 생각하지 않으시오?"

"…귀하는 누구시오?"

송조승은 눈을 들어 그를 노려보았다. 자신들에게 뭘 노리는지 모르지만 일단 주는 것이 좋았다. 지금 이 순간 이후 그들은 반드시 도망쳐야 했다.

"내가 누구인지는 나중에 물어도 될 것이오. 하나 이것만은 대답해 주어야겠소이다."

"무엇을 말이오?"

긴장한 표정으로 송조승은 입을 열었다. 그러자 천우안은 여유있는 웃음을 흘리며 입을 열었다.

"무엇을 원하오? 일국의 황제이오? 아니면 중원의 황제요?"

"……."

그의 목소리에 일순 송조승과 송완 두 사람은 할 말을 잊었다. 방자한 소리도 이렇게 방자한 소리가 없었지만 왠지 그 말이 믿음있게 다가왔던 것이다.

이만한 흑의인을 키워낸 삼목을 너무도 쉽게 제압한 사람이었다. 그러니 적어도 힘에 있어선 충분히 믿을 만한 사람이었다.

더 생각해 볼 것도 없다는 듯 송조승은 앞으로 나서며 씨익 웃었다. 일단 강한 자이고 힘을 찾아줄 수 있다는 생각에 두 번 생각없이 앞으로 나선 것인데 그는 천우안을 향해 포권을 말아 쥐며 입을 열었다.

"핫핫핫. 그러시다면 우린 좀 더 이야기를 나누어야 할 것입니다. 아닙니까?"

"호오, 말귀를 아주 잘 알아듣는 친구였구만. 그럼 이야기를 해볼까나?"

두 사람은 눈빛을 교환하며 어디론가 가기 시작했고 그 뒤에서 송완은 아무 말 없이 바라만 보고 있었다. 왠지 그는 저 사람이 마음에 들지 않았다. 아니, 눈앞에서 배신한 것을 보고 있었건만 어찌 믿을 수 있겠는가?

상황은 잘 몰라도 삼목은 그를 믿었건만 그는 믿지 않은 것 같았다. 그랬기에 원독에 찬 눈빛을 뿜어낸 것이 분명했다. 한데 그런 자를 어찌 믿고 일하겠는가?

무슨 상황이 어찌 돌아가든 간에 이제 명확해진 것이 있었다. 처음의 생각대로 피해야 했다. 이 사실을 관에서 아는 날엔 그날로 송가는 멸문을 당할 터였다.

아니, 모든 것을 다 떨쳐 버리고 강호에서 이자를 만났다 해도 송완은 그와 손을 잡진 않았을 터였다. 송조승이 모르는 또 다른 강호의 힘. 그것이 바로 이자였던 것이다. 이미 송현은 그를 이전부터 알고 있었다.

사람됨을 잘 알기에 경계를 했던 것이건만, 이젠 어쩔 수 없는 노릇이었다. 송완은 그저 힘없는 걸음을 옮기며 두 사람의 뒤를 따를 뿐이었다.

*   *   *

놀라울 뿐이었다. 저 앞에서 움직이는 호월의 무공은 도저히 필설로 표현될 것이 아니었다. 검의 궤적은커녕 신형조차 느껴지지 않을 정도로 엄청나게 빠른 움직임이었던 것이다.

얼마만큼의 흑의인들이 있었는지 모르나 땅에 쓰러진 인원은 거의 오십이 넘는 듯 보였다. 그만한 사람들을 땅에 누일 정도로 강한 무공을 쳐낸 호월이지만 호흡 하나 가빠 보이지 않는 것이 그저 놀라울 따름이었다.

지켜보던 취소걸과 사봉희는 그저 양손만 꽉 쥘 뿐이었다. 마음이야 당장이라도 호월의 곁에 가고 싶지만 정말 흑의인들의 무공은 놀라웠다. 호월이니 저렇게 쉽게 움직이는 것처럼 보이지 자신들이라면 이미 싸늘한 시신이 되어 있을 터였다.

가고 싶어도 갈 수 없다는 것. 정말 참기 힘든 고통이었다. 그동안 무공에 대해 그토록 뼈저리게 강해질 필요성을 느꼈고 그래서 조금이라도 무공을 늘리기 위해 노심초사했건만 다 소용없는 짓이었다. 두 사람은 새삼 자신들의 존재가 너무도 초라하다는 것을 느끼고 있었다.

"뭣들 하는 거야, 여기서?"

"탁 형! 탁 형이야말로 여기 어떻게 온 거야?"

취소걸은 눈을 동그랗게 뜨며 물어왔다. 뒤에서 누군가 다가와 외친 것인데 다름 아닌 화산의 탁문일이었다. 다른 일행은 모두 두고 혼자서 온 듯 보였는데 부리부리하게 눈을 치켜뜬 채 사봉희와 취소걸에게 이야기하고 있었던 것이다.

"어떻게든 호월을 보고자 이곳으로 왔지. 그러나 오지 말았어야 했군. 이런 꼴을 보고 싶어 온 것이 아니야!"

차가운 탁문일의 말에 사람들의 눈이 굳어졌다. 굳이 더 이야기하지 않아도 무슨 말인지 잘 알고 있지만 탁문일의 입은 다물어지지 않았다.

"혹시라도… 혹시라도 난 내가 늦은 것은 아닐까 생각했었다. 내가 오자마

자 보는 것이 내가 알던 사람들의 차가운 시신이면… 그러면 어쩌나 하는 걱
정으로 밤낮을 가리지 않고 내달렸다. 그런데……."

채 말을 맺지 못한 탁문일의 눈이 냉정하게 빛나기 시작했다. 그와 함께
말투 역시 차가워지고 있었는데 그의 말은 일행의 가슴속에 비수가 되어 꽂
혔다.

"내가 누굴 잘못 본 거지? 이런 일에 사람들을 버리고 혼자서 움직이는 호
월을 잘못 본 건가? 아니면 호월 혼자 저렇게 날뛰게 나둔 너희들을 잘못 본
건가?"

"……."

가슴을 후벼 파는 탁문일의 목소리에 아무도 말이 없었다. 모두들 그저 입
꽉 다문 채 탁문일을 바라보고 있었는데 그때였다. 탁문일은 오른손을 움직
이며 입을 열었다.

스르르릉.

"그 누굴 잘못 보았든 난 인정할 수 없다. 특히 호월이 저렇게 움직이는 것
이 너희들 스스로 그렇게 만들었다고는 더 더욱 생각할 수 없어. 그렇다고 난
너희들과 같은 생각이진 않아."

자신의 검을 잡아 뽑으며 그는 앞으로 나섰다. 천천히 내력을 끌어올리며
그는 또다시 입을 열었다.

"그래서 내가 할 수 있는 일이란… 이것밖에 없는 것 같다. 그저 내 안에
너희들의 마음만 담아간다고 생각하면서 말이다."

그 말을 마지막으로 탁문일은 입을 닫고 앞으로 나섰다. 그러나 그는 앞으
로 움직일 수는 없었다. 양 눈에 그렁한 눈물을 담은 채 취소걸이 외치며 앞
을 막았던 것이다.

"빌어먹을! 잘난 체 따위 그만해! 누군 그냥 가만 있는 것이 좋아서 이런
줄 알아!"

“……”

한소리 꽥 지르며 그는 빙글 신형을 돌렸다. 그리곤 단봉을 꺼내 들고는 앞으로 움직이기 시작했다.

채 두세 걸음 움직였을까? 그는 신형을 돌리며 사봉희에게 소리쳤다.

“뭐 하요, 누님! 그냥 낭군감 혼자 땀 뻘뻘 흘리게 놔둘 거요! 누님 성깔 다 죽었소?”

뭘 어떻게 하자고 저러는지 모르지만 속을 긁어대는 소걸을 보며 사봉희는 눈썹 끝을 휘감아 올렸다. 그리곤 앙칼진 목소리가 바로 허공에 울려 퍼졌다.

“죽긴 누가 죽어, 이 자식아! 남 걱정 말고 네놈이나 목 간수 잘해! 그리고, 당신!”

“……”

사봉희는 이번엔 탁문일을 향해 눈을 치떴다. 왠지 탁문일은 한기를 느끼고 있었는데 순간 그녀의 목소리가 다시 들려왔다.

“한 번만 더 사람 속 긁어놓으면 화산이고 뭐고 볼 필요 없어. 그냥 입다물 게 해줄 테니. 하나 이번 한 번만은 내 넘어가죠. 그리고……”

“……”

탁문일의 코앞까지 얼굴을 내밀며 소리치는 사봉희의 목소리에 탁문일은 찔끔한 얼굴을 만들었다. 하나 그녀가 이어 말한 내용은 차가운 얼굴과는 전혀 다른 목소리였다.

“고마워요, 정신 차리게 해줘서.”

“…에?”

그 말을 마지막으로 그녀는 신형을 돌렸고 이어 앞으로 다가가 취소걸의 머리통을 쥐어박고 있었다. 탁문일은 그저 웃음만 나올 뿐이었다. 그리고 지금 이 상황을 짐작하지 못하는 것은 아니었다.

이들도 호월과 함께하고 싶었을 터였다. 그러나 호월의 성격이라면 아무도 오지 못하게 했을 것이었다. 그가 아는 호월이라면 충분히 그럴 것이었고, 입장을 바꾸어 자신이라도 그럴 것이었다.

하지만 그건 호월의 입장일 뿐이었다. 이들과 자신의 입장은 달랐다. 지금 이렇게 조용히 있다가 일이 잘 풀려서 요행히 살아남는다 해도 상처는 크게 남을 터였다. 결국 목숨이 아까워 나서지 않은 꼴 아닌가?

차라리 목숨을 잃는 한이 있어도 그럴 수는 없었다. 그래서 이들을 부추긴 것이었다. 그리고… 아주 잘 먹혔고 말이다.

"하하하! 그래, 진작 그래야죠. 먼저 갑니다, 한 노야!"

뒤쪽에서 일그러진 얼굴을 한 한천조를 향해 한마디 던진 후 그는 앞으로 달려나갔다. 그렇게 세 사람은 한 덩어리가 되어 호월을 향해 달려가고 있었다.

"참으로 건방진 놈이야."

"전적으로 자네의 말에 동감하네. 살다 살다 저렇게 건방진 놈은 처음이군 그래……."

한천조와 오경우는 고개를 끄덕이며 말을 주고받았다. 그들이 말한 건방진 놈은 다름 아닌 탁문일이었다.

거의 박살나다시피한 자문파 때문에 오지도 못하고 무슨 일인지도 모르는 주제에 나불나불 입을 열고 있었다. 모두가 스스로 생각할 수 있는 것을 굳이 말로 긁어 놓고 간 것이다.

"한데 자네… 저 호월이란 친구의 강호를 보고 싶다고 하지 않았나? 그래서 그를 도와주는 것이고 말이야"

"물론이네. 그렇지 않았다면 이렇게 같이 있을 이유가 없지. 다 따로 다니면 그뿐이니 말이야……."

　호월의 강호, 그것은 바로 자신들의 꿈이었다. 아무런 이득도 없이 그저 신념을 위해 움직이는 강호행, 이젠 자신들에게 불가능한 일을 이루는 호월을 도와주고 싶었던 것이다.

　참으로 웃기는 노릇이었다. 그의 강호행을 돕는다며, 그리고 그것이 다름 아닌 호월의 신념을 지켜주는 목적을 위해 움직인다고 하더니 결국 자신들은 자신들의 처지에 발이 묶여 있었다.

　뭘 도와준단 말인가? 지금 이 순간 강호의 예법이 무슨 소용이 있고 성교가 무엇이란 말인가? 스스로 모든 것을 포기하며 앞으로 나선 호월을 도와주려면 그 자신도 버려야 함을 이제야 그는 알 수 있었다.

　간단한 일인 것을. 아주 간단한 것임에도 실천 못한 자신들이 바보같이 느껴지는 순간이었다. 이 나이가 되도록 아직도 이리 현실에 미련을 두다니……

　"난 그동안 나이를 헛먹은 것 같네. 이리도 판단력이 흐려서야… 이래서야 본 교에 도움이 될 턱이 없지."

　대체 무슨 말을 하려는지 모르지만 그는 앞으로 슬며시 나서고 있었다. 가만히 노려보는 오경우의 귓가에 다시 그의 말이 들려왔다.

　"이런 노인일랑 이제 잊어버리도록 하게. 돌아가 마황께 그리 전해주게나."

　"장로님!"

　마도사랑 유강의 입에서 커다란 소리가 터져 나왔다. 지금 한천조의 말은 성교에서 떠난다는 뜻이었다. 모든 것을 포기하고 호월에게 가겠다는 뜻인 것이다.

　"허허허, 내가 하고 싶은 말을 자네가 먼저 하는구만. 나 역시 자네의 꿈을 보고 싶다고 했었지. 그러니 나도 같이 감세. 자네에게 짐을 억지로 지워주는 것 같아 미안하구만."

“오 장로님!”

오경우까지 이렇게 나오자 유강은 미칠 지경이었다. 일검마와 일권마로 불리는 마교의 두 기둥이 지금 모든 것을 다 떨쳐 버리는 상황에 그가 제정신일 수는 없었다.

“그럼 우리 두 사람의 뒷일을 부탁하네. 이만 가보겠네.”

두 사람은 가벼운 목소리를 전하며 발걸음을 옮겼다. 유강은 그저 멍한 표정으로 그들을 바라볼 뿐이었다.

*   *   *

카칵! 파아앗!

한 흑의인의 옆구리에 검날을 찔러 넣었던 호월은 그대로 검을 들어 밀어 올렸다. 섬뜩한 소리와 함께 피가 허공으로 튀어 오르자 호월은 슬쩍 몸을 빼내며 뒤로 물러섰다.

“……”

이어 그는 느껴지는 감각에 신형을 돌리려다 멈추었다. 지금 이 느낌은 흑의인들의 느낌이 아니었다. 아주 낯익은, 일행의 느낌이었던 것이다.

틀림없는 그들이었다. 취소걸, 사봉희, 한천조에 이어 오지 않을 줄 알았던 탁문일과 의외로 오경우까지 오고 있는 것이 분명했다. 호월은 보지 않았지만 어느새 뒤쪽으로 늘어서는 그들의 모습을 느낄 수 있었다.

서서히 내력을 끌어올리며 호월의 뒤를 점거한 일행들을 보며 흑의인들은 포위망을 더 늘리고 있었다. 그런 그들을 향해 호월의 목소리가 들려왔다.

“소걸은 좌측, 문일은 우측으로 한 노야와 오 노야는 그들의 뒤를 지원해 주시오. 사 낭자는… 내 뒤에서 날 지원해 주시오.”

왜 왔느냐 따윈 필요없었다. 아니, 그렇게 말하고 싶었지만 그들의 기운을 느끼는 순간 더 이상 그런 까칠한 말들은 하고 싶지가 않았다.

차가운 흑의인들의 기운과는 달리 참으로 따뜻하고 온화한 색깔이었다. 온몸이 따뜻해지는 것은 둘째치고 그들의 기운을 느끼는 순간 마음 한쪽에서 작은 울림이 시작되었다.

혼자가 아니었다. 모두를 놔두고 온 호월의 기운은 하나의 칼과도 같았다. 누구든 건드리면 모두 베어버리는 칼 하나가 된 것이다. 한데 이렇게 일행이 온 지금 그는 더 이상 칼이 아니었다.

아니, 칼은 칼이되 여태껏 잘 벼려져 있던 칼이 아니었다. 칼 뒤에 커다란 방패가 하나 더 있었다. 자신이 아닌 여기 있는 일행을 위해 방패가 되는 것이었다.

"걱정 마요, 형님. 뭔 일이 있어도 난 물러나지 않을 테요."

"그거야 당연하지. 우리 걱정 말고 호 형은 앞만 신경 쓰쇼!"

취소걸과 탁문일이 주절거리자 호월은 말없이 웃음만 지었다. 다른 사람들은 모두 말없이 조용히 있지만 그들의 마음은 이들과 같을 것이었다. 아니, 이들의 마음보다 더 중요한 것은 자신의 마음이었다.

따뜻했다. 그저 지켜주어야 할 사람들이라고 규정하고 나오지도 못하게 했을 땐 이런 마음이 들지 않았다. 무언가를 같이한다는 것, 그것을 지금 느끼고 있었던 것이다.

가슴 가득 환한 감정을 채운 채 호월은 다시금 내력을 올렸다. 그의 무공이 또 한 번 세상에 선보이려 하고 있었다. 사람을 죽이기 위한 망일곡의 무공이 아니라 동료를 지키기 위한, 인간을 위한 강호의 무공 말이다.

2

“으드드득!”

내고 싶지 않아도 절로 이 갈리는 소리가 난다. 참고 싶었지만 참을 수가 없었다. 그저 지독한 고통이란 말로는 절대 표현할 수도 없을 만큼 엄청난 고통이었다.

하나 그 고통보다도 더욱더 힘든 것은 자신이 이렇게 힘든 것을 그냥 아무런 표정없이 지켜보는 저 사람의 시선이었다. 적금검노 천우안은 그저 담담한 눈을 한 채 자신을 바라보고 있었지만 삼목은 그 두 눈을 후벼 파버리고 싶었다. 하지만 그건 그의 바람일 뿐이었다.

온몸에 수많은 침을 꽂아 넣은 채 그저 천우안의 처분만 기다리는 꼴이 된 것인데 할 수 있는 것이라곤 단 한 가지. 천우안을 죽일 듯한 눈으로 바라보는 것뿐이었다.

그런 삼목의 기분을 알아챈 것일까? 문득 천우안의 목소리가 들려왔다.

“허허허. 그렇게 잡아먹을 듯한 눈초리는 그만 두는 게 어떨까? 어차피 일이 이 정도로 진행된 이상 넌 살아 있는 사람이 아닐 것이다.”

“…….”

속을 뒤집어놓는 소리이긴 하나 지금은 그냥 듣는 수밖에 없었다. 천우안은 여전히 빙글거리며 말을 이었다.

“그래, 하긴 궁금하기도 하겠지. 내가 왜 갑자기 이렇듯 남남처럼 구는지 말이야. 그럼 어디 이야기를 한번 해볼까? 저 친구도 시간이 좀 걸리는 듯한데…….”

힐끔 턱을 주억거리며 누구를 가리켰는데 삼목은 보지 않아도 너무나 잘 알고 있었다. 한쪽 구석에서 여러 개의 침을 놓고 잘 다듬고 있던 당용민이었던 것이다.

아마도 자신에겐 담우경에게 했던 것이 아닌 뭔가 다른 것을 하려는 듯 고심에 고심을 거듭하고 있었다. 한기가 끼치는 광경에 삼목의 전신에는 닭살이 돋았지만 문지를 수도 없었다. 이미 온몸이 제압당하였으니 무슨 수로 하겠는가?

"처음 네놈을 봤을 땐 물건 하나 건졌다고 생각했었다. 하는 짓도 그렇고 남 모르게 세력도 모으는 것을 보니 쓸 만하다고 생각했었지. 그러나 네놈이 이 무당으로 병력을 돌리는 순간 난 실망했다."

"……."

"뭘 위해 싸우는 것이냐, 청성의 강호제일? 그게 뭔데? 그까짓 것이 무슨 대단한 것이라도 되느냐? 막말로 돈 몇 푼 더 들어올 뿐이고 사람들 좀 모이겠지. 그 외에 다른 것이 있던가?"

그를 이죽거리며 천우안은 계속 입을 열었다. 삼목은 그저 독기 서린 눈으로 그를 쳐다보기만 했는데 그 모습에 천우안은 '아' 하는 표정을 지으며 손을 뻗었다.

"참 이렇게 듣고만 있으니 속이 타겠군 그래. 자, 궁금한 것이 있으면 다 물어보게. 이제 다 이야기해 줄 터이니."

타탓…….

보이지 않는 한줄기 경기가 삼목의 몸에서 터지자 삼목은 턱에 힘이 들어가는 것이 느껴졌다. 한순간에 아혈이 풀린 것이다.

"그럼, 대체 당신은 무엇 때문에 이런 일을 벌이는 것이오? 거기에 왜 청성에 그런 짓을 한 것이오이까? 당신이야말로 그렇게 대단한 것이 있소이까?"

"허허허, 역시 말문이 트이니 말할 맛이 나는구나. 그래 네 생각처럼 나 역시 대단한 것은 없다. 하나 분명 너처럼 속 좁게 굴진 않는다. 내가 보는 것은 이 단순한 무림 하나뿐만이 아니야."

"…미쳐도 단단히 미쳤군! 그럼 지금 관까지 집어삼킬 생각을 하는 것이오? 그것이 가능할 것이라 생각하오이까!"

삼목은 이마에 핏줄이 불끈 돋아오도록 소리쳤는데 과연 그 말처럼 그건 그저 강호독패와는 차원이 달랐다. 강호인뿐만이 아니라 세외의 견제세력까지 모두 생각해야 하는 것이다.

더욱이 송은 국력이 그리 강한 나라가 아니었다. 외세의 힘에 언제든 굴복되어도 이상할 일이 아니었는데 모든 것은 무관을 죽이고 문관을 우대하는 정책 때문이었다. 이 문제 때문에 황제도 골치를 썩고 있고 말이다.

그런데 그런 모든 것을 다 해결하며 나라를 차지하려 하다니… 미쳤다고 밖에 생각할 수 없었다. 애당초 불가능한 꿈을 꾸고 있는 것이다.

"그래? 그래서 네 그릇이 작다고 생각한 것이다. 왜 못한다고 생각하지? 당대의 보이지 않는 실력가도 너와 손을 잡고 있었고, 무림의 무수한 세력 역시 너에게 손을 벌렸었다. 그런데 네가 한 일이 뭐냐? 기껏해야 너무 성장한 칠약회의 무림세력을 약화시킨 것밖에 없지 않느냐?"

"……."

이자… 양성산의 일을 알고 있었다. 하긴 워낙 신출귀몰한 사람이니 모르는 것이 이상할 정도이긴 하지만. 그래도 이렇게 정확히 알고 있을 줄은 몰랐다. 그의 귓가에 천우안의 목소리가 다시 들려왔다.

"작은 목표를 위해 큰 것을 버린 놈이 바로 너다. 너 같은 것을 믿고 내가 일을 도모해야 할까? 그렇다면 결론은 한 가지, 내 스스로 네가 이용되도록 하는 수밖에……."

"그걸 지금 말이라고 하나? 당신이 생각한 것 중, 단 한 가지라도 될 것 같아? 그 나이 먹도록 무림이란 곳의 생리를 알지 못하는 것인가?"

죽을 것 같은 고통 속에서도 삼목은 소리쳤다. 모든 것을 다 말하진 않았지만 이 정도만 이야기해도 천우안은 알아들을 것이었다. 삼목 자신이 하고 싶은 말을 말이다.

이 흑의인들을 가지고 송을 뒤엎을 생각인 것이다. 그것을 위해 지금 천우안은 노력하고 있는 것인데 말도 안 되는 소리였다. 숫자가 너무나 적은 것이다.

그렇다면 결론은 한 가지만 나오게 된다. 새로운 흑의인들을 만들어내면 되었고 그것이 바로 천우안이 노리는 것이었다. 그것을 위해 지금 자신을 찍어 누르고 청성을 봉문시킨 것이고 말이다.

그가 세상에 나올 핑계가 필요했다. 그 핑계 거리가 바로 자신이고 말이다. 청성과 자신이 흑의인들을 만들어 세상을 어지럽혔고 그 때문에 자신이 나섰다고 할 것이었다. 호월과의 문제는 그리 큰 문제가 아니니 사람을 알아보기 위해 한번 부딪쳤다고 말하면 그만인 것이다.

"무림의 생리? 훗! 지금 내게 무림의 생리를 묻는 것이냐? 내가 그것을 몰라서 이런 일을 계획했다고 생각하나?"

비릿한 미소를 지으며 천우안은 입을 열었다. 그는 잠시 당용민 쪽을 바라보더니 다시 입을 열었다.

"네 계획이 탄로나게 되면 사람들은 내 말을 믿게 될 것이다. 무당의 꼬마 하나를 앞세워 문파 하나하나를 흡수해 나가려던 계획 역시 아주 잘 알고 있다. 그… 환안이라고 하던가?"

"……!"

천우안의 목소리에 삼목은 눈을 크게 떴다. 그것은 정말 아무에게도 말하지 않은 것이었다. 그와 비팔수와의 관계를 아는 사람조차 별로 없었던 것이다.

그런데 이렇게 훤히 알고 있다니… 도무지 이해할 수 없는 일이었다.

"넌 모든 것이 네 계획대로 돌아갈 것이라 생각하나? 무당의 위기를 그 꼬마가 구하면 무당은 네게 돌아설 것이라고? 웃기는 소리구나. 조등 같은 녀석 하나 죽인다고 강호의 인지도가 올라가는 것이 아니다."

그의 말에 삼목은 아랫입술을 꽉 깨물었다. 당해도 이렇게 당할 수가 없었다. 어떻게 모든 계획을 다 알고 있단 말인가?

"큭! 물론 조등 하나 죽인 정도로 그가 무당을 대표할 사람으로 되진 않을 것이라는 건 너도 잘 알고 있겠지. 그래서 어느 정도 강호에 그 이름이 높은 마환살도 여당을 이 자리에 부른 것이겠지? 하나 네놈은 정말 바보다. 마환살도 여당이 네 말을 따라줄 것 같으냐?"

"…무슨 말이냐!"

차갑게 눈을 부라리며 삼목은 소리쳤다. 그러자 천우안은 다시 싱긋 웃으면서 말을 이었다.

"마환살도 여당이 네 생각대로 우둔하고 무공만 높은 악적이라면 너의 말이 맞겠지. 근데 말이다, 그 마환살도 여당이란 사람은 이름이 두 개가 있다. 하나는 여당이란 이름으로 너도 알고 있지. 한데 또 하나의 이름은 무엇인지 아나? 바로 후연이라고 하지. 마교의 사람이란 말이다."

"그래서?"

삼목은 반문했다. 그가 마교의 사람이라는 것은 자신도 알고 있었다. 후연이라는 이름을 가지고 있는 것도 이미 알고 있는 사실이었고, 무슨 일인지 모르지만 마교 내에서는 반도로 찍힌 사람이라는 것도 잘 알고 있었다. 새삼 말이 나오는 것이 이상한 일인 것이다.

"멍청한 놈. 그래도 말을 못 알아듣는구나. 그는 마교에서 너에게 심어 놓은 사람이다. 설마 마교가 강호 돌아가는 꼴을 그냥 볼 것 같으냐? 이 일이 잘못되면 결국 강호 독패란 이름 하에 자신들에게 화살이 돌아올지도 모르는 것을 잘 알고 있는데도?"

"…뭐라!"

삼목은 외마디 소리를 질렀다. 절대 그럴 리가 없었다. 혹시나 모를 상황을 대비하기 위해 그의 뒷조사를 철저히 했었다. 마환살도 여당은 틀림없는 신원이었던 것이다.

그런데 마교에서 심어 놓은 사람이라니. 그렇다면 천우안의 말이 옳았다. 모든 것이 제대로 돌아갈 리가 없었던 것이다.

"실력으로 봐도 그 꼬마 놈이 여당을 이길 확률은 없다. 아니, 어쩌면 나타나지도 않을 것이다. 그것이 네놈의 가장 큰 실수이지. 수하 하나 제대로 간수하지 못한 거냐?"

"…제… 제길!"

철저히 당한 셈이었다. 이를 부득부득 가는 삼목의 눈에서 작은 물방울이 떨어져 내리고 있었다. 모든 것이 다 허망하게만 느껴졌던 것이다.

어차피 실패할 일이었다. 이럴 줄 알았다면 칠약회를 더욱 공고히 하고 그 힘을 키우는 것이 나았었다. 하나 이미 너무 늦은 순간이었다.

칠약회에 소속되어 있던 문파들 하나하나가 점점 자신들의 이익만 주장해 나가는 것 같아 행한 일이 바로 양성산의 혈사였다. 그리고 그것은 의도대로 되었다. 칠약회는 그 일을 발화점으로 하여 거의 해체되었고, 문파들의 숨은 힘 역시 거의 사라졌다. 이제 강호는 소림과 무당, 그리고 청성이라는 세 개의 힘으로 나누어질 참이었다.

한데 한순간 그의 꿈이 깨어졌다. 바로 이자, 천우안 때문이었다. 참으로 원통한 일이 아닐 수 없는 것이 같이 움직이는 동반자인 줄로만 알았던 그였기에 배신감은 더욱더 커지고 있었다.

"강호의 모든 사람들이 모이면 난 나서게 될 것이다. 그리고 내가 한 일을 세상에 공표할 때 너의 악행 역시 같이 말하게 될 것이다. 물론 그 증인으로 아주 훌륭한 사람이 있지. 무당의 그 꼬마와 여당이 같이 그런 역할을 하게 될 것이야."

"이… 이 죽일……."

타탓!

더 이상 들을 이야기가 없다고 느꼈는지 천우안은 손을 뻗어 삼목의 아혈을 짚었다. 그리고는 눈을 돌려 당용민을 보며 입을 열었다.

"아직도 준비가 안 되었느냐?"

"아닙니다. 다 되었습니다. 이제 마지막 시술만 하면 될 것입니다."

황급히 손을 움직여 침구를 챙긴 채 당용민은 삼목의 뒤로 돌아갔다. 그리고는 침을 들더니 여기저기 찔러 넣기 시작했다.

"으읍! 읍!"

고통이 대단한지 삼목의 입에서 악물린 비명성이 흘러나왔지만 찔러 넣는 당용민이나 그것을 보는 천우안은 아무런 표정의 변화도 없었다. 그저 이번 결과가 어떻게 나올지 그것이 제일 궁금한 듯했다.

그렇게 일 다경 정도를 쉼없이 찔러 넣었을까? 이윽고 당용민의 입술이 열렸다.

"후우… 다 되었습니다, 어르신. 아마 이번엔 저 담우경이란 놈과는 좀 다를 것입니다. 그놈은 색욕으로 인해 망쳤지만 이 삼목 진인은 그렇진 않겠지요. 그리고 이번엔 이지를 아예 상실하게 만들었으니 신경 쓰시지 않아도 됩니다."

"그래, 잘했다. 그럼 지금 시술한 것을 다 기록하였으냐? 혹 안 했다면 어서 하거라. 그것이 너의 이름을 강호에 알리는 길이니……."

"여부가 있겠습니까? 당장 그리 하겠습니다."

당용민은 기쁜 표정을 지으며 품속에서 작은 책자를 꺼내더니 이어 그 자리에 털썩 주저앉았다. 역시 수중에서 작은 붓대 하나를 꺼낸 그는 먹을 묻혀 자신이 한 일을 기술하기 시작했다.

꽤나 꼼꼼하게 쓰는 듯 이마에 송골송골 맺힌 땀을 닦아내지도 않았는데 그 모습에 천우안은 흐뭇한 미소를 지었다. 누가 본다면 정말 인자한 노인으로밖에 볼 수 없는 그런 미소였다.

하지만 그건 그의 얼굴뿐이었다. 뒷춤으로 돌려진 그의 두 손엔 붉디붉은 기운 하나가 서서히 어리고 있었다.

*　　　*　　　*

"흐야아압!"

쩌어엉!

덤벼드는 흑의인의 검날을 밀어내며 취소걸은 고함을 질렀다. 온 힘을 다해 부딪쳤지만 이렇게 물러나지 않고 버티는 것이 전부였다. 이 흑의인들의 무공은 정말 믿을 수 없을 정도로 강했다.

이런 자들을 근 오십여 명이 넘게 땅바닥에 뉘인 호월은 진짜 대단한 사람이었다. 새삼 그의 무공이 얼마나 대단한가를 느끼며 소걸은 신형을 살짝 숙였다. 그리곤 왼발을 축으로 신형을 빙글 돌렸다.

돌아가는 탄력을 지닌 채 오른발을 쭈욱 뻗었다. 발목을 슬쩍 틀어 칼날처럼 발을 세운 채 그대로 흑의인을 쓸어갔다. 제대로 맞기만 한다면 흑의인의 발목은 수수깡처럼 꺾일 터였다. 하나…

쉬이이잉!

그냥 허공이었다. 하지만 이 정도의 상황은 이미 소걸도 예상했었다. 소걸은 돌리는 신형을 멈추지 않고 더욱더 허리를 틀었다. 그리고는 땅을 짚던 왼발을 쭉 펴 올리며 신형을 뽑아 들어올렸다.

"차아압!"

파파파팡!

연속으로 돌아가는 소걸의 발이 흑의인의 왼손과 부딪치자 가죽 북이 터지는 소리가 들려왔다. 흑의인은 너무도 쉽게 소걸의 공격을 막아낸 후 바로 오른손의 검을 내밀어왔다.

스스슷… 피리리링!

그냥 보기에도 대체 어디에 진검이 있는지 모를 정도로 현란한 검날의 움직임이었다. 공중에서 신형을 세운 호월은 단봉을 들어 가슴께로 올렸다. 가슴속이 답답해져 오는 것이 내력이 조금씩 달리는 듯싶었지만 지금은 그런 것을 상관할 때가 아니었다.

공중에 단봉을 쳐올리며 모든 내력을 끌어당기자 검날이 쭈욱 늘어나는 듯하며 소걸의 단봉에 다가왔다. 그러자 소걸은 온 힘을 다해 단봉으로 검날을 후려쳤다.

따다당!

"우욱!"

오히려 쳐낸 소걸의 입에서 비명성이 터져 나왔다. 복면인의 내력이 상상을 초월한 것인데 낭패였다. 이러다 그냥 당할 판이었는데 어떻게든 위기를 만회하기 위해 소걸은 몸을 틀었다. 그러나 이미 그의 옆구리 어림에 복면인의 검날이 다가온 상태였다.

파아앗!

"큭! 제길!"

짤막한 비명과 함께 소걸은 인상을 구겼다. 그리곤 최대한 사이를 벌리려 했는데 그 순간이었다.

위이이잉… 퍼어엉!

"크윽!"

복면인의 가슴에서 검은 기운이 한껏 서리더니 그가 뒤로 튕겨나고 있었다. 소걸은 잠시 한숨을 쉬었는데 보지 않아도 누군지 알 수 있었다. 한천조의 도움이었던 것이다.

"너무 나서지 말거라. 일단 지금은 호월의 신형에 속도를 맞추어야 한다."

"예, 한 노야! 후우우우……."

다시금 내력을 끌어올리며 소걸은 앞으로 한 걸음 내밀었다. 그러자 호월의 뒤쪽 약 일 장 정도 떨어진 곳에 위치하게 되었는데 이 정도가 좋았다. 호월과 자신 사이의 공간에 끼어들 복면인들은 아마 거의 없을 것이다. 호월이 그렇게 놔두지 않을 것이니 말이다.

"자, 덤벼라! 이 사람 같지 않을 것들아!"

커다란 소리를 지르며 기세를 올리는 소걸을 보며 한천조는 빙그레 웃었다. 그저 이런 상황이 좋았다, 어쩌면 죽을지도 모르는 험한 상황이지만 그 상황 속에서 서로를 믿으며 싸우는 이들의 모습이. 그가 꿈꾸던 세상 속에서 보고 싶었던 모습인 것이다.

즐거웠다. 퉁겨지는 피의 흔적 속에서 이런 감정을 느낀다는 것이 말이 안 되는 이야기이나 분명 호월은 즐거웠다. 옆에서 움직이는 소걸과 탁문일의 거친 숨소리를 들으며 살아 있음을 느끼는 것도 즐거웠고 간간이 뒤에서 터져 주는 사봉희의 채찍 소리도 즐거웠다. 비록 아까보다 그가 할 일은 더 많아졌지만 오히려 마음은 편해지고 있었다.

이렇게 다른 사람과 진심이 통할 때가 있었던가? 아마 한 번도 없을 터였다. 한데 오늘 정말 희귀한 경험을 하고 있었다. 이 많은 흑의인들에게 둘러싸여 있는데도 걱정이 안 되고 있었던 것이다.

확률로 본다면 말도 안 되는 일이었다. 호월이 혼자서 싸우는 것이 살아남을 확률도 훨씬 높았다. 그런데 오히려 지금이 더 즐겁다는 것은 무슨 조화란 말인가?

마음과 마음이 연결된다는 것, 지금이 바로 그런 때였다. 호월은 그저 이 일행 속에 은옥당이 없음이 아쉬울 따름이었다.

우르르릉!

전신에 머무는 내력을 키워 올리며 호월은 힘을 다시 가다듬기 시작했다.

그가 많이 싸우고 움직일수록 동료들은 안전해질 수 있었다. 그렇다면 그가 주저할 이유는 없다.

*　　　*　　　*

"아미타불… 진정, 대단한 시주들입니다."

"…부끄럽소이다, 대사. 내가 왜 이리 옹졸해졌는지……."

혜오의 목소리에 표문강은 씁쓸한 표정을 지었다. 그들은 지금 저 앞에서 싸우고 있는 호월을 바라보고 있었다.

물론 호월의 무공은 대단했다. 사실 그냥 나두어도 호월에 의해 저 흑의인들은 무너질 것 같으니 지켜보기만 해도 별문제가 없지만 표문강이 말하는 것은 그것이 아니었다.

스스로 모든 것을 다 버리고 떠난 사람들, 자신의 말을 듣지도 않고 앞으로 간 소걸과 사봉희를 둘째치더라도 문파가 거의 박살나시피한 탁문일이나 마교라는 든든한 배경을 버리고 홀연히 뛰어든 한천조와 오경우는 그들을 부끄럽게 만들었다. 그들은 지금껏 내내 막사 안에서 말씨름만 하고 있었던 것이다.

좀처럼 결론이 나지 않는 상황 속에서 표문강은 설마 단신으로 호월이 저 안에 뛰어들 줄은 몰랐었다. 아무리 호월이라고 해도 그건 무리수라고 생각했던 것이다.

그런데 다른 사람들이 같이 뛰어들었다. 사봉희와 취소걸이 뛰어들었고, 오경우와 한천조가 뛰어들었다. 그리고 화산의 탁문일도 뛰어들었다.

상식적으로 말하면 저들은 일각도 채 버티질 못할 터였다. 개개인의 무공 차이, 특히 사봉희와 취소걸, 탁문일의 무공은 떨어져도 한참 떨어졌다. 그런데 지금 버티고 있는 것이 현실이었다. 일각을 넘어 반 시진이 다 되어가고 있었던 것이다.

"아미타불… 진정한 유대 관계란 어떤 것인지 몸으로 보여주는 시주들이군요. 표 방주님의 말씀처럼 저희가 부끄러워집니다. 장문 사형, 이젠 결단을 내리시지요."

문득 뒤에서 들려오는 목소리에 혜오는 고개를 돌렸다. 그곳에는 백안을 지닌 승려 하나가 있었는데 바로 장경각주 혜연이었다.

보이지 않아도 천 리를 보는 소림의 제갈이 그와 같은 말을 했다면 나름대로 이유가 있을 터였다. 혜오는 눈을 들어 주위를 바라보았다.

모두 얼굴 한구석에 씁쓸한 표정을 만들고 있었다. 아니, 솔직히 무림인이라면 누구나 다 그런 표정을 지을 터였다. 자신만 해도 그렇고 여태껏 한 일이 부끄럽기만 하다.

막사 안에서 가장 중요하게 그가 생각한 것은 다름 아닌 소림의 입장이었다. 소림과 개방은 이 일에서 선봉을 슬쩍 물림으로써 그 전력을 보존하는 것을 최우선으로 삼았다. 칠약회란 이름으로 뭉친 타문파에게 뼈저린 후회를 맛보게 하고 싶었다. 두 번 다시 이런 생각을 하지 못하도록 말이다.

그런데 밖에 나와 저들을 보니 드는 것은 그저 후회뿐이었다. 그는 미소를 지으며 입을 열었다.

"허허허, 혜안이라 불리는 자네가 그렇게 이야기하는데 어찌 내가 가만있을 터인가? 모든 것은 이 우매한 놈이 생각을 잘못했기 때문이었네. 강호의 일을 함에 있어 언제부터 그렇게 자파의 안위만을 돌보았는지……."

"…아미타불……."

회한 서린 그의 목소리에 혜연은 그저 불호만 외울 뿐이었다. 혜오는 내력을 가득 끌어올리며 허공에 소리쳤다.

"소림의 이름에 몸을 담은 자는 나의 말을 들을지어다! 세존의 뜻을 받들어 호월 시주를 도와 사악한 무리를 척결하라!"

"아… 미… 타… 불!"

허공에 장대한 울림이 울려 퍼지고 있었다. 그와 함께 수많은 황색의 물결이 주변에 넘쳐 나기 시작했다. 소림의 힘이 드디어 세상에 울려 퍼진 것이다.

"후… 대사께서는 정말 절 부끄럽게 만드시는군요. 대사님의 말이 옳습니다. 이 표문강, 오늘 또 한 번 대사께 감사드립니다."

표문강은 조용히 입을 열었고 이어 내력을 끌어올리기 시작했다. 그 역시 허공을 향해 높은 소리를 질렀다.

"개방의 도우들은 세상에 몸을 나타낼지어다! 정을 수호하고 협을 숭앙하는 이들이라면 모두 호월을 도와 세상을 밝게 만들라!"

"우아아아아!"

그의 목소리가 채 끝나기도 전 엄청난 함성이 세상을 울렸고, 호월에게 덤비던 흑의인들조차 놀라 물러설 정도였다.

"호월 대협을 도와라!"

"사숙님과 사백님을 도와라!"

우두두두두.

말이 달리는 것도 아닌데 지면이 울릴 정도로 엄청난 인원이었다. 그리고 그 인원들은 그대로 흑의인들에게 부딪쳐 가고 있었다.

"진작에 이렇게 해야 할 것을… 뭐가 그렇게 마음에 걸렸는지……."

표문강은 작게 중얼거렸다. 혜오과 함께 천천히 나서며 내력을 끌어올리고 있었는데 문득 그의 귓가에 혜오의 작은 목소리가 들려왔다.

"아미타불… 고맙소이다, 호월 시주……."

"……."

뭐가 고마운지는 말 안 해도 알 수 있었다. 이렇듯 강호인을 하나로 엮어준 호월에게 감사하는 것이다. 지금 그들만이 아니라 거의 모든 무림인들이다 달려가고 있었다. 그들 역시 스스로의 옹졸함을 깨닫고 있는 것이다.

쩌저저정!
"차아앗!"
시끄러워진 주위를 보며 호월은 신형을 멈추었다. 이미 구름 같은 무림인들로 인해 흑의인들은 와해되고 있었다. 물론 호월이 거의 삼분지 일을 처단했기에 가능한 일이기도 했지만 말이다.

더 신경 쓸 것도 없다는 듯 호월은 신형을 돌렸다. 그곳엔 자신을 도와 같이 싸운 사람들이 보이고 있었는데 당연한 이야기지만 멀쩡한 사람들이 별로 없었다. 큰 상처는 아니라 하더라도 이미 입고 있는 옷 거의 대부분에 피가 스며들고 있을 정도로 잔부상들을 많이 당했던 것이다.

특히 취소걸과 탁문일의 신형은 위험해 보이기까지 했다. 두 사람 다 상당한 피를 흘리고 있었고 입에선 가는 피를 흘리고 있는 것이 내상이 깊은 듯했다. 이 두 사람에게 더 이상 싸우기를 강요하는 것은 호월이 취할 입장이 아니었다.

"젠장, 역시 나서기 좋아하는 놈은 정도 제일 먼저 맞는 다니까! 미안해요, 호 형. 난 더 이상 같이하기 힘들 것 같소."
"인정하기 싫지만 저도 그래요. 조금이라도 더 형님과 같이 있고 싶지만⋯ 이게 제 한계인 것 같군요."
호월이 말하지 않아도 이들은 알아서 이야기하고 있었다. 호월은 묵묵히 고개를 끄덕여 동의를 표했다. 말하지 않아도 잘 아는 일이었다.
"이 녀석들 돌봐주어야 한다는 것, 호월도 잘 알고 있겠죠? 그래서⋯⋯."
"잘 알고 있소."
호월은 바로 입을 열어 사봉희의 말을 막았다. 가지 못 한다는 말을 죽어도 하기 싫은 그녀의 표정을 읽어낸 것이다. 호월은 이어 남은 두 사람에게 시선을 돌렸다. 한천조와 오경우에게 향한 것이다.

"……."

두 사람 다 말이 없었지만 더 이상은 힘들다는 것을 눈으로 말하고 있었고 그건 호월도 원하는 것이었다. 사봉희만 남아 이들을 돌보는 것은 호월이 허락하지 않았다. 적어도 이 둘 정도는 돼야 믿음이 갔던 것이다.

이젠 혼자서 움직여야만 했다. 그것이 자신을 믿어준 친구들에 대한 예의였다. 최선을 다해 도와준 사람들을 더 이상 힘들게 할 수는 없었던 것이다.

"모두들……."

호월은 잠깐 입을 열었다. 왠지 가슴이 벅차오르는 듯한 감정을 느끼는 가운데 호월의 목소리가 다시 들려왔다.

"고맙소."

슬며시 피어오르는 미소와 함께 호월의 입에서 말이 떨어지자 일행 모두 의외의 표정을 지었다. 아니, 약간 의외라는 표정도 들어 있는 것이 꽤나 놀란 것 같았는데 그건 다름 아닌 호월의 입술 때문이었다.

웃고 있었다. 비웃음도 냉막한 웃음도 아닌 정이 함뿍 담긴 싱그러운 웃음이었다. 호월에게서 처음 보는 진심 어린 웃음이었던 것이다.

채 그 잔상이 남기도 전 호월은 신형을 돌렸다. 그리곤 내력을 가득 끌어올린 채 차가운 대지를 박차고 있었다.

파아아앙~!

허공 가득 야조처럼 떠오르는 호월을 보며 일행은 그저 빙긋이 웃었다. 문득 오경우의 목소리가 사람들의 귀에 들어왔다.

"그놈 참… 왠지 지켜보는 것만으로도 기분이 좋아지는 놈이야."

"내가 쓸데없는 일에 나서는 것 봤나 이 친구야?"

한천조의 말에 모두들 다시 웃음을 지었다. 검광과 피가 난무하는 전장 속에서 참으로 어울리지 않는 환한 미소였다.

◆ 第五章 ◆

호월의 힘

"그 무슨 말이냐! 옥당이 사라지다니 말이 되는 소리를 하여라!"

"죄송합니다. 사부님 옥당과 같이 행동을 하기로 했건만 제가 간발의 차이로 늦었습니다. 요악한 조등의 흉계에 빠져 그만 일을 그르쳤나이다! 크으으윽!"

눈물이라는 것은 참 기이한 것이다. 특히 여자가 흘리는 눈물은 심금을 울리는 무언가가 있지만 이렇게 기골이 장대한 사내가 흘리는 눈물 역시 무언가 있었다. 심금을 울리는 것은 둘째치고 공간에 퍼져 있던 감정을 뒤틀어 버리는 효과도 있었다.

추상같은 허정자의 말에 환안은 굵은 눈물을 떨어뜨리며 한없이 울고만 있었다. 하나 허정자의 분노는 그의 눈물에도 불구하고 별로 영향을 받지 않은 것 같았다.

"이것이 눈물로 사죄가 될 일이더냐? 옥당이 죽도록 놔두다니! 대관절 넌 무엇을 한 것이야!"

당장에 때려죽일 듯 그는 오른손을 머리 위로 치켜 올렸지만 그럴 수는 없었다. 한쪽 옆에서 보고 있던 헌우가 재빨리 나선 것이었다.

"사형! 안아가 설마 최선을 다하지 않았겠습니까? 더구나 안아도 지금 부상을 입고 있습니다. 그만 고정하시지요."

"고정하라니! 옥당이 죽었다는데 어찌 그런 말이 나올 수가 있나! 이 무당을 이끌어 나가야 할 놈이거늘!"

분에 넘쳐서인지 그의 입에서 나오지 말아야 할 소리가 흘러나오고 있었다. 설마 그가 속으로 옥당을 그 정도로 생각할지 몰랐는데 환안은 그 소리에 검을 빼어 들며 소리쳤다.

"이 우매한 놈! 스승님께 이 목숨으로 사죄하겠나이다! 하압!"

쩌어엉!

"바보 같은 짓이다, 환안. 이미 일어난 일을 어찌하겠느냐?"

손을 움직여 목을 베려는 찰라 그의 검이 허공으로 치켜 올려지며 맑은 소리가 울려 퍼졌다. 가만히 이 모든 상황을 지켜보기만 하던 연도가 손을 쓴 것이었다.

"크으윽! 죄송합니다."

쿵. 쿵.

죽으려는 것이 뜻대로 되지 않자 환안은 머리를 크게 움직여 대청 바닥을 찍기 시작했다. 그러자 헌우가 얼른 달려가 그를 제지했다.

"자학하지 말거라. 옥당도 없는 지금, 아이들의 구심점이 되어야 할 사람은 바로 너이니라. 네가 이러면… 옥당도 슬퍼할 것이야……."

"하지만… 흐윽!"

이미 눈물이 흘러넘쳐 어느새 앞섶을 흥건하게 적시고 있었는데 그 모습에 허정자의 표정이 조금 누그러지고 있었다. 허정자는 한층 목소리를 낮춘 채 환안에게 말했다.

"미안하구나, 안아. 괜한 마음의 동요로 쓸데없는 소리를 한 것 같다. 헌우

사제의 말처럼 이젠 네가 무당의 기둥이 되어야 한다. 장문인도 거동이 힘든데 내가 너무 소중한 너를 홀대한 것 같구나.”

“아니옵니다, 사부님. 이 우매한 환안 그저 죽고 싶은 생각만 들 뿐입니다.”

“어허! 그런 것이 아니래두!”

헌우는 살짝 언성을 높이며 환안을 질책했지만 질책은 아니었다. 그저 그를 위로하려는 것 외에는 아무런 뜻도 없었던 것이다.

“그래, 헌우의 말이 맞느니라. 환안, 너는 지금부터 은옥당이 해왔던 그 모든 일을 다 짊어지어야 한다. 어찌 보면 옥당이 경솔했구나. 이런 때에 어찌 사사로운 감정을 앞세웠을꼬?”

“…아둔한 녀석!”

쓰러지듯 의자에 앉으며 허정자는 머리를 감싸 쥐었다. 장문인이 쓰러졌을 때도 그는 이렇게 힘들어하지 않았다. 오히려 은옥당의 죽음이 더 크게 다가왔던 것이다.

은옥당이 무당에서 가지는 의미는 비단 한 사람의 훌륭한 무사만이 아니었다. 바로 미래의 무당이라 해도 과언이 아닌 것이 향후 무당이 세상을 향해 포효할 때 그 선두에 바로 은옥당이 설 것으로 보았다. 그래서 모든 힘을 기울인 것인데…….

모든 것이 허사로 돌아가는 듯싶었다. 그렇게 허정자는 홀로 천존을 원망하고 있는 그때였다.

“보고드립니다, 흑의인들이 다시 밀려오고 있습니다.”

“무어라?”

가만히 앉아 있던 허정자의 고개가 들리며 낮은 목소리가 들려왔다. 상당히 흥분한 상태에서 침입 소리가 들리자 감정이 고개를 든 것인데 그 모습을 보던 헌우가 입을 열었다.

“그 정도라면 어서 대응을 하면 될 일 아니겠느냐? 뭐 다른 점이라도 있느냐?"

헌우는 최대한 이성을 차리고 있었다. 아이들이 방금 전까지만 해도 잘 대응하고 있었는데 왠지 좀 소란스러운 듯한 느낌이 든 것이다.

"예, 이번엔 인솔자가 있는 듯합니다. 하여 이렇게……."

"인솔자라니? 그것이 누구더냐?"

헌우는 눈을 반짝이며 바로 입을 열었다. 그러자 보고를 하던 화산무인은 침을 삼키더니 입을 열었다.

"아무래도 조등인 것 같습니다. 언젠가 알려주신 용모파기와 생김새가 유사……."

"조등! 이 죽일 놈이 제 발로 무덤을 찾아왔구나!"

의자에서 벌떡 일어서며 허정자는 검을 빼어 들었다. 그리고는 앞으로 힘차게 움직이기 시작했는데 환안의 앞에 선 그는 다시 입을 열었다.

"일어서거라, 환안! 네 손으로 그놈을 잡거라! 반드시 잡아 목을 베야 옥당의 한이 풀어질 것이야!"

"여부가 있겠습니까? 반드시 그리 하겠나이다!"

환안 역시 엄청난 살기를 일으키며 움직였다. 떨어진 검을 주워 들어 나가는 그의 뒷모습엔 정말 대단한 기도가 아로새겨져 있었다.

"한 아이를 잃었지만 또 한 아이가 각성을 하게 된 것인가? 천존이시여… 무량수불……."

도호를 외우며 헌우 역시 앞으로 움직이고 있었다. 화가 나기는 그도 마찬가지였다. 다만 표현하기가 너무 힘들었을 뿐인 것이다.

하지만 그의 말은 만일 그가 돌아서 앞으로 가는 환안의 표정을 보았다면 나오지 않을 말이었다. 씩씩대며 앞으로 나가지만 그의 표정은 동료를 잃은 분노와는 조금 달랐다.

허장자의 말… 그것이 지금 환안의 머릿속에 휘감고 있었다. 무당의 모든 것을 이어주려 했다는 허정자의 말, 그 말에 화가 머리끝까지 난 것인데 힘차게 걸어가는 그의 뒤로 아주 작은 소리가 흘러나왔다.

"전화위복이구만… 외려 잘 되었어……."

말과 함께 그의 입가엔 작은 미소가 지어져 있었다.

*　　　　*　　　　*

파아아앙…….

호월은 한 마리 야조가 되어 허공을 날고 있었다. 휘날리는 바람에 몸을 맡긴 채 그는 불어오는 바람을 느끼고 있었다. 어디선가 흘러들어 오는 비릿한 피 내음이 섞여 있었지만 지금 무당의 곳곳에서 일어나는 흉사를 봤을 때 이상할 것은 없었다.

타탓… 탁!

한데 호월의 신형이 딱 멈추어졌다. 아직 정상을 오르려면 꽤나 시간이 걸려야 했는데 그는 주위를 둘러보며 뭔가를 생각하고 있었다. 그리고 그때 뒤쪽에서 소리가 나면서 일단의 인물들이 보이고 있었다.

"허허허, 귀가 밝은 친구로구만. 하긴 그만한 무공을 가지고 있는 사람이 모르는 것이 더 이상하지."

"……."

소리와 함께 나타난 사람은 모두 세 명, 바로 아미의 연문 사태와 곤륜의 삼패권, 검일 장로였다. 이들은 바로 호월의 뒤를 쫓아온 듯했다. 그중 말을 한 사람은 검일 장로였다.

"젊은 친구가 엄청 빠르더군. 쫓아오는데 상당히 힘이 들었네. 원 나이가 들어서인가?"

이마에 흐르는 땀을 닦아내며 삼패권은 그 특유의 우르릉거리는 목소리를 내었다. 파괴력이 높은 권을 위주로 하는 사람이어서 그런지 그의 음성은 정말 컸다.

"아미타불…… 시주께서는 경계하시지 않으셔도 됩니다. 저희는 그저 무당으로 가는 길에 할 말이 있어 잠시 온 것뿐입니다."

"할 말……?"

연문의 목소리에 호월은 눈을 살짝 좁혔다. 한 번도 본 적 없는 사람들이 무슨 할 말이 있다는 것인지 모르지만 일단 들어보기로 그는 마음을 굳혔다. 이어 연문의 목소리가 들려왔다.

"솔직히 말하자면 저흰 이번 무당의 혈사보다 한 사람에게 더 신경을 쓰고 있습니다. 다름 아닌 삼목이란 사람입니다."

"…무당의 삼목 진인 말이오?"

호월의 말에 세 사람은 동시에 고개를 끄덕였다. 그래서 뭘 어떻게 해달라는 것인지는 모르지만 어차피 그건 호월이 신경 쓸 일이 아니었다.

호월이 이곳에 온 이유는 한 가지 은옥당 때문이었다. 삼목이 가지고 있을 것으로 추측했던 자헌검은 이미 되돌려받았으니 솔직히 삼목에겐 볼일이 없었다. 호월이 신경 쓸 일이 아니었던 것이다.

"그래서 하는 말인데 그자가 보이면 저희가 먼저 나서겠습니다. 양성산의 혈사를 일으킨 장본인으로 수많은 무림인들을 죽게 만든 자입니다. 하오니……."

"잘 알겠소. 그리 하리다."

호월은 이들이 무엇을 바라는지 잘 알고 있기에 중간에 말을 자르고 신형을 돌렸는데 그 모양을 본 세 사람의 표정은 이미 오해하고 있다는 표정이었다. 얼굴이 확 굳었던 것이다.

"강호에서 쓸 만한 인재가 하나 나타났다고 생각했더니 천둥벌거숭이였나? 어찌 다른 사람의 본심을 모르고 혼자만의 생각만을 하느냐!"

당장에 삼패권의 입에선 거친 소리가 흘러나왔지만 호월은 그저 침묵할 뿐이었다. 이미 그의 신경은 이 세 사람에게 있지 않았던 것이다.

"허어, 아무리 자네가 우리보다 강하다고는 하나, 자네가 코흘리개일 때부터 강호를 종횡했던 우리일세. 대접을 바라는 것은 아니지만 너무 홀대하는 것이 아닌가?"

그들의 눈에 비친 호월은 그야말로 망둥이였다. 아무런 생각도 없이 그저 자기 내키는 대로만 하는 호월이 좋게 보일 리가 없었다. 그때 호월의 전신에서 엄청난 기운이 흘러나오기 시작하자 세 사람은 모두 뒤로 물러서며 얼굴을 굳혔다.

하나 그것뿐이었다. 호월은 검집에 검을 되돌려놓은 채 그저 양손을 좌우로 쫙 벌리고 있었다. 마치 세상의 기운을 모두 휘돌리듯 그렇게 장엄한 기운이 허공에 휘돌았는데 문득 호월의 목소리가 바람결에 실려왔다.

"당신들이 뭘 어떻게 하든지 난 상관하지 않는다고 했소이다. 그러니 당신들도 내가 하려는 일을 방해하지 마시오."

흡사 허공에서 울리듯 들려오는 호월의 목소리에 세 사람은 눈을 가늘게 떴다. 어디서 들리는지도 모르는 것이 확실히 대단한 무공이었다.

"그럼 자네가 원하는 것이 대체 무엇인가? 이 강호의 독패라도 원하는 것인가?"

아미의 연문 사태는 목청을 돋우었다. 호월은 여전히 딴 곳을 보며 전혀 개의치 않아 하는 듯 보였는데 막 연문 사태가 다시 입을 열려는 찰라, 그들의 귓가에 다시 호월의 음성이 들려왔다.

"내가 이 무당산에 오른 이유는 단 하나, 내 친구인 은옥당 때문이오. 난 지금 그 친구를 찾고 있는 중이며 당신들은 날 방해하고 있소이다. 나는 나대로 당신들은 당신들대로 갈 길을 가시오!"

"……."

차가운 그의 목소리에 세 사람의 얼굴이 동시에 심각해졌다. 그는 지금껏 호월의 말을 그저 핑계로 알았다, 그저 자신의 친구만을 구하면 된다는.

"호월 시주, 한 가지만 더 묻겠소이다."

연문은 무슨 미련이 남았는지 다시 호월에게 말을 붙였다. 그녀는 내력을 크게 올리며 다시 소리쳤다.

"이 무당에 오르는 것이 친구를 위한 것이라면 저 위에서 최선을 다해 싸우는 무당은 어찌할 것이오! 설마 그들을 모른 척할 것이오?"

웃기는 이야기였다. 저 산 아래에서 봤던 그들이 어느새 강호의 대인으로 돌아가 호월에게 말하고 있었다. 협사의 모습을 보이라고 말이다.

그런 자들이 호월과 일행이 나설 때도 나서지 않았고, 그저 말로만 일관했었다. 더욱이 이곳에 온 이유가 무당산이 아니라 삼목 진인이라 했으면서도 이런 말을 하는 것이다. 솔직히 대답할 가치도 없었지만 호월은 입을 열었다.

"관심없소!"

"……!"

세 사람은 동시에 눈을 크게 떴다. 설마 호월이 이런 반응을 보일 줄은 생각지 못한 듯했는데 그들이 보기에 호월은 협사의 기질이 있는 사람이었다. 수많은 흑의인을 상대로 보란 듯이 싸운 그의 모습은 과연 누가 봐도 그렇게 보였었다.

그런데 그것이 아니었다. 정말 차갑고 자신밖에 모르는 사람이었다. 세 사람은 고개를 흔들며 신형을 옮겼다. 더 이상 이곳에 있어 봤자 나올 것이 없었던 것이다.

"허어, 강호의 도의가 점점 땅에 떨어지는구나. 나서야 할 사람은 멈추고 나서지 말아야 할 사람들이 나서니……."

호월의 귓가에 점점 멀어지는 검일의 음성이 들려왔지만 그는 완전히 무시했다. 남들이 자신을 어떻게 생각하든 그는 상관없었다. 그의 뇌리 속에는 단 한 가지, 은옥당의 안위에 대한 생각뿐이었던 것이다.

이곳에서 그가 멈춘 것은 이유가 있었다. 가슴이 두근거리는 것이 왠지 기이하게 마치 사봉희나 누가 다칠 때와도 비슷한 느낌이 들었던 것이다.

확실한 것은 느낄 수 없었지만 놓칠 수는 없었다. 그것이 지금 호월로 하여금 전 내력을 키워 올리며 감각을 끌어올리는 이유였다.

언젠가 한천조가 보여주었던 은력평호공, 그때 호월은 그저 보기만 한 것이 아니었다. 그 책을 보았을 때 가슴속이 답답하던 것이 다 뚫어진 듯한 느낌이 들었다. 그가 고민하던 것들이 어느 정도 해소될 수 있도록 자세히 씌여 있었던 것이다.

특히 그가 크게 감명받은 것은 철저히 기운을 구분해 놓은 것이었다. 음과 양으로 설명하진 않았지만 내기(內氣)와 외기(外氣)로 분명한 구분을 그어 놓은 책이었다. 그리고 내기로 인해 외기를 더욱더 크게 끌어올리는 방법이 기술되어 있었다.

호월은 그 명칭을 외기와 내기에서 음과 양으로 바꾸어 생각하면 이해가 쉬웠던 것이다. 다만 그리 할 경우 늘어만 가는 내력은 어찌 해결할지 몰라 일단 접어둔 상태였지만 지금이라면 충분히 가능했다.

고오오오오오……

몸 안의 내력을 끝없이 순환시키면서 몸 바깥의 힘을 끌어 모으기 시작했다. 어느 순간 체외의 자연의 힘들이 호월의 주위를 휘돌았다.

한번 휘돌기 시작한 내력은 끈에 달린 추와 같았다. 그 다음엔 조금만 힘을 주어도 힘이 점점 커지고 범위가 넓어지고 있었다. 그런 식으로 호월은 내력을 키워 올리고 있었던 것이다.

우르르르릉!

맑디맑아 별빛이 초롱한 하늘에서 우레가 치는 소리가 들려왔다. 상당한 내력의 울림이 세상을 휘도는 가운데 호월의 주위 거의 십여 장 정도에 이르는 공간에 거의 광풍이 휩쓸고 지나가는 듯 보였다.

보이지 않는 힘은 더욱더 대단했다. 호월 그 자신도 알지 못할 정도로 엄청난 기운이 일어나면서 그의 온몸에 핏줄이 불거지고 있었다.

투투툭!

호월의 몸이 살짝 떨렸다. 잘못하면 이길 수 없는 엄청난 힘이었는데 그만한 힘을 일으키며 겨우 버티던 호월의 입술에서 작은 소리가 들려왔다.

"옥당… 어디 있… 나?"

"헉… 커억, 컥!"

은옥당은 다시 입에서 피를 토했다. 어떻게든 이 절벽을 오르고 싶었지만 그건 거의 불가능한 일이었다. 오른팔을 잘린 채 왼팔만으로는 이렇게 버티는 것도 기적과 같은 일인 것이다.

얼마나 이렇게 있었는지 모르지만 왼팔이 하얗다 못해 파래지고 있었다. 버틴 것은 좋았지만 그게 다였다. 이러다간 왼팔도 못 쓰게 될 것이 분명했던 것이다.

절망적인 상황이었다. 가슴속에는 환안을 향한 분노만이 끓어오르고 있었는데 어쩌면 그 분노의 힘으로 지금 겨우 버티고 있는지도 몰랐다. 유일한 방법은 자신의 이런 모습을 누군가 보고 구해주는 것뿐이나 그것은 생각하기 어려웠다.

지금 은옥당이 있는 곳은 무당산에서 가장 험하기로 이름난 절벽이었다. 약초를 캐는 자들도 이곳은 오지 않을 정도로 깊은 절벽이라 사람의 눈에 뜨일 리가 없었다. 더구나 지금은 밤이었다.

저쪽 봉우리에 있는 본산에서 싸운다 해도 그 소리조차 들리지 않을 터였다. 그러니 절망적인 상황일 수밖에 없었다.

"큭… 우욱!"

콰아악!

그러나 이대로 있을 수는 없었다. 어떻게든 살아야 하겠다는 생각에 은옥당은 오른발을 뻗었고 내력을 실은 그의 발은 단단한 절벽을 파고들었다.

쉬익… 콰악!

이번엔 왼발도 움직여 절벽을 찍었고, 그의 두 다리가 단단하게 절벽에 고정되자 은옥당은 그 자리에서 발목을 살짝 들어올렸다. 그리곤 왼팔을 빼어내어 제대로 목검을 잡으려 했다. 그런데…

위잉…….

"크으윽!"

들리지는 않았지만 분명 느낄 수 있었다. 한참 피가 통하지 않던 팔에 피가 돌자 거의 떨어져 나갈 것 같은 고통에 그는 몸을 떨었다. 그리고 그 순간 의도하지 않던 일이 일어났다.

파사삭!

"이… 이런!"

외마디 소리와 함께 그는 손을 뻗었다. 비교적 단단하게 박혔을 것으로 생각했던 양 발이 바로 미끄러져 버린 것인데 불안정한 내력을 돌린 결과였다. 진기가 잘 이어지지 않아 내력이 크게 몰렸던 것이다.

하나 이렇게 죽을 수는 없기에 은옥당은 왼손을 뻗었고 다행히 그의 손은 박혀 있던 목검의 손잡이를 잡을 수 있었다. 피가 잘 돌지 않았던 손이기에 힘껏 쥘 수는 없었지만 겨우 손가락을 굽혀 잡을 수 있었다.

콰악!

"우아악!"

의도하지 않았던 비명이 터져 나오며 그는 이전보다 더 불안한 자세가 되었다. 이대로라면 떨어지는 것은 시간문제였고 죽는 길밖에 없었다. 문득 은옥당은 웃음이 나왔다.

"큭… 큭큭큭. 쿨럭!"

뭘 해도 안 되는 몸부림. 스스로 우습게 느껴지는 상황이 되자 웃음이 나왔던 것인데 그 순간 은옥당의 머릿속에서 환영이 떠올랐다. 그의 아내가 보였고, 이제 걸음마를 시작한 아들이 보였다. 그리고 무당의 사람들이 보였다.

호월이 생각났고 사봉희가 생각났다. 언제나 가볍지만 재미있는 취소걸이 보였고 진중한 한천조가 보였다. 그리고 오래전부터 알고 있었던 당예화가 보였다.

그 모든 사람들이 그의 주위를 휘돌고 있었다. 은옥당은 자조적인 표정을 지으며 조용히 입술을 움직였다.

"미안하다……. 친구들……."

은옥당의 손에서 힘이 빠지고 있었다. 조금씩 풀리는 손아귀를 느끼며 그렇게 세상에 대한 미련을 버릴 때였다.

우르르르르릉!

"……!"

천둥이 치는 듯한 강렬한 소리에 은옥당은 고개를 들었다. 그리고는 온 힘을 다해 다시 목검을 움켜쥐었다.

콰악!

혹시 비라도 오는 것은 아닌가 하는 마음이 들었지만 눈앞에 보이는 하늘은 아주 맑았다. 이건 누군가 내력으로 대기를 뒤틀리게 만들어 놓은 것이었다.

그리고 그렇게 할 수 있는 사람이 그의 머릿속에 휘돌고 있었다. 언제나 강한 사람, 하지만 자신에게만은 그 누구보다 좋았고 즐거웠던 사람.

호월, 그뿐이었다. 그만이 이렇게 강한 힘을 낼 수 있었는데 문득 은옥당의 뺨에 바람이 살랑이고 있었다.

왠지 그 바람결에 호월이 말을 하고 있는 것 같았다. 어디 있냐고, 들리면 대답을 하라고 말이다.

"후우웁……."

은옥당은 큰 숨을 들이켰다. 물론 확신은 없었지만 호월이라면 충분히 알 터였다. 그가 아는 호월은 이 세상에서 가장 불가사의한 사람이니 말이다.

그렇게 온 힘을 모으던 은옥당은 이윽고 남은 내력을 모두 모아 소리치려고 했다. 한데 그보다 먼저 그의 손아귀에 온 힘이 들어가고 있었다.

우둑… 파앙!

"……!"

목검이 부러져 버렸다. 은옥당은 절망감이 밀려왔지만 여기서 허무하게 떨어질 수는 없었다. 그는 온힘을 다해 허공에 소리쳤다.

"호~ 월~!"

창공에 커다란 목소리 하나를 남겨둔 채 은옥당은 그렇게 천 길 낭떠러지 아래도 떨어져 내리고 있었다.

"……!"

호월의 고개가 확 들렸다. 분명 지금 그의 이름을 외친 소리가 들려왔다. 아니, 소리가 아니라 그 기운이 느껴지고 있었다.

누군지 모르지만, 아니, 알 수 없는 기운이긴 하나 아주 따뜻하고 절박한 기운이었다. 마치 일행에게서 느꼈던 그러한 기운이었던 것이다.

"후웁!"

숨을 들이마신 채 호월은 휘도는 내력을 더욱더 크게 휘돌렸다. 일진 광풍과 함께 호월의 신형이 허공으로 둥실 떠오르고 있었다.

콰아아아아아!

누군가 봤다면 자신의 눈을 의심할 광경이었다. 호월은 그대로 허공에 떠 올라 팽이처럼 신형을 돌렸다. 자신의 기운과 대기의 기운이 하나로 합쳐진 것이었다.

"차아앗!"

기이이잉… 우르르르릉!

한순간 호월의 입에서 고함성이 들리고 휘돌던 내력의 제일 바깥 축이 허공으로 크게 밀려 올라갔다가 바로 떨어지기 시작했다. 그러자 공중에 또 한 번 강한 울림이 터져 나오고 있었다.

그리고 그 내력들은 한순간에 땅을 후려치고 있었다. 그와 함께 호월의 신형은 빛살이 되어 허공으로 튕겨지고 있었다.

꾸아아아아아앙! 쩌어어엉!

근 십여 장이 넘는 땅이 갈라졌고 그 반탄력으로 호월은 공중에 떠올랐다. 이미 빛살이 된 그의 신형은 길게 늘어지며 어디론가 사라지고 있었다.

"옥… 당!"

그가 사라진 곳엔 호월의 음성만이 한참을 휘돌고 있었다. 아울러 그의 입에서 나온 핏방울들이 허공에서 쏟아진 별빛에 반짝이고 있을 뿐이었다.

2

"……."

그저 아득한 기분이었다. 끝없이 추락하던 은옥당은 지그시 두 눈을 감았다. 지금 이 순간은 몸속에 일고 있었던 격렬한 고통도 모두 사라져 있었다.

그저 눈앞에 환영처럼 사람들의 얼굴이 스쳐 갈 뿐이었다. 무당의 사람들 하나하나가 모두 생각났다.

언제나 인자했던 그의 사부 상명 도인, 또한 항상 힘이 되어주었던 양우와 인성 사숙님, 장문인 현양자, 대외 업무를 주로 보시던 상소 도인 허정자와 대내의 일을 주관했던 중정관천 헌우까지…… 무당에서 그가 한 번이라도 보았던 사람은 모두 기억났다.

물론 그의 부인이 기억 안 날 리가 없었다. 이제 걸음마를 시작한 아들 생각은 차마 할 수도 없었다. 항상 무당산에 기거하면서 자신의 그림자로 살았던 그녀에게는 그저 미안한 마음뿐이었다. 강호의 협객이 되어 행복하게 해줄 것이라던 자신의 약속은 결국 공염불에 불과한 것이었다.

그 외에도 많은 것들이 생각이 났다. 강호에 나와 친교를 나누었던 사람들, 특히 오랜 세월 동안 뜻을 같이한 당예화는 물론이고 만난 지는 얼마 안 되었지만 항상 생각하고 있는 일행들이 생각났다.

그 모든 사람들을 다 생각한 후 최후에 생각나는 사람, 그것은 바로 호월이었다. 여자보다도 하얀 살결을 지닌 사내. 망일곡이라는 곳에서 사람에 대한 정을 제대로 느끼지도 못한 사내, 하지만 그 누구보다도 뜨거운 가슴을 지닌 사내가 바로 그였다.

왜 그런지 모르지만 은옥당은 이 순간에도 호월을 보고 싶다는 생각이 들었다. 그러다 왠지 이상한 느낌에 눈을 떴다.

"……."

기이한 일이었다. 눈앞에 호월이 있었다. 어떻게 이런 일이 있는지 모르지만 참 환영치고는 너무 또렷하다. 그런데 그 환영의 모습이 조금 이상했다.

어금니를 꽉 물어 양 볼에 주름이 잡혀 있었다. 입가로 가는 피를 흘리며 긴 머리를 뒤로 미친 듯이 휘날리고 있었다. 흡사 세찬 바람에 나부끼는 듯이 보였는데 은옥당은 피식 웃었다. 많고 많은 좋은 모습을 놔두고 이런 모습을 환상으로 보니 황당할 따름이었던 것이다. 한데…

콰악!

"정신 차려라, 옥당!"

"……!"

은옥당의 눈이 부릅떠졌다. 눈앞의 환영이 자신의 멱살을 잡고 있었는데 그 느낌이 너무나 생생했다. 게다가 이 목소리… 틀림없는 호월의 목소리였다.

"호… 호월?"

호월이 틀림없었다. 어떻게 이곳에 왔는지 몰라도 지금 자신과 같이 추락하고 있었다. 은옥당은 몇 번을 눈을 떴다 감았지만 틀림없는 호월이었다. 그가 실제로 자신의 눈앞에 나타나 있던 것이다.

쫘아악! 터턱!

그의 멱살을 잡은 손아귀에 한층 힘이 더 들어가는 듯싶더니 은옥당은 자신의 몸이 호월의 뒷등에 걸쳐지는 것을 느낄 수 있었다. 마치 자루를 걸머지듯 호월은 은옥당을 뒤로 돌렸던 것이다.

"정신 차려라, 은옥당! 지금부터 모든 힘을 써서 속도를 줄일 터이니, 꽉 잡아!"

세찬 바람결 속에서 들려오는 호월의 목소리에 은옥당은 그나마 성한 왼손을 호월의 목에 둘렀다. 그리고는 온 힘을 다해 그의 등에 착 달라붙었다.

우우우…….

문득 은옥당의 귓가에 호월의 낮은 목소리가 들려왔다. 그러자 호월의 몸 주위에 작게만 느껴지던 기운들이 어느 한순간 강렬한 기운이 되어 회오리치기 시작했다.

"하아아압!"

조금 더 큰 소리가 들리고 회오리는 하나의 기둥이 되어 있었다. 도대체 어느 정도의 크기인지 은옥당은 짐작할 수도 없었는데 지금 자신은 호월의 뒷등에 달라붙어 있는 것도 쉬운 일이 아니었다. 호월의 몸에서 치달아 나온 힘에 의해 주위의 공기가 미친 듯이 뒤틀리고 있었던 것이다.

그러나 은옥당은 이를 악물며 호월의 목을 놓치지 않았다. 이윽고 호월의 입에서 커다란 목소리가 터져 나왔다.

"이야야야야!"

　쩌렁한 기합성과 함께 은옥당은 순간적으로 호월의 목을 놓치고야 말았다. 너무도 거대한 힘에 말려들어 간 것인데 하나 호월의 오른손은 아니었다. 여전히 단단하게 은옥당의 앞섶을 감아쥐고 있었던 것이다.

　쩌저저저정!

　환영이었을까? 은옥당의 눈에 엄청난 장면이 보이고 있었다. 자신과 호월이 떨어져 내리는 저 아래서부터 엄청난 폭발이 일어나고 있었다. 거대한 먼지구름이 삽시간에 호월과 자신에게 다가왔다. 그때,

　퍼퍼펑!

　"큭!"

　"헉!"

　두 사람의 입에서 동시에 신음성이 흘러나왔다. 호월이 뭘 어떻게 했는지 몰라도 강대한 내력이 바닥에서 밀려 올라온 것인데 호월은 바로 그 내력을 온몸으로 받아내며 낸 신음성이었다.

　은옥당 자신은 조금 다른 신음성을 흘리고 있었다. 그건 밀려온 호월의 몸에 자신의 몸이 부딪치며 나온 신음이었다. 여태껏 잊고 있었던 상처의 고통들이 모두 한꺼번에 밀려들고 있었다. 그때 갑자기 그는 자신의 신형이 돌려지는 것이 느껴졌다.

　스슷… 콰아아악!

　"…멈… 추었나?"

　내려가는 듯한 느낌이 들고 있지 않았다. 이상한 느낌에 은옥당은 서서히 눈을 돌려 상황을 살펴보기 시작했다. 호월은 자신의 무릎 아래와 등 쪽에 손을 넣어 받치고 있었고 그의 한 발은 절벽에 무릎까지 박혀 있었다. 온 힘을 다해 신형을 세운 것이다.

　"호… 호월……."

　다시 고개를 돌린 은옥당의 눈에 호월의 얼굴이 보였다. 호월은 입에서 쉴

새 없이 피가 흐르는 것을 보니 좀 전의 충격이 대단히 큰 것 같았다. 하긴 떨어져 내리는 사람 둘을 밀어 올릴 정도의 폭발이면 엄청난 내력이 들 것이고 그 충격 또한 대단할 터였다.

그 모든 것을 다 버텨낸 호월이니 부상을 입지 않으면 그것이 더 이상한 노릇인 것이다. 하나 은옥당의 눈엔 호월의 얼굴 가득 핏줄이 돋아 올라온 것이 보였던 것이다.

무슨 일인지 모르지만 호월의 몸은 정상이 아닌 듯했다. 은옥당은 잘 나오지도 않는 목소리를 억지로 내려 했다. 아마도 무슨 일인지 묻고자 하는 것 같았는데 그보다 호월의 목소리가 먼저 들려왔다.

"아무 말 마라, 은옥당!"

차가운 호월의 목소리에 은옥당은 입을 꽉 닫았다. 친구에게 하는 말치고는 아주 차가운 목소리였는데 은옥당은 그 목소리의 의미를 이해할 수 없었다. 지금 호월은 최선을 다해 이성을 찾으려 애쓰고 있었다.

가늘게 떨리는 목소리를 들어보면 그의 기분을 알 수 있었다. 하고 싶은 말은 많았지만 그는 입을 닫았다. 더 이상 호월을 격동시키고 싶지 않았던 것이다.

"최대한 빨리 일행에게 돌아갈 터이니 정신 차려라, 은옥당. 알겠지?"

"……."

은옥당은 힘없이 고개를 끄덕였고, 이어 호월은 또 한 번 내력을 끌어올리기 시작했다. 또다시 기의 회오리가 호월을 감싸기 시작했고 어느 정도 큰 내력이 형성된 순간, 호월은 왼발을 들어 절벽을 박찼다.

쩌저저정! 구구구궁…….

단단한 절벽에 호월의 발길질이 전해지자 절벽의 한쪽이 무너져 내렸다. 호월은 한 마리의 유연한 제비처럼 신형을 휘돌리며 반대편으로 도약하고 있었다. 휠휠 내리는 그의 신형은 순식간에 이십여 장을 넘게 움직이고 있었다. 호월은 점점 가슴이 답답해짐을 느끼고 있었지만 여기서 숨을 끊을 수는 없었다.

그가 은옥당을 찾아낸 것은 정말 천운이었다. 왠지 이 근처에 은옥당이 있을 것 같은 기이한 느낌에 발걸음을 멈추고 탐색을 시작했고, 그리고 기어이 그를 찾아냈다. 이어 그는 아무런 생각 없이 온몸을 날렸었다.

그런데 그가 본 것은 거대한 절벽에서 떨어져 내리는 은옥당의 신형이었다. 호월은 단숨에 날아가 은옥당을 구해내려고 했으나 막상 떨어져 내리는 그의 몸 위로 다가가자 놀랄 수밖에 없었다.

오른팔은 어디로 갔는지 잘려져 있었고 가슴엔 뼈가 보일 정도로 큰 상처가 있었다. 비단 떨어져 내리는 것 때문이 아니더라도 이미 은옥당은 거의 죽어가고 있었다.

생각하고 자시고 할 것도 없었다. 본인이 낼 수 있는 가장 큰 힘을 후인장으로 만들어 발아래 절벽으로 쳐내었고, 그 반동으로 이렇게 올라올 수 있었다. 마치 양성산의 동굴 속에서 나올 때와 같았는데 다른 점은 지금의 힘은 그때와는 비교할 수도 없을 만큼 강력하다는 것뿐이었다.

그렇게 신형을 날린 호월의 눈에 드디어 땅이 보였다. 그가 처음에 몸을 날렸던 곳으로 내려서고 있었는데 문득 그의 눈에 일단의 사람들이 보였다. 호월의 뒤를 쫓아 올라오던 사람들로 소림과 개방을 위시한 나머지 문파의 사람들이었다. 아마도 흑의인들을 모두 물리치고 올라오고 있는 듯했다.

"음?"

표우등은 눈을 돌려 오른쪽을 바라보았다. 엄청난 기운이 느껴지며 그가 본 것은 거대한 절벽이 무너지고 있는 모습이었다. 갑자기 무너진 절벽을 보게 되니 좀 이상한 생각이 들었다.

산사태라면 뭔가 전조가 있었을 터인데 이건 아무런 표식도 없이 넘어지고 있었다. 인공적인 듯했지만 그럴 리는 없었다. 인간이 자연을 이길 수는 없으니 말이다.

"아미타불… 표 방주, 저기 누군가 허공을 날아오고 있지 않습니까?"

"예? 선사께서는 무엇이 보이십……!"

혜오의 말에 표우등은 눈을 돌리다 말을 멈추곤 부릅떴다. 혜오의 말대로 누군가 허공을 날아오고 있었다. 거대한 먼지구름에 가려서 보이지 않았는데 점점 가까이 오고 있었던 것이다.

그와 함께 느껴지는 거대한 강기. 마치 회오리를 몸에 두르고 오는 듯한 모습이었는데 왠지 표우등은 그 모습이 낯익게 느껴졌다. 확실한 것은 아니나 왠지 처음 보는 사람은 아닌 듯했다.

그 사람은 순식간에 자신들에게 가까워지고 있었고 이윽고 어느 정도 얼굴이 판별될 만한 거리가 되었을 때 표우등은 다시금 놀랐다. 그건 호월이었던 것이다.

"아니, 호월! 자네가 왜 이곳에……."

말하고 어쩌고 할 시간도 없었다. 호월은 땅에 내려서는 듯하더니 그대로 내달렸다. 그리고 그의 움직임을 보는 순간 모든 사람의 눈이 동시에 커지고 있었다.

<u>스스스스스.</u>

안개… 아니, 허깨비라고 해야 하나? 호월은 그저 하나의 검은 실이었다. 신형이 쭉 늘어나는 듯 보이더니 그대로 사람들 사이를 지나 움직이고 있었다. 정말 눈 깜짝 할 사이에 다시 시야에서 사라져 버린 것이다.

"대관절 무슨 일이……."

홀로 중얼거린 표우등은 그저 놀란 눈만 뜰 뿐이었다. 그가 본 것은 그저 흐릿한 호월의 얼굴이었고 누군가를 안은 것처럼 보였다는 것뿐이었다. 아니, 안고 있었던 것이 분명했다. 그건 바로 이어진 혜오의 목소리에 의해서 판명되었던 것이다.

"누군가를 안고 있군요. 한데 상당히 위중한 듯싶습니다. 아미타불……."

　땅에 떨어진 누군가의 피를 보며 그는 불호를 외우고 있었는데 그건 바로 호월이 흘린 피였다. 아니, 호월인지 아니면 그가 안고 있었던 사람인지 모르지만 누군가는 엄중한 부상을 입고 있는 것이 확실했다.

　"그나저나 정말 놀라운 힘입니다. 절벽을 저렇게 만든 것도 호월 시주인 것 같은데 마지막에 보여준 그 놀라운 움직임은 정말…… 소승도 미처 그의 소재를 알 수가 없을 정도로군요. 아미타불……."

　"……."

　차분히 입을 여는 혜오의 목소리에 표우등은 그저 묵묵히 입을 다물 뿐이었다. 무공에 대한 감탄보다는 왜 산 아래로 향했는지 그것이 더 궁금할 따름이었는데 일단 의문은 이쯤에서 접어야 했다. 정말 중요한 것은 바로 지금부터였다.

　일단 가장 중요한 것은 무당파의 사람들이었다. 일단 호월이 움직이는 것을 보았으니 다시 위로 올라올 터였다. 지금 있었던 일은 그때 물어도 늦지 않았던 것이다.

　"모두 올라가자!"

　내력을 힘껏 돋운 채 표우등은 소리쳤다. 그리고 그와 함께 다시 무림인들은 무당산 위로 향하고 있었다.

　"아야야!"

　"쯧, 사내라는 놈이 엄살은…… 당 의원이 보지 않아도 될 만큼 괜찮다고 했잖아!"

　취소걸의 비명 소리에 사봉희는 목소리를 높였다. 그녀는 지금 소걸의 옆구리에 목면천을 감고 있었는데 사람들은 그저 미소를 띠며 두 사람을 바라보고만 있었다.

　다른 모든 사람들은 이미 산 위로 올라간 상태였다. 이곳에 있는 흑의인들은 거의 도륙된 상태인지라 위험할 것은 거의 없었다. 일단 부상의 치료를 위해 후방에 잠시 남아 있었던 것이다.

저 뒤에서 마음 졸이며 보고 있던 당예화는 어느새 달려와 일행을 돌봐주기 시작했다. 당예화의 의술이야 세상에 그 이름을 높이 알릴 정도니 새삼 의심할 여지가 없었고 그런 당예화가 취소걸과 탁문일의 상세를 보며 괜찮다고 했다.

그런데 지금 소걸은 소리를 꽥꽥 지르고 있으니 과연 사봉희의 언사가 높아질 만했다. 그러나 소걸의 내심은 아주 달랐다. 정말 아팠던 것이다.

"우씨! 누님이 다친 생채기에 막무가내로 목면을 감아보쇼! 나처럼 비명 안 나오고 베기나!"

사실은 그랬다. 사봉희는 피가 나오게 하지 말아야 한다는 이유로 정말 꽉 감고 있었다. 뭐 작은 상처야 그래도 상관없지만 소걸의 상처는 약간 느슨해야 정상이었다. 특히 부위도 그리 작은 것이 아니었고 말이다.

"그 말인즉슨 지금 내 솜씨가 형편없다는 소리냐? 진정 그것이 너의 진심이더냐?"

"……."

살짝 눈을 치켜뜨며 물어오는 사봉희의 말에 소걸은 까닭없는 한기를 느꼈다. 왠지 소걸은 사봉희의 눈이 뱀의 그것과도 동일하다는 느낌을 받았다. 그때, 당예화가 소걸의 위기를 구해주었다.

"하하하, 그리 꽉 감으실 것 없습니다. 건강한 아이이니 그저 잘 묶어주시기만 하면 될 것입니다."

"들었수, 누님?"

"아주 잘 들었다. 이 자식아!"

"꾸엑!"

역시나 말을 들을 사봉희는 아니었다. 그렇게 조금의 시간을 더 비명을 지른 후 소걸은 사봉희의 미수를 벗어날 수 있었다. 하지만 목면천은 정말 잘 감긴 상태였다. 말만 그렇게 했지 사봉희는 제일 마지막 바퀴만 꽉 감은 것뿐인 것이다.

활동량이 많은 소걸이니 조금 있으면 편해질 것이지만 그걸 모르는 소걸은 그저 도끼눈만 뜰 뿐이었다. 사봉희는 완전히 그 눈을 무시한 채 이번엔 탁문일을 향해 시선을 돌렸다. 목면천이 필요한 것은 그도 마찬가지였었던 것이다.

"하하하, 전 제가 알아서 합니다. 한두 번 다친 것도 아닌데요, 뭐."

"……."

어느새 자신의 허리를 빠른 손동작으로 목면천을 감고 있었다. 이미 거의 다 감겨 있었기에 사봉희는 그저 씨익 웃고 돌아섰는데 정말 그는 탁문일에게는 조심하려고 했다. 자신이 먼저 잘 알아서 하니 할 일이 없었던 것이다.

"그래요, 뭐 그럼 그러시던가요."

할 일이 하나 줄어 잘되었다는 듯이 이야기하자 탁문일은 작은 한숨을 쉬었다. 그에게도 사봉희는 솔직히 공포의 존재였다. 하긴 그녀가 말을 험하게 하지 않는 것만 해도 다행인 셈이었다. 일단 그의 명호 중의 하나가 제구항아니 말이다.

"두 분 어르신의 상세는 거의 볼 것이 없을 것 같습니다. 이대로 조금 쉬시다 다시 올라가면 될 것 같습니다."

"알겠네, 당 의원. 그럼 조금 쉬었다 가볼까나?"

당예화의 목소리에 오경우는 나직이 대답한 후 주위를 둘러보기 시작했다. 아마도 쉴 곳을 찾고 있는 것 같았는데 마침 그의 눈에 저 앞에 작은 바위 하나가 보였다.

이제 달은 중천에 떠 있고 급할 것도 없었다. 먼저 간 호월의 실력 정도면 이젠 자신이 염려해야 할 상황이 아니었다. 자신보다도 강한 사람을 걱정할 만한 여유는 쓸데없는 것이다.

그런데 그가 막 그 바위에 엉덩이를 붙이려 하는 찰나였다. 갑자기 검파에 손을 올린 채 오경우는 내력을 끌어올리기 시작했다. 그러자 그 모습에 모든 사람들이 다 긴장하고 있었다.

고오오오…….

문득 일행의 귓가에 기이한 소리가 들려오고 있었다. 얕게 공기를 울리는 듯한 그 소리에 모두들 미간을 살짝 좁혔다. 그때, 정면의 산 위에서 무언가 엄청난 속도로 쏟아져 내려오자 오경우는 자신도 모르게 검을 반쯤 뽑아 올렸다. 강대한 힘을 동반하고 있었기 때문이다.

이 정도의 힘이라면 호월보다도 강한 힘이었다. 이윽고 괴물체를 일행의 주위에 가까워졌는데 문득 오경우는 그 힘이 상당히 낯익었다.

그간 충분히 느꼈던 감각…… 그건 바로 호월의 감각이었다. 오경우는 재빨리 검집에 검을 되돌린 채 소리쳤다.

"아니, 무슨 일인데 이곳으로 다시 왔……!"

이윽고 다가온 호월에게 소리치던 오경우는 한순간 입을 다물었다. 그의 눈에 보인 호월은 혼자가 아니었다. 두 팔에 누군가를 안고 온 것이었다.

게다가 그자는 가슴이 거의 박살나 있었고 오른팔도 없었다. 온몸의 피도 빠져나갔는지 핏기라곤 거의 없는 하얀 살결을 보여주고 있었는데 문득 그 사람을 바라보던 당예화의 비명성이 들려왔다.

"호월, 갑자기 오…… 옥당!"

"뭣!"

"옥당 형님이라구요?"

당예화는 재빨리 호월에게 달려가 옥당의 신형을 안아 들었다. 그는 땅에 반듯이 그의 신형을 뉘이고는 황급히 맥을 짚기 시작했다. 사람들은 모두 굳은 표정으로 당예화의 얼굴을 바라보았다.

"…이런 일! 대관절 무슨 일을 당한 거냐, 옥당!"

당예화의 입에서 이 갈리는 소리가 나왔다. 하나 그는 그냥 입만 놀리는 것이 아니었고 어느새 손에 침통을 잡아 들고 있었다. 삼생침의라는 그의 절

묘한 침술이 다시금 시전되려는 것이다.

"호월아, 이게 대체 어찌 된 것이냐? 어째서 옥당이……! 호월아 너 괜찮은 것이냐!"

고개를 들어 호월에게 이야기하던 한천조는 당예화처럼 비명성을 질렀다. 호월의 모습 역시 예사의 모습이 아니었던 것이다.

얼굴 가득 실핏줄들이 툭툭 불거져 나와 있었고 특히 관자놀이 부근의 핏줄은 완연하게 불거져 있었다. 무슨 일이 있어도 크게 있었던 것 같았다.

게다가 입가엔 피를 흘렸던 흔적이 역력하니 누가 봐도 무슨 일이 있음을 한눈에 짐작할 정도였다. 놀라 소리친 한천조의 목소리에 모두의 눈이 호월에게 향했고 역시 호월의 얼굴을 보는 순간 모두 다 놀랐다.

"호월 형님!"

"호월!"

쓰러져 있는 은옥당과 그를 돌보는 당예화를 제외하곤 모두들 놀란 얼굴로 호월을 바라보고 있었지만 호월은 그저 눈앞에 쓰러진 은옥당만을 바라보고 있었다.

마치 자신은 아무런 일도 없다는 듯한 표정을 짓고 있었지만 보는 사람들은 그게 아니란 것을 너무도 잘 알 수 있었다. 그러다 문득 호월의 입술이 열렸다.

"어떠냐, 당예화. 살……."

차마 살릴 수 있겠냐는 말을 하지 못한 채 호월은 말문을 닫았다. 호월로서는 은옥당의 죽음을 받아들일 수 없었다. 처음 보는 순간부터 왠지 끌렸던 사람, 자신이 강호에 나와 스스럼없이 친구라 부를 수 있는 유일한 사람이 바로 은옥당이니 말이다.

"호월, 그냥 날 믿어라. 반드시 살린다!"

이글거리는 눈으로 당예화는 양손을 빠르게 놀리고 있었고 호월은 그저 조용히 이를 바라보기만 했다. 그렇게 사람들은 모두 호월과 당예화만을 번

갈아 보고만 있었다.

한천조와 오경우는 그저 멍한 기분이었다. 대관절 어떤 일이 일어났는지 알 수 없어 답답해하고 있었는데 누워 있는 은옥당도 걱정되긴 했지만 두 사람은 호월이 더 걱정되었다. 이젠 호월의 내력이 어느 정도인지 아예 보이지도 않았던 것이다.

헤어진 것이 반 시진도 안 되었다. 그런데 그의 내력은 추측조차 하지 못할 정도로 강해졌다면 문제가 있어도 한참 있는 것이다. 문득 한천조의 눈이 호월의 주변으로 향했다.

"……!"

그의 눈이 살짝 커졌다. 보일 듯 말 듯하게 자색의 기운을 품어내는 호월의 주변엔 작은 회오리가 일고 있었다. 그런데 그 회오리의 반경이 문제였다. 무려 육 장이 넘는 크기였던 것이다.

거의 보이지도 않을 정도의 흐릿한 기운이었지만 이 정도의 크기라면 제대로 내력을 끌어올렸을 때 무서울 정도의 힘을 보여주게 될 것이니 말이었다.

옆에 있는 오경우도 이미 그런 것을 느낀 듯했다. 한천조는 오경우를 바라보며 조용히 입을 열었다.

"자네도 그렇게 생각하나?"

"……"

오경우는 말없이 고개를 끄덕였다. 아무리 호월이 강한 내력을 가지고 있고 그 성장이 기이할 정도로 빠르다고 하지만 이건 정도가 지나쳤다. 무언가 다른 것이 호월을 이렇게 만들어 버린 것이다.

그리고 그렇게 된 것은 단 한 가지로 귀결될 수 있었다. 오경우의 입에서 작은 목소리가 흘러나왔다.

"은력평호공……."

그것뿐이었다. 지금 호월을 둘러싼 이 미증유의 힘을 설명할 길은…….

◆ 第六章 ◆

호월과 은옥당

스각… 파아아앙!

한 복면인의 목을 벤 환안의 발이 허공으로 움직였다. 그는 그대로 잘려진 머리통을 발로 차 수박 으깨듯 박살 내고 있었다.

"오너라! 내 은옥당의 목숨 값을 반드시 받아내고야 말리라! 하아압!"

파파파팟!

쾌속함도 이런 쾌속함은 없었다. 여태껏 조용히 있던 환안이 맞나 싶을 정도로 그의 활약은 놀라웠다. 벌써 십여 명의 흑의인을 고혼으로 만들어 버린 것이다.

물론 그동안 무당은 거의 수세였고 이번 공격에 공세로 돌아섰다고는 하지만 그의 무위는 정말 대단했다. 쾌검을 추구하여 섬(閃)의 무공을 익힌 그는 지금 한 마리의 야차와도 같았다. 무공 실력도 무공 실력이지만 가슴속에 치미는 노화에 무당의 도인답지 않게 살기가 너무도 대단했다.

지금도 몇 명의 흑의인들을 모두 물러서게 하면서 그들로 하여금 피를 뿌리게 만들고 있었다. 보통의 경우라면 이렇게 살기 짙은 모습에 혀를 차며 인상을 쓸 무당의 사람들이었지만 지금은 아무도 환안을 말리지 않았다.

그만큼 사람들의 가슴속에 은옥당이 차지한 비중이 큰 것이었다. 환안은 온몸을 놀리며 최선두에 선 채 분노한 마음을 한껏 표출하고 있었는데 정말 그는 분노하고 있었다. 물론 그 분노는 은옥당이 당했기에 드는 분노는 아니었다.

자신의 비중이 이토록 작았는가에 대한 분노였다. 그간 무당의 일에 은옥당만큼은 아니지만 적어도 그에 준할 정도로 깊숙이 관여해 왔고 잘해왔다고 생각했었다. 그런데 그를 대하는 무당 사람들의 진심은 그런 것이 아니었다.

무얼 얼마나 하든 그들의 눈엔 은옥당만이 보인 것 같았다. 그 점이 견딜 수 없도록 화가 난 것인데 오히려 자신이 삼목 진인의 눈에 들어 비팔수가 된 것이 다행으로 여겨지고 있었다. 만일 그가 없었다면 절대로 무당산에서 남을 굽어볼 수 없었을 테니 말이다.

그는 고개를 돌려 잠시 주위를 바라보았다. 자신이 최선두에 있었고 나머지 사람들을 모두 뒤쪽에 있었다. 모두들 상당히 분노한 듯 살검을 펼치고 있었고 거의 백중세였다. 역시 무당의 힘은 그냥 생긴 것이 아닌 것이다.

아니, 그것보다는 거의 악으로 버티는 듯한 모습이었다. 서로 동등한 듯하지만 실상을 보면 부상 입은 자들이 많았다. 흑의인들의 무공은 대단해서 애당초 여기서 밀릴 놈들이었다면 처음 교전에서 끝을 봤을 터였다. 환안은 입가에 보일 듯 말 듯한 미소를 지으며 고개를 돌렸다. 그리고는 근 이십여 장 뒤에서 상황을 바라보고 있던 조등을 향해 전음을 날렸다.

"이제 네가 나설 때가 되었다. 내가 생사결투를 신청할 테니 적당히 받아들여라."

"……"

조등은 그 말을 들었는지 미간을 좁히고 있었다. 어차피 자신의 편이라는 것을 잘 알고 있기에 그 말을 들어야 했지만 왠지 불길한 느낌이었다.

하지만 그는 자신보다 삼목 진인에게 한걸음 더 가까이 있는 자였다. 이 일 자체를 모두 삼목 진인이 계획했으니 그의 말을 따라야 했다. 삼목 진인이 다른 말이 있었다면 말이 달랐지만 지금 그의 모습이 보이지 않으니 그가 상관인 것이다.

"최대한 건방지게 부탁한다. 그리고 너와 내가 싸울 때 이놈들은 물리고… 내 뒤에 있는 바보들을 속이잔 말이다."

"…알겠소."

조등이 전음으로 대답하자 환안이 수중의 검을 높이 들었다. 그리고는 온 힘을 다해 검날에 내력을 주입하기 시작했다.

우우우웅…….

검날에서 울림이 들리며 부러질 듯이 휘청이기 시작하자 환안은 팔목을 틀며 검날을 빙글 돌렸다. 그리고는 그대로 땅을 찍었다.

쩌어어어엉!

"큭……."

"웃!"

환안에게 달려들던 흑의인들이 모두 뒤로 주욱 밀리며 그의 주위에 공터가 형성되었다. 후기지수 중의 최고는 은옥당이지만 환안 역시 그에 못지않았다. 환안은 내력을 가다듬으며 소리쳤다.

"조등! 네놈이 진정 무림인이라면 내 앞에 나서라! 이따위 숫자 놀음은 그만두고 당장 이 앞으로 달려나오란 말이다!"

커다란 목소리가 쩌렁하게 허공을 울리자 모두의 동작이 빠르게 멈추어졌다. 생각지도 못한 제의에 오히려 이들 무당의 사람들이 놀라 검을 거둔 것인데 흑의인들은 갑자기 공격이 멈추어지니 일단 같이 멈춘 것이었다.

"무슨 말을 하는 것이냐! 은옥당도 그놈에게 당했다! 네 무공이 아직 그를 상대할 수 있다고 생각지는 않는다!"

뒤쪽에서 허정자의 목소리가 들려오자 환안은 인상을 확 구겼다. 어차피 볼 사람이 없으니 그런 표정을 지은 것이지만 말끝마다 이어지는 그놈의 은옥당 이야기가 그를 화나게 만들고 있었던 것이다.

"아닙니다, 사부님. 은옥당이 당한 것은 어디까지나 이놈의 간계 때문입니다. 실력이라면 저도 지지 않습니다!"

벽력같은 소리로 그는 허공에 목청을 돋우었고 그러자 뒤쪽의 화산무인 몇몇이 앞으로 나오기 시작했다. 허정자를 위시한 헌우, 양우와 인성 등이었다.

하나 그들이 채 다 나오기도 전에 한줄기 비릿한 음성이 들려왔다. 바로 조등의 목소리였다.

"큭큭, 그래 그렇게 떼거지로 와야 상대할 수 있겠지. 이봐, 애송아 말도 안 되는 소리 말고 그 뒤에 있는 늙은이들 말을 듣는 것이 좋을 것이다. 어서 가 그 뒤에 숨거라."

"놈! 진정 하늘 위에 하늘이 있는 줄 모르는 놈이구나!"

환안은 거센 소리를 지르며 뒤쪽으로 시선을 돌렸다 그리고는 다가오던 사람들을 향해 왼손을 들어 손바닥을 쫙 펴며 말했다.

"이 우매한 놈을 한번만 믿어주십시오. 반드시 저놈을 척살하겠습니다. 자신있습니다!"

대체 무엇이 있기에 저리 말하는지 모르지만 오던 사람들은 걸음을 멈춘 채 일순 어떻게 해야 할지 판단하는 듯했다.

환안의 무공이 생각보다 강하다고 느끼는 것도 있었지만 그전에 조등이 적절히 말한 것이 빛이 나는 순간인 것이다.

사람 숫자로 민다라… 웃기는 일이지만 여태껏 조등이 무당에 한 방법이 이것이었다. 그런 놈이 하는 말을 듣는다는 것도 이상한 일인 것이다.

본인이 자초한 일을 자신이 똑같이 당하게 되는 것은 당연한 이치였다. 그러나 정파의 입장이라는 것이 사람들의 마음속에 들어서고 있었다. 특히나 거파 선언을 위해 동분서주했던 허정자의 마음속엔 더욱 강하게 들어서고 있었던 것이다.

"무슨 말도 안 되는 소리를 하는 것이냐! 지금 상황이 어떤……."

"잠시 두고 보세나, 사제."

"사형!"

헌우는 허정자를 향해 소리를 질렀다. 지금 허정자는 일단 두고 보자는 이야기를 하고 있었는데 그럴 수는 없었다. 이건 자살 행위나 마찬가지였던 것이다.

그런데 왜 허정자는 이 상황을 용인하는지 알 수 없었다. 헌우는 한 번 더 소리를 지르려다 문득 이상한 느낌에 주위를 둘러보았다. 그러다 왜 허정자가 이렇게 나오는지 비로소 알 수 있었다.

공기 중에 휘도는 또 하나의 느낌. 이건 또 다른 무림인의 것이었다. 그리고 분명 정파의 기운이었다. 산 아래에서 다른 문파의 병력이 올라온 것이다.

이 사람들이 보는 가운데 무당은 정도를 지킨다는 것을 보여주려 하는 것이다. 황당한 일이지만 허정자는 아직도 그놈의 거파 선언에 미련이 남는 것 같았다. 헌우는 고개를 흔들며 조용히 입을 열었다.

"사형… 어째서 그렇듯 집착을……."

차마 말을 맺지 못하고 헌우는 슬며시 뒤로 빠졌다. 하지만 허정자는 여전히 말이 없이 그저 앞만 바라보고 있을 뿐이었다. 그에게는 지금 이 상황이 무당의 힘을 입증하는 가장 좋은 순간으로 인식될 뿐인 것이다.

"흐음… 지금 나서지 않아도 되겠습니까?"

"아무래도 일 대 일의 싸움이 될 것 같은데 굳이 그럴 필요가 없겠지. 우리가 온 것은 혹시나 무당이 일방적으로 밀리면 어쩌나 하는 생각이 아니었나? 일단 삼목의 소재를 모르니 적당한 시기에 나가는 것이 좋을 것 같네."

삼패권의 말에 검일이 말을 거들자 삼패권은 그저 고개를 끄덕였다. 일단 지켜보는 것이 가장 좋을 듯했는데 이 상황에서 무당이 승리하면 자문파의 힘으로 폭도를 몰아내는 것과 다름이 없었다.

그만큼 무당의 위세는 높아질 것이었다. 그것이 무당을 위해 더 좋을 것이라 생각한 것이지만 혼자 묵묵히 있던 아미의 연문은 생각이 좀 달랐다.

왠지 이 두 사람은 너무 목적을 추구하는 것 같았다. 얼마 전 만난 호월에게 이기적이라 이야기하던 두 사람인데 그 자신들도 같은 행동을 하고 있었다. 누구를 탓할 처지가 아닌 것이다.

갑자기 연문은 이 두 사람과 행동을 같이한 것이 잘못된 것은 아닌가 하는 생각이 들기 시작했다. 하나 그녀는 곧 고개를 좌우로 흔들며 자신의 생각을 뿌리쳤다.

일단 그녀 역시 삼목을 원했다. 저 조등이란 자가 삼목의 수하임을 알고 있기에 그가 위험에 처하면 삼목이 나올지도 몰랐다. 결국 그녀 역시… 스스로 생각하기에도 이기적인 인간이었던 것이다.

남몰래 붉어진 얼굴을 달빛 속에 가리며 그녀는 시선을 고정시켰다. 저 앞쪽에서 조등이 서서히 걸어나오고 있었다.

"좋아, 네놈이 죽기를 원한다면 내 친히 나서주지. 모두 내 뒤편으로 물러서거라! 내 허락이 있거나 우리 두 사람의 승부가 날 때까지 그 누구도 나서지 말라!"

호쾌한 목소리로 소리치며 조등은 앞으로 나섰다. 일견하기에도 상당히 건방져 보이던 그였는데 어느새 두 사람은 근 이 장여의 거리를 둔 채 서로를 응시하고 있었다.

"실수는 한번이면 족하다! 내 오늘 반드시 옥당의 피 값을 받아내고야 말리라!"

"말이면 무슨 이야기를 못할까? 그만 까불고 어디 덤비기나 해보시지."

끝까지 이죽거리며 조등은 서서히 검을 뽑기 시작했다. 그러자 환안 역시 검파를 꽉 쥔 채 내력을 끌어올리고 있었다.

무슨 말이 더 필요할까? 잠시의 시간 동안 서로를 노려보던 두 사람은 삽시간에 거리를 좁혀갔다. 먼저 공격한 사람은 환안이었다.

스슷… 파아아앙!

달려나가면서 한 번 더 도약하자 환안의 신형은 그야말로 빛살이었다. 어느새 조등의 왼쪽 어깨 두 치 앞으로 검끝이 도달해 있었는데 이대로 가면 조등은 한 수에 당할 것만 같았다. 그러나 조등의 반응 역시 만만치 않았다.

피이이잉…….

몸을 모로 세우며 너무도 간단하게 환안의 검날을 피해냈다. 눈으로 보기도 힘든 그의 검날을 마치 이곳으로 들어올 줄 알았다는 듯이 피해낸 후 그의 반격이 이어졌다.

그저 검날을 지면과 수평으로 들어올린 채 횡으로 길게 베어낸 것인데 별다른 변화는 없어도 두 사람 사이가 가까운 지금, 최적의 초식이었다. 게다가 그 빠르기도 상당해서 당장이라도 환안의 배가 갈라질 것만 같았다.

한데 그 순간 환안의 왼손이 움직이고 있었다. 빠르게 날아오는 조등의 검날을 향해 움직이고 있었는데 일순 그의 검지 손가락이 슬며시 퉁겨졌다.

따아아앙!

조등의 검이 한순간 아래로 크게 휘자 환안은 허공에 신형을 띄웠다. 유려한 움직임을 보이며 환안의 신형은 조등의 머리 위로 올라서고 있었는데 그냥 올라서는 것이 아니라 손이 아래로 온, 거꾸로 선 자세를 취하고 있었다.

"차압!"

스피피피핑!

일순 환안의 입에서 커다란 소리가 들리더니 그의 검날이 폭풍처럼 회전

하기 시작했다. 한순간 조둥의 머리 위로 환안의 검날이 회오리가 되어 쏟아
지자 그 모습에 조둥은 이를 악물었다. 이 정도의 공격이 나올 것이라곤 생각
지 못했던 것이다.

그가 알기로 환안은 섬의 무공을 사용하는 사람, 양 발을 대지에 붙여놓아
야 그 진면목이 발휘되는 것이 쾌검의 특성이었다. 한데 지금 사용하는 환안
의 검법은 절대로 쾌검 종류가 아니었다.

화검(花劍)과 환검(幻劍)이 섞였다고 해야 하나? 무당에 이런 검이 있었는
지 의문조차 들게 하는 검법이었다. 그러나 그렇다고 해서 마냥 당할 수만은
없는 노릇이었다.

좌아아아앗!

양 발을 좌우로 쫙 벌리며 그는 가랑이를 땅에 닿게 만들었다. 아울러 그
역시 머리 위로 검을 들어올린 채 내력을 주입했는데 그 내력이 조금 이상했
다. 여태껏 보여준 강렬한 양강의 내력이 아니라 한없이 끌어당겨지는 음유
의 내력이었던 것이다.

그러자 환안의 진검이 조둥의 검날에 달라붙고 있었다. 조둥은 두 개의 검
이 맞붙으려는 찰라 다시금 검날에 다른 내력을 주입시켰다. 양강의 내력을
가득 부어 넣은 것이다.

키키킥… 따아아앙!

정확하게 검극이 서로 부딪치며 환안의 신형이 공중에 살짝 멈추어 섰다.
그리고 그 순간을 이용해 조둥은 왼손으로 지면을 후려쳤다.

파아아앙!

그 반탄력으로 몸을 일으킨 조둥은 허리를 힘껏 틀었다. 오른손의 검날을
땅바닥으로 돌린 채 깊숙이 찔렀다.

기이이이잉…….

검날이 부러질 듯이 휘어지고 있었다. 조둥은 그 반탄력을 받기도 전에 양

발을 허공으로 휘돌렸다. 거꾸로 선 환안처럼 조등 역시 거꾸로 서고 있었다. 이어 그의 오른손이 힘껏 펴졌다. 검날이 다시 원상태로 돌아온 것이다.

티잉… 스파파파팡!

그 반탄력을 이용한 조등은 신형을 위로 뽑아내며 양 발을 빠르게 놀렸다. 한순간 환안의 눈앞에 조등의 화려한 각법이 보이고 있었는데 환안은 아랫배에 힘을 꽉 주며 양 발을 끌어내렸다.

검으로 쳐내기엔 너무 움직임이 부자연스러웠다. 자칫하면 헛손질을 할 것 같아 방법을 바꾼 것인데 환안은 발을 끌어내리자마자 그대로 천근추의 수법을 사용하며 오른발을 쭉 내밀었다.

쩌어어엉!

두 사람의 발바닥이 서로 부딪치고 조등과 환안은 반대 방향으로 튕겨지고 있었다. 근 삼 장여를 넘게 벌어진 두 사람은 그제야 신형을 세울 수 있었다. 환안과 조등, 둘 다 눈 속 깊이 놀랍다는 감정을 담아내고 있었다.

"굉장하구나, 조등. 그간 놀고만 있던 것이 아니었어. 작은 문파 하나는 맡을 수 있을 정도인데?"

"어찌 비팔수만 하오리까? 그쪽이야말로 지금이라도 무당의 최고수가 될 정도요."

웃기는 이야기이지만 두 사람 다 서로에게 감탄하고 있었다. 그야말로 박진감 넘치는 대결이었지만 실상 그 둘 사이엔 이런 전음이 계속 오가고 있었다. 조등이 환안의 일검을 피해낸 것에는 이런 속사정이 있었던 것이다.

그런 사정을 모르는 사람들이야 마냥 감탄만 할 뿐이었는데 특히 허정자는 가슴속 깊이 기꺼운 감정이 치밀어 오르고 있었다. 이 정도의 무위라면 여기 와 있는 무림의 사람들에게 깊은 감명을 남기게 될 터이니 말이다.

그렇게만 된다면야 지금껏 고생했던 모든 것을 다 돌려받을 수 있었다. 그저 그는 저 환안이 고마울 따름이었다. 은옥당의 죽음으로 인해 모든 것이 다

무너지는 듯한 줄 알았지만 또 하나의 희망이 샘솟고 있었던 것이다.

"아미타불…… 정일협의 무위가 저 정도였다니. 무당은 그야말로 대호들이 잠자는 곳이었나 봅니다."

"그러게 말입니다. 일단 이 승부를 좀 지켜봐야 할 것 같군요. 아마 우리가 온 것을 무당의 사람들 역시 눈치챘을 것입니다."

혜오와 표우등은 서로에게 입을 열었고 동시에 고개를 끄덕였다. 그들은 이미 무당산의 정상에 도착해 있었지만 조등과 환안의 대결을 보며 숨을 고르는 중이었다. 이 흑의인의 일행인 조등을 꺼꾸러뜨리기만 한다면야 일이 훨씬 수월하게 될 수 있으니 말이다.

게다가 두 사람, 아니, 지금 그 주변에 모인 무림인들은 환안의 무위에 감탄하고 있었다. 조등의 무위 역시 놀라움의 연속이었지만 그 무공을 모두 파훼해 나가며 기세면에서 근소한 우위를 점하는 환안의 운영은 실로 놀라운 것이었던 것이다.

은옥당에게 가려져 그간 보이지 않았던 환안이었다.

강호에 또 하나의 고수가 탄생한다 여기며 환안을 바라보았지만 몇몇 사람들은 다른 이유였다.

바로 조등의 무공이었다. 분명 조등의 무공은 그저 그런 무공이 아니었다. 좀 전에 보여주었던 무공은 틀림없는 호월과 같은 무공이었다. 음유의 무공이었던 것이다.

무공으로 놀란 것은 호월 하나만으로 충분했다. 강호에 호월과 같은 또 하나의 고수가 나올 것이란 생각은… 하고 싶지도 않았던 것이다.

*   *   *

"호월, 너… 은력평호공을 그냥 읽은 것이 아니었구나."

한천조는 달라진 호월의 모습을 보며 말문을 열었다. 그러나 호월은 그저 입을 꽉 다물고 있을 뿐이었다. 일견하기에 아무런 말도 없이 긍정도 부정도 아니었지만 호월의 성격을 미루어 짐작해 보면 긍정의 의미로 보는 것이 옳았다. 아니면 아니라고 바로 이야기하는 것이 호월이니 말이다.

그저 본 것일 뿐, 별다른 느낌은 없다는 호월의 말은 거짓말이었다. 호월은 이 은력평호공을 읽었을 때 무언가 다른 가능성을 찾은 것이 분명했다. 그리고 그 결과를 지금 일행은 보고 있었고 말이다.

"몸 안의 내력은 이상이 없는 것 같지만… 너의 겉모습이 심상치가 않구나. 진정 괜찮은 것이냐?"

오경우까지 걱정할 정도로 호월의 몸 상태는 지금 기이하다 못해 기괴했다. 하지만 호월은 그리 신경 쓰지 않는 듯했다.

"별다른 일은 없소이다. 조금 무리를 했더니 이렇게 된 것 같소."

간단한 대답이었다. 그러나 그 말이 가져오는 파장은 적지 않았다. 호월이 스스로 무리를 했다는 말은 오늘 처음 들어보는 말이었다.

그간 호월은 자신의 내력이 얼마만큼의 힘인지조차 제대로 모르고 있었다. 마치 끊임없는 힘을 계속 가져다 쓰는 것처럼 보였는데 이젠 그 한계를 깨닫고 있다는 것이 중요했다. 그 바닥이 느껴졌던 것이다.

그럼 그 바닥을 깨기 위해 노력을 할 것이었다. 그렇게 하다 보면 호월 역시 전임 교주의 전철을 밟을 확률이 높았다. 오경우와 한천조가 염려하는 것은 바로 그 점이었던 것이다.

"호월아, 은력평호공을 너에게 보여준 것은 네 길에 보탬이 되기 위한 것이다. 너를 해치면서까지 무공을 키우라고 보여준 것이 아니다!"

답답한 마음에 한천조는 입을 열었다. 일순 책망하는 듯한 소리일 수도 있지만 그것이 본심이 아니라는 것을 호월은 잘 알고 있었다. 호흡을 크게 한

후에 입을 열었다.

"알고 있소. 하나……."

왠지 호월의 목소리가 조금 자신없게 느껴지고 있었다. 무공이 지금처럼 강하지 않을 때도 보여주지 않던 모습이었다. 어쩌면 자신의 몸이 움직이는 것이 어떤 결과를 가져오게 된다는 것을 알고 있는 듯했다.

"어쩔 수 없었소."

"……."

한천조는 두 눈을 질끈 감았다. 어쩔 수 없다라… 그것이 정답이었다. 은옥당이 위험에 처했기에 호월은 온 힘을 모두 끌어올린 것이다. 그것이 아니면 이렇게 무리할 필요도 없었을 터였다.

만일 저기 누워 있는 사람이 은옥당이 아니라 한천조 자신이었다면 어떨까? 호월은 지금과 똑같은 행동을 했을 것이다. 그리해서 결국 지금과 같은 일을 또 한 번 벌릴 것이었다. 호월은 그런 녀석이니까 말이다.

바보도 이런 바보가 없었다. 그러나 좋아하지 않고는 못 배기는 바보였다.

"후우……."

문득 들려오는 당예화의 한숨 소리에 모두의 시선이 그쪽으로 모이기 시작했다. 일단 호월에 대한 문제는 조금 접어두고 은옥당의 상세를 알고 싶어 했는데 당예화는 은옥당에게서 눈을 떼지 않은 채 입을 열었다.

"다행히… 위험한 것을 넘긴 것 같아……."

"후……."

그의 목소리에 취소걸은 작은 한숨을 쉬었다. 잘못되면 어찌하나 크게 염려했었는데 당예화가 괜찮다니 아주 좋은 일이었다. 그러나 그것으로 전부 잘된 것은 아니었다.

"하지만 이렇게 놔두면 언제 깨어날 지 아무도 몰라. 일단 그의 혈만 제대로 돌리게 할 뿐, 치료를 다 하더라도 쉽지 않을 것 같다."

“아니, 그럼 뭘 어떻게 해야 합니까?”

탁문일은 답답한지 입을 열었지만 답답한 것은 당예화도 마찬가지 같았다. 그는 아무런 말을 하지 않은 채 그냥 은옥당만 바라보고 있었는데 그때였다. 호월의 신형이 당예화의 옆으로 움직이고 있었다.

턱.

호월의 손이 당예화의 어깨 위에 얹혀졌다. 그리곤 살짝 쥐며 입을 열었다.

“당예화…… 만일 지금 은옥당이 조금이라도 정신이 있다면 어떻게 했을 것 같나?”

“…….”

호월의 물음에 당예화는 아무런 대답을 하지 못하고 있었다. 그가 하는 말이 무엇인지 알고 있기는 하지만 상대는 호월도 아니고 당예화였다. 호월의 경우와는 조금 달랐던 것이다.

“분명 그때 나와 같은 말을 했을 것이다. 그 누구도 널 원망하지 않는다, 당예화.”

양성산의 동굴에서 호월에게 시술했던 것, 삼침술을 이야기하고 있었다. 자신이 익혔지만 불완전한 기술…….

요행히 호월은 성공했지만 그건 호월이 잘해서 그렇지 당예화가 잘한 것이 아니었다. 그리고 그 이후로 당예화는 시간만 나면 자신의 삼침술을 생각했었다. 진보가 좀 있기는 했지만 상대가 은옥당이라 함부로 손을 쓰기 두려웠던 것이다.

“아니다, 호월. 원망해야 한다. 나의 친구라 해도 내가 잘못하면 날 원망해야지. 그래야 내가 최선을 다할 수 있을 것 같다.”

“…….”

이윽고 당예화는 결심을 한 듯 손에 또 하나의 침통을 들고 있었다. 지금껏 가지고 있던 침과는 비교도 되지 않을 만큼 굵고 긴 침을 꺼내고 있었는데 당예화는 잠시 움직임을 멈추며 은옥당을 바라보고 있었다. 문득 그의 음성이 사람들의 귓가에 들려왔다.

"옥당… 난 널 포기하지 않는다!"

푸욱.

일말의 망설임도 없이 당예화의 손길이 움직이고 있었다. 그렇게 당예화는 또 한 번 자신과의 싸움을 시작하고 있었다.

2

참으로 기분 좋은 일이었다, 사람들의 이목을 모두 한 몸에 받는다는 것. 그것이 이리도 기분 좋은 일인 줄은 미처 알지 못했던 것이다.

한두 명씩 숨어서 보던 무림인들은 어느새 자신의 모습을 조금씩 드러내고 있었다. 개중에는 아예 대놓고 보는 사람들도 있었는데 하긴 이런 일이 숨어서 볼일은 아니었던 것이다.

어차피 지금은 소강상태. 그렇다면 적군이든 아군이든 몸을 숨길 이유는 없었다. 더구나 자신과 조등의 대결을 본다는 목적도 있으니 말이다.

어쨌든 환안의 마음은 한껏 부풀어 올라 있었다. 근 반 시진 동안 그야말로 용쟁호투를 연상케 하는 막강한 대결을 보여주었다. 물론 그동안 서로 간에 긴밀한 전음이 오고 갔음은 말할 것도 없었다.

그러한 상황을 만들어놓은 후 두 사람은 약간 숨을 고르는 상태였다. 환안도 환안 나름대로 지치고 있었고, 조등도 조금씩 지쳐 가고 있었다. 이젠 어떻게든 승부를 낼 때였다. 그리고 그 결과는 반드시 자신의 승리여야만 했다.

문제는 이러한 자신의 상황을 어떻게 조등에게 인식시키는가 하는 문제였는데 사실 그건 문제가 될 것도 없었다. 때론 어떤 사실은 그냥 모르고 있을 때가 더 좋을 경우도 있는 것이니…….

"주위의 사람들이 많이 늘었군. 짧지만 강한 인상을 남겨야 될 것 같다. 전력을 다해 오른 어깨를 찍어갈 테니 왼쪽으로 움직여라."

"알겠소."

환안은 전음성을 보낸 후 다시금 온몸의 기운을 피워 올리기 시작했고 그 모습에 주위의 사람들 모두 눈을 빛내고 있었다. 시기상으로 봐서 지금쯤 결판이 날 것 같기 때문이었다.

특히 뒤쪽에서 바라보고 있는 무당의 사람들은 손에 땀을 흥건하게 쥐고 있었다. 지금까지 보여준 환안의 실력을 생각하며 이번에 환안이 이길 것을 믿어 의심치 않는 눈빛이었는데 허정자는 물론이고 신중한 성격의 헌우조차 가벼운 일렁임이 눈에서 일고 있었다.

이런 모든 사람들을 실망시킬 수는 없는 노릇이었다. 환안은 검날에 내력을 주입하며 큰 소리를 내었다.

"조등! 과연 대단한 실력이구나. 그 정도의 실력을 지닌 놈이 어째서 강호에 해악을 저지르는지 알 수 없지만 더 이상은 용서 못한다. 이 한 수로 오늘의 승부를 마치게 될 것이다!"

쩌렁쩌렁하게 울리는 그의 목소리는 사람들의 가슴을 들끓어오르게 만들고 있었다. 보는 사람 모두 고개를 끄덕거리며 환안의 모습을 지켜보고 있었는데 제각기 호기심 어린 눈을 만들고 있는 것이 무슨 대단한 광경을 보여줄지 잔뜩 기대하고 있는 모양이었다.

"역시 어린것들은 입만 살기 마련이지. 그렇게 대단하다면 왜 여태껏 내 옷깃 하나 스치지 못한 것이지? 칭얼대는 것은 날 이긴 다음에 생각하지?"

조등 역시 비릿한 미소와 함께 대꾸를 해왔고 그러자 환안의 입술이 다시 열렸다.

"그럴 생각이니 보채지 마라, 조등. 내 일격이나 받아랏! 차아압!"

파아아앙!

허공에 신형을 띄우며 환안은 오른손의 검을 길게 내밀었다. 그리고는 빛살과도 같은 속도로 조등을 향해 날아갔는데 조등은 더 볼 것도 없다는 듯 바로 반응했다. 오른 어깨를 조준하니 왼쪽으로 피하는 것은 당연했고 또 그렇게 하기로 했었다. 그런데 날아오는 환안의 신형이 조금 이상한 모습이었다.

왠지 모를 잔떨림을 보여주고 있었는데 저건 한 점을 목표로 강한 속도를 내는 방법이 아니었다. 끊임없는 떨림으로 인해 어디로 움직이든지 상대를 격살한다는 뜻인 것이다.

하지만 이미 신형을 돌리기엔 너무 늦은 감이 있었다. 왠지 모를 불안한 생각에 조등은 왼발을 멈추고 발목을 꺾었다. 만일의 상황이 되면 뒤로 튕기듯 물러날 생각이었던 것이다. 그리고 바로 그 순간,

피피핑!

"……!"

조등의 눈이 커졌다. 검날의 궤적이 바뀌고 있었다. 틀림없이 오른 어깨를 조준하기로 했던 검이 정확히 자신의 목을 겨냥하고 있었다. 환안이 배신을 한 것이었다.

"이 빌어먹을 놈!"

파아앙!

얼른 왼발에 힘을 준 채 그는 뒤로 신형을 물렸다. 하지만 환안의 검날은 거리를 벌리지 않고 이 척의 공간을 유지한 채 조등의 움직임을 쫓았다. 이러다간 결국에 죽게 되는 것은 자신이었다.

어금니를 꽉 깨물며 조등은 오른손을 올렸다. 검날로 환안의 검을 튕겨내려 한 것인데 이미 환안은 조등의 행동을 간파한 듯싶었다. 음유의 내력을 올리며 두 개의 검을 붙이려는 조등의 의도지만 그게 되질 않았던 것이다.

키릭.

"……!"

검날이 얽히기는 했지만 이전처럼 환안의 검날이 딸려오고 있지 않았다. 왠지 모를 기이함에 조등은 머리털이 모두 서는 느낌이었다. 순간 아차 싶었다. 눈앞의 환안이 삼목이 가장 아끼는 수하라는 것을 잊었던 것이다.

그가 삼목에게 음유의 내력을 배웠듯, 환안 역시 같은 무공을 배웠을 터였다. 더 이상 내력을 바꾸는 것으로 이득을 볼 수 없는 것임을 그제야 깨달은 것이었다.

하나 만사가 그렇듯 너무 늦은 후회는 반드시 대가를 지불해야만 했다. 순간 조등은 환안의 검날이 오른쪽 겨드랑이 아래로 파고드는 것을 느끼고 있었다. 그리고 이어 환안의 오른손이 하늘로 치켜 들려졌다.

파아아앗!

"크아아악!"

조등의 오른손에서 피분수가 터져 나왔다. 허공에 분수처럼 피어오르는 핏방울 속에 조등의 오른팔도 같이 솟아오르고 있었다. 단 한 순간의 일격에 오른팔을 잃어버리게 된 것이다.

"이건 은옥당의 몫이다! 그리고……."

차가운 목소리로 환안은 조등에게 소리쳤고 이어 오른발을 들어 조등의 앞가슴을 정통으로 가격하며 다시 말을 이었다.

빠각!

"이건 우리 무당의 분노이다!"

퍼어어억!

조등은 뒤로 한참을 튕겨져 나가 바닥에 굴렀다. 뭐라고 말을 하고 싶어도 가슴이 함몰되었는지 간신히 숨만 쉴 정도였다. 이래선 흑의인들의 도움조차 바랄 수가 없었다. 문득 그의 귓가에 환안의 전음이 들려왔다.

"조금 아까 내게 물었지? 네가 할 일이 무어냐고 말이야. 이것이 네가 할 일이다. 나의 손에 죽음을 맞는 것."

"……!"

조등은 이 모든 사실을 다 말하고 싶었지만 목소리가 안 나오니 어떻게 할 도리가 없었다. 겨우 안간힘을 써 조금씩 신형을 세우는 것밖엔 그 어떤 것도 할 수가 없었던 것이다.

"너의 죽음을 발판으로 삼아 나는 무당의 실세가 될 것이다. 그것이 대인 께서 바라는 일이다. 물론 너의 의형이란 놈도 마찬가지. 곧 죽음을 맞게 될 것이다. 역시 내 검에 의해서이지."

"크륵… 컥!"

하고자 하는 말은 하지 못한 채 피가래가 끓어오르는 소리만 내고 있었다. 답답하고 원통한 생각에 조등은 눈에서 피눈물을 흘리기 시작했다. 환안은 그 모습을 보며 입을 열었다.

"간악한 놈! 네놈의 눈을 보니 죽어도 네 잘못을 알지 못하는 놈이구나! 오 냐, 내 하늘을 대신해 너를 심판하마. 차아압!"

피이이이잇…… 스파아아앗!

환안이 움직였다고 생각하는 순간 이미 그의 검은 허공을 날고 있었다. 어 느새 그 검은 앞으로 길게 내밀어져 있었는데 그의 검날에서는 피가 점점이 떨어지고 있었다. 환안은 땅을 향해 힘껏 검을 휘둘렀다.

후두둑!

그의 검날에 묻어 있던 붉은 피가 떨어져 나갔다. 그리고 그와 함께 조등 의 목에서 피가 솟구쳤다.

피피피핏!

조등의 신형이 뒤로 쓰러졌다. 간신히 신형을 버티던 그였기에 더 손을 쓸 것도 없었다. 그는 통나무가 통째로 쓰러지듯 그렇게 신형을 바닥에 누이고 있었다.

쿠웅… 도로로로록…….

쓰러진 그의 몸에서 머리가 분리되었다. 그런 조둥을 바라보며 환안은 내력을 실어 다시 외쳤다.

"이것은 상명 사숙님의 몫이다!"

"우아아아아아!"

"와아아!"

환안의 목소리가 허공에 울리자마자 커다란 함성이 터지기 시작했다. 뒤쪽에 있던 무당의 사람들이 모두 환호성을 내지른 것이었다. 환안은 조금 힘든 듯 숨을 고르고 있었다.

어깨와 허리를 쫙 펴고 시선을 앞으로 둔 그의 모습은 그야말로 진정한 강호의 협사처럼 보였다. 환안은 슬머시 주위에 시선을 던졌다. 모두의 눈이 다 자신을 향하고 있었다.

이미 반 이상은 성공한 것이나 마찬가지였다. 그렇게 환안은 자신의 장밋빛 미래를 예측하며 호흡을 고르고 있었다.

*　　　*　　　*

아무래도 꽤 시간이 흐른 것 같았는데 은옥당은 아무런 반응이 없었다. 간간이 잔떨림을 보이기는 했지만 그것이 긍정적인 결론을 이끌어낼 수는 없었다. 당예화는 작은 한숨과 함께 시선을 돌렸다.

"…호… 호월! 어찌 된 거야!"

그제야 호월의 모습을 봤는지 당예화는 허둥지둥 그에게 다가왔다. 그리고는 반사적으로 손을 내밀어 호월의 맥문을 잡았는데 이상이 없는지 확인하려는 듯했다. 한데 갑자기 그의 얼굴이 어두워졌다.

"예화 형님, 왜 그래요? 뭔가 잘못되었나요?"

소걸은 불안한 마음에 당장 당예화에게 말을 붙였지만 당예화는 그저 심각한 얼굴을 하고 있을 뿐이었다. 그렇게 잠시의 시간이 흐른 뒤 이윽고 당예화는 호월의 손을 놓으며 입을 열었다.

"언제부터냐, 호월. 네 맥이 이렇게 빨라진 것이……."

"……."

당예화의 말에 호월은 아무런 말을 할 수가 없었다. 정확히는 호월이 은옥당을 찾기 위해 힘을 키워 올렸을 때부터이지만 이 시점에서 자신에게 신경 쓰고 싶지 않았다. 오로지 은옥당에게 신경을 쓰고 싶었던 것이다. 하지만 당예화의 생각은 달랐다.

"호월! 언제부터냐니까! 이렇게 빠른 맥이라면 위험하다고!"

당예화는 호월에게 큰 소리를 질렀다. 다른 모든 사람들도 호월의 대답을 기다리고 있었는데 호월은 차분한 목소리로 대답했다.

"조금 전부터였다. 걱정할 것은 아니니……."

"뭐가 걱정할 것이 아니야! 맥이 빠르다는 것은 일정의 힘 이상을 돌린다는 의미라고! 사람이라면 그것이 얼마나 부담이 가는 일인지 알아!"

그는 호월의 말을 끊으며 소리쳤다. 사람의 맥이 빠르다는 것은 그만큼 혈류가 엄청나게 회전한다는 뜻이다. 자칫하면 온몸의 혈관이 터질 수도 있는 문제인 것이다.

무공은 힘이 크고 빠르면 빠를수록 좋겠지만 사람의 몸은 절대 그렇지 않다. 특히나 혈관같이 언제나 움직이는 기관들은 말할 것도 없었다.

너무 늦어도, 또는 너무 빨라도 좋지 않았다. 언제나 적당하고 일정한 것이 좋은 것인데 호월의 경우는 빨라도 너무 빨랐다. 맥을 잡는 것 자체가 무의미할 정도인 것이다.

상황이 이렇다면 호월은 언제 혈관이 터져 나가 죽어도 이상할 것이 없었다. 당예화가 걱정하는 것은 바로 그 부분이었던 것이다.

"호월아… 혹 그것이 내가 보여준 은력평호공 때문이더냐?"

문득 들려오는 한천조의 목소리에 호월은 시선을 돌렸다. 한천조의 목소리는 조금 떨리는 듯이 느껴지고 있었는데 굳이 이유를 묻지 않아도 잘 알 수 있었다. 호월이 이렇게 되는 것에 자신이 일조를 했다는 죄책감이 든 것이다.

물론 호월은 자신의 몸이 위태하게 된 것에 대하여 한천조를 원망하진 않았다.

호월은 혼자 자책하며 후회하고 있는 한천조를 보며 다시 입을 열었다.

"한 노야의 책임이 아니오. 어차피 이리 되었을 것, 좀 빨리 변하게 된 계기일 뿐이오."

묵직한 목소리로 그가 이야기하지만 한천조의 얼굴은 좀처럼 펴지지 않았다. 하나 정말 시간문제였을 뿐이었다. 은력평호공을 봤을 때 호월은 이미 이런 사태가 올 것이란 것을 짐작하고 있었다.

은력평호공은 무공이기도 하지만 하나의 기록이기도 했다. 특히 후반부에 지금 호월과 같은 증상에 대해 써 놓고 있었는데 모르는 사람이 본다면 무공 구결처럼 보이도록 해놓았다.

마교의 전임 교주 홍염마화선 음평환은 호월과 아주 유사한 무공을 익히려 했었다. 음과 양으로 나뉘는 것은 아니었지만 그에 준하는 것으로서 흐르는 자연의 기운을 끌어올려 사용하려 했던 것이다.

음평환은 그것을 각기 내력과 외력이란 구분을 썼다. 혹 내공과 외공이라는 말로 잘못 알아들을 수도 있는 것이지만 호월이 보기엔 둘 다 하나의 내력과도 같은 힘이었다. 다만 그가 말하는 외력은 자연과 함께해 왔던 힘이기에 미증유의 거력이라는 것이 조금 달랐을 뿐인 것이다.

즉, 은력평호공은 하나의 차력법(借力法)이라 해도 틀린 것이 아니었다. 자신의 몸 안에 흐르는 기운을 볼모로 삼아 외부의 기운을 끌어들인 것이다. 은력평호공이 쓰여진 비급에 보면 그가 마교의 교주가 되기 전에 이미 생각해오던 하나의 명제를 풀어놓은 것이라고 쓰어 있었다.

은력평호공은 그것을 가능하게 만드는 법이었다. 하나 받아들이는 방법만 기술되어 있을 뿐, 그 외에 받아들인 내력을 본인의 것으로 만드는 것에는 전혀 기술된 것이 없었다.

아마도 음평환은 거기까지 안 것 같았다. 그 외에는 그렇게 됨으로 인해 자신이 어떻게 변하게 되었는지를 기술해 놓은 것인데 호월이 본 것은 바로 그것이었다.

"그 은력평호공이란 책 때문이라고? 그렇다면 그 책에 해법이 있었어?"

문득 들려온 당예화의 목소리에 호월은 상념을 접었다. 당예화의 염려스런 빛이 가득한 눈을 똑바로 보며 입을 열었다.

"있다. 이와 같은 힘을 낼 수 있는 방법과 함께 또 다른 방법이 있었지. 물론 그것은 받아들인 내력을 온전히 자신의 힘으로 만드는 것은 아니다."

"뭐? 그럼 무엇인데?"

온전히 자신의 힘으로 만들지 않는다면 그건 오히려 자신을 해치는 길이었다. 그런데도 뭔가 길이 있다는 호월의 말은 솔직히 믿기 어려웠다.

그리고 이러한 생각은 당예화만이 가진 것이 아니었다. 호월의 말을 듣는 모든 사람들이 다 그렇게 생각하고 있었는데 특히 한천조와 오경우는 그 말을 믿을 리가 없었다. 두 사람은 불신의 눈빛을 호월에게 보내었는데 호월은 그 눈빛을 보며 다시 말을 이었다.

"자신이 가지고 있는 모든 무공을 포기하는 것, 그 방법이 기술되어 있었다. 때가 되었다고 생각하면 난 그렇게 할 생각이다."

"……!"

호월의 목소리에 모두의 눈이 휘둥그레졌다. 자신의 모든 것을 포기한다는 것, 그것은 무공을 스스로 버린다는 것이었다. 설마 하니 호월이 그런 결정을 할 줄은 몰랐다.

"어차피 내가 할 일은 거의 다 이루었지. 자헌검을 찾고 무당에 연 숙부의 유언과 유품도 전했다. 이제 십삼월무를 완성시키면 내가 중원에서 이루어야 할 것은 없다. 이런 나에게 무공은 필요하지 않겠지."

"그게 무슨 소리냐, 호월? 무공이 필요하지 않다니 어떻게 그런 생각을 할 수 있나?"

한천조는 말도 안 된다는 듯 언성을 높였다. 호월의 말은 충격적이었던 것이다. 무공이 없이 세상을 살아가려 하다니… 더구나 다시 망일곡으로 들어가려 하는 것도 아닐 텐데 말이다.

게다가 호월은 이제 강호의 주목을 한 몸에 받고 있었다. 그의 무공 정도로 보았을 때 강호를 떠나 조용히 사는 것을 사람들은 그냥 둘 리가 없었다. 최소한 그가 익혔던 무공을 얻기 위해서라도 별의별 짓을 다 할 것이 분명했다.

아마도 아직 호월이 무림에 대해 잘 모르는 것이라 생각할 뿐이었다. 한번 발을 들이면 빠져나갈 수 없는 곳이 바로 무림이었고, 그렇기 때문에 한천조와 오경우가 마교를 떠나지 못한 것이었다. 스스로의 힘으로 되는 일이 아니었던 것이다.

그저 호월이 잘 모르는 것이기에. 그래서 저렇게 이야기하는 것이라고 사람들은 생각하기 시작했다. 그렇게 생각하는 것이 더 편하고 말이다. 그러나 사실 호월의 본심은 달랐다.

무공을 되돌리는 법? 그런 것은 없었다. 무공을 늘리려 만드는 무공서에 그따위 글귀가 쓰여 있을 리가 만무했다. 그냥 호월이 지어낸 것에 불과한 것이었다. 눈치 빠른 사람들을 어느 정도 믿게 하기 위해 없애는 방법이 있다고 한 것이고 말이다. 최소한 살아 있다는 보장 정도는 되니.

아니, 굳이 있다고 생각한다면 비슷한 구절은 있었다. 은력평호공으로 불어난 내력을 제어하지 못하면 그 스스로를 해칠 것이라고 표현되어 있었다.

그리고 음평환은 결국 스스로를 해치게 되었고 말이다.

호월 역시 그러한 미래를 짐작하고 있었지만 그냥 이렇게 이야기할 수밖에 없었다. 자신으로 인해 일행의 가슴에 납덩이 같은 걱정을 주고 싶지는 않았던 것이다.

띠링… 떵. 띠딩—

문득 들려오는 소리에 사람들의 시선이 모두 아래도 향했다. 당예화가 은옥당에게 놓았던 세 개의 침이 모두 밀려 나오며 땅에 떨어진 것인데 당예화는 황급히 신형을 숙이며 은옥당의 맥문을 짚었다.

당예화의 표정은 상당히 신중했다. 그는 한참 동안 맥문을 잡은 채 뭔가 판단하고 있는 듯했는데 어느새 다른 손엔 땅에서 떨어진 침을 쥐고 있었다.

아마도 새로운 시술이 필요한지 아닌지를 잠시 고민하던 당예화는 슬그머니 침을 내려놓고 있었다. 아마도 놓지 않는 쪽으로 마음을 굳힌 것 같았다.

"어때요, 예화 형님?"

취소걸은 침통에 침을 넣는 당예화를 보며 물어왔지만 당예화는 그저 묵묵히 자신의 일만 할 뿐이었다 그 모습에 사람들은 설마 당예화가 은옥당을 포기한 것이 아닌가 하는 생각에 덜컥 겁부터 났다.

하지만 당예화는 아픈 사람을 두고 포기할 사람이 아니었다. 더구나 그 아픈 사람이 자신의 친구이니 그냥 있다는 것은 말이 되질 않았는데 모두가 그렇게 제각기의 생각을 하고 있을 때 당예화의 무거운 목소리가 들려왔다.

"내가 할 수 있는 일은… 다 했다."

"……."

취소걸의 눈이 확 좁아졌다. 아닐 것이라 생각하지만 정말 그가 은옥당을 포기한 듯했기 때문이다.

당예화는 다시 입을 열었다.

"삼침술까지 시전했는데 깨어나지 못한다면… 나라도 방법이 없다. 다시

한 번 시술할까 생각해 봤지만 그럴 경우 깨어날 확률은 높지만 그땐 인성을 상실할 수도 있다. 내가 내 손으로 저 흑의인들처럼 만들어 버릴 수가 있어."

"……!"

사람들의 눈이 커졌다. 아까 당예화가 무언가를 주저하고 있던 것이 바로 이 때문인 것 같았는데 그렇다면 은옥당은 이제 방법이 없다는 뜻이었다. 가만히 보고 있던 탁문일이 입을 열었다.

"그럼 아무런 행동도 할 수 없다는 겁니까? 내력으로라도 어떻게 해보면 안 되겠습니까?"

다급한 마음에 그 역시 당예화에게 물었지만 당예화는 고개만 저을 뿐이었다. 그렇게 침통한 얼굴을 하던 당예화의 입술이 열렸다.

"생사현관을 타동한다느니 내력으로 임독이맥을 뚫는다고 하지만 실상 그런 것은 말이 안 되는 일임을 다들 잘 알 것입니다. 지금 중요한 것은 은옥당의 내력이 스스로 움직여야 하는 것입니다. 의술로 본다면 은옥당은 죽지 않을 확률이 높지요. 그러나 내력이 움직이지 않는다면 깨어나지 못할 것입니다."

"…제길!"

취소걸은 거친 소리를 내뱉었다. 힘들게 무당으로 와 서로 만날 때 웃는 모습을 기대했건만 이건 아니었다. 이렇게 은옥당의 마지막 모습을 보기 위해 이곳에 온 것이 아니었다.

그저 양 주먹만 꽉 쥘 뿐이었다. 더 이상 해답이 없다는 당예화의 말은 거의 사형선고나 마찬가지였다. 단 한 사람만 빼고 말이다.

고오오오오.

"호월! 뭘 하는 게냐!"

문득 호월의 전신에서 기운이 폭발하기 시작했다. 그가 아무런 말도 없이 양손을 앞으로 내밀자 은옥당의 신형이 허공으로 떠오르고 있었다. 근 일 척 가량을 공중에 뜬 채 잔떨림을 계속하고 있었던 것이다.

"호월 형님, 지금 무슨……."

"안 돼, 이 바보야! 지금 호월이 내력으로 뭔가를 하려 하잖아! 이럴 때 끼어들면 어떻게 되는지 몰라서 그래!"

"……."

취소걸의 손을 뻗으려 하자 사봉희는 당장에 그를 제지하며 소리쳤다. 과연 그 말처럼 호월은 구슬땀을 흘리며 내력으로 은옥당을 치료하려는 듯한 모습이었다.

"…엇!"

가만히 보고만 있던 탁문일이 갑자기 외마디 소리를 질렀다. 은옥당의 신형이 풍이라도 걸린 듯 사시나무처럼 떨리기 시작한 것이다.

자신이 할 수 있는 일. 그건 단 한 가지뿐이었다. 온 정신을 집중해 은옥당의 내력을 인도해 주는 것, 그것만이 지금 은옥당을 살리는 길이었고 호월이 할 수 있는 유일한 길이었다.

방법이랄 것까진 없었다. 그저 음유의 내력을 돌려 은옥당의 몸을 감싸 쥐는 것뿐이었다. 양에서 음으로 흐르는 기운의 이동을 응용하여 해 보는 것인데 확신은 없었다.

그도 그럴 것이 진짜로 하자면 몸 안에 내력을 밀어 넣어야 하지만 자신이 가진 양강의 힘과 은옥당이 가진 양강의 힘은 성질이 조금 다른 것이었다. 특히 무당은 양강과 음유를 어느 정도 같이 가지고 있는 조화로운 무공을 기본으로 삼기에 타 문파에서 그들의 몸에 내력으로 요상을 하는 것은 거의 불가능한 일이었다.

그나마 호월의 무공 속엔 무당의 것이 녹아 있기에 이렇게나마 해볼 수 있었던 것인데 별것없었다. 음유의 힘으로 끝없이 은옥당의 단전 부위를 압박해 보는 것밖엔 없었던 것이다.

될지 안 될지 알 수는 없지만 호월은 이렇게 은옥당을 떠나보낼 수는 없었다. 얼마의 시간이 흐른 건지, 또 얼마나 많은 내력을 사용하고 있는지조차 모르는 채 계속 은옥당에게 힘을 보내던 순간이었다.

"……!"

반응이 있었다. 사시나무 떨리듯 떨던 은옥당의 단전 부위에서 뭔가 자그마한 기운이 느껴졌다. 호월은 자신의 내력을 한층 더 끌어올린 채 서서히 그 기운을 인도하기 시작했다. 몸 안이 아니라 몸 바깥에서 이루어지는 일이라 내력이 근 열 배는 더 소모되는 것 같았다.

투툭.

자신도 모르게 입에서 흘러나온 피가 땅에 떨어지고 있었지만 호월은 멈추지 않았다. 두 눈을 꽉 감은 채 조금씩 조금씩 그 기운을 인도하고 있었는데 그렇게 시간이 지날 때마다 은옥당의 신형은 호월에게 다가오고 있었다.

세밀한 운용이 필요할수록 가까운 것이 낫기 때문이었는데 어느새 중단전 부근을 지나 대주천의 길목에 들어서고 있었다. 지금이 가장 중요한 때였다.

조금이라도 이 기운을 놓쳐 버리면 이곳에서 끝이었다. 아주 조금씩 힘을 키우며 호월은 온 힘을 다해 기운을 인도했다. 그러던 어느 한순간,

"……"

돌고 있었다. 대주천의 길목으로 들어서자마자 약한 기운들이 하나로 실같이 연결되면서 그 꼬리를 물기 시작한 것이다.

이 정도라면 될 것 같았다. 왠지 두근거리는 가슴을 조금 진정시키며 호월은 서서히 내력을 거두기 시작했다. 이윽고 완전히 내력을 거둔 호월은 눈을 살짝 떴다.

"……"

한데 주위의 풍광이 조금 이상했다. 일행은 근 십여 장 이상을 물러나 있었는데 모두 호월을 보며 괴물을 보는 듯한 표정이었다. 호월은 잠시 주위를 둘러보다 쓴웃음을 지었다.

반경 오 장 정도의 공간이 모두 무언가에 심하게 쓸려 나간 듯한 흔적이 남아 있었다. 아마도 상당한 내력이 휩쓸고 지나간 것 같은데 일행이 뒤로 물러난 이유인 듯했다.

호월이 내력을 거두어들이자 일행은 다시 다가왔다. 그리고는 호월을 향해 뭔가 이야기해 달라는 표정을 짓고 있어 이에 호월은 차분히 입을 열어 설명하려 했다. 한데…

"……!"

누군가 호월의 다리를 살짝 잡고 있었다. 그 느낌에 호월은 고개를 내렸고 이어 입가에 작은 미소를 지었다. 호월의 다리를 잡은 사람은 바로 은옥당이었던 것이다.

"……."

호월은 한쪽 무릎을 꿇으며 은옥당에게 다가섰다. 그의 곁에 선 채 그는 은옥당의 손을 꽉 잡았다. 따스한 손의 감각을 느끼며 호월은 작은 웃음을 지었다.

이 정도만 되도 충분한 것이었다. 이렇게 살아 있기만 해도… 그는 은옥당에게 감사하고 있었던 것이다.

"옥당……."

호월의 입에서 여린 목소리가 흘러나왔다. 평상시처럼 건조한 목소리가 아니었다. 한없이 따뜻한 음색이 은옥당을 향해 나아갔고 은옥당은 그 말에 작은 미소를 지었다.

핏기 하나 없는 파리한 안색으로 은옥당은 웃고 있었다. 아니, 웃으려고 노력하는 것 같았는데 입을 연 채 벙긋거리고 있었다. 마침내 힘겨운 그의 목소리가 드디어 호월의 귓가에 들려왔다.

"호월……."

"……."

호월의 입술이 꽉 다물려지고 있었다.

◆ 第七章 ◆

쇄목검 삼목 진인

"나와라, 여당! 이 기회에 강호의 해악을 뿌리 뽑겠다. 이곳 어딘가에서 보고 있는 것을 다 알고 있으니 어서 신형을 드러내라!"

환안의 목소리엔 엄청난 자신감이 실린 채 어두운 밤하늘을 타고 쩌렁하게 울려 퍼졌다.

사람들은 주위를 둘러보며 여당이 자신의 주위에 있는지 확인하는 듯했지만 찾을 수 없었다.

흑의인들 뒤편에 있으리라 생각했지만 흑의인들 쪽에서는 아무런 기미도 보이지 않았다. 그저 뒤편에 쭉 늘어서 있었는지라 환안은 조금 마음이 조급해지는 것을 느꼈다.

생각대로라면 이쯤에서 여당이 나타나야 했다. 그와 여당은 서로 안면은 없었지만 삼목 진인으로부터 어느 정도 이야기를 들은 상태였다.

그의 말에 의하면 여당은 생각보다 의리가 강한 사람이라고 했다. 특히 자신의 두 의제에 대해 마음 씀씀이가 보통이 아니라는 그 말을 기억하고 이렇게 조둥을 잔인하게 죽여 버린 것이다.

이렇게 해놓으면 여당이 나타날 것이고 그 여당마저 자신이 죽인다면 무당에서 자신의 위치는 아주 공고해질 것이다. 아니, 분위기를 봤을 때 무당이 아니라 무림 자체에서 그의 위치가 커질지도 몰랐다.

이번의 일을 발판으로 삼아 무당에서 힘을 얻으리라던 삼목의 말, 그것이 실현되고 있다고 생각했다. 그러니 일단 여당을 잡아야만 하는 것인데 어인 일인지 여당은 나타나지 않았다.

그래서 그는 지금 도발을 하고 있는 것이다. 분명히 이곳 어디에선가 보고 있다는 생각 아래 이렇게 소리치고 있었는데 여전히 대답은 없었다.

“…으득…….”

여당은 어금니를 꽉 깨물었다. 주위에서 보고 있을 것이란 환안의 추측대로 그는 자신의 의제가 죽는 것을 지켜보고 있었다. 한편으로는 흑의인들이 나서지 못하게 전음을 날리면서 말이다.

어차피 자신은 이번 일에 나설 생각이 없었다. 여기에서 일어난 모든 일을 어그러지게 하는 것이 자신이 맡은 일이었다. 최초에 자신과 조둥, 그리고 이두경이 같이 칠약회의 아래 움직이게 된 것부터가 다 계획된 일이었던 것이다.

그는 마교의 사람이었다. 마황으로부터 강호의 움직임에 관한 이야기를 듣고 스스로 자원해 이곳으로 나왔다. 마교 내에선 반역자의 오명을 쓴 채 중원에 나와 바로 악명을 떨쳤다. 그리곤 삼목 진인의 눈에 들어 여기까지 온 것이다.

사실상 그가 원하는 것은 거의 해결된 상태였다. 칠약회는 그 진위를 확인하기도 전에 깨어진 상태였고, 삼목 진인도 어디에 있는지 코빼기도 안 보이고 있었다. 또한 그들이 숨기고 숨겼던 힘인 이들 흑의인들의 존재 역시 다

드러난 상태였다.

뇌두면 다 되는 일이었다. 더 이상 그는 나설 일도 없었고 이젠 사라져야 할 때였다. 이후 성교로 돌아가 신분을 회복하면 그뿐이었던 것이다.

그런데 그 발걸음이 떨어지질 않았다. 보니 저 환안이란 놈은 삼목 진인의 아래에 있던 놈 같았다. 그렇다면 그가 비팔수일 확률이 높았다. 그런 놈이 자신의 의제를, 아니, 한때 의제로 불리웠던 사람을 잔인하게 죽이는 것을 보고만 있었던 것이다.

게다가 그것도 모자라 자신을 불러내고 있었다. 삼목이 아는 자신의 무공 수준 정도면 언제든 이길 수 있다고 생각할지 모르지만 지금 그의 무공은 절대 환안의 아래가 아니었다. 물론 진산무공을 사용한다면 말이다.

"내 마음대로…… 움직이라 하셨지요?"

그의 입에서 나지막한 독백이 흘러나왔다. 비록 악인이라 불리웠고 강호의 해악이라 불려왔지만 지난 세월, 그의 의제로서 조등은 할 일을 다 했다. 이젠 자신이 나서야 할 때였던 것이다.

"마음대로… 하겠습니다."

조용히 입술을 움직이며 여당은 앞으로 나서기 시작했다. 주위를 병풍처럼 두른 흑의인들을 모두 물린 채 그는 안을 향해 나아가고 있었다.

"결국 나오는구나, 여당! 너 역시 나의 검에 의하여 심판을 받게 될 것이다. 어서 검을 뽑아라!"

환안은 기고만장한 소리를 질렀다. 눈앞에 서 있는 자. 우락부락한 체구를 자랑하는 그는 딱 봐도 여당이었다. 여당은 아무런 표정 없이 그냥 서 있기만 했고 그 모습에 환안은 조금 긴장했다. 아무런 반응도 없는 것이 이상한 것이다.

의제가 죽었으니 길길이 날뛰어야 했다. 그런데 그는 노려보기만 한다. 뭔가 노리고 있는 것이 있다는 생각이 계속 든 것이다.

"큭, 조금 있으면 네게도 다가올 죽음을 생각하나? 하긴 그동안 네놈이 형제들과 행한 악행을 생각한다면 그 정도의 긴장은……."

"네놈이 저지른 일은 생각하지 않나? 삼목 진인과 더불어 다니며 했던 짓들을?"

"……."

조용히 들려오는 여당의 목소리에 환안은 입을 꽉 다물었다. 내력을 실어 외치던 자신과는 달리 여당은 그냥 육성으로 말하고 있었다. 그러니 다른 사람들이 들을 염려는 없었지만 문제는 여당이 뱉어낸 말의 의미였다.

마치 자신이 비팔수임을 알고 있다는 듯이 쏟아낸 말에 그는 잠시 미간을 좁혔다가 이내 풀었다. 아마도 조등이란 놈이 쪼르르 달려가 말했을 터였다.

"그런 이야기는 피차 간에 하지 않는 것이 좋을 텐데? 삼목 진인께서 행하는 일이시니 그분의 뜻대로 흘러가게 놔두는 것이 좋지 않겠어?"

황급히 그는 전음을 날려 여당의 입을 닫으려 했지만 돌아온 것은 여당의 싸늘한 미소였다. 그는 환안을 향해 다시 입을 열었다.

"삼목? 삼목이 이 일을 원했다라…… 그렇게 생각할 수도 있겠지. 어쨌든 내가 상관할 바는 아니지만 말이야."

"……."

여전히 전음을 사용하지 않는 그를 보며 환안은 긴장했다. 왠지 그는 말로만 듣던 여당이 아니었다. 세상의 일에 염세적이며 비관적인 사람. 웬만한 일에는 나서지 않는 사람으로 알고 있었던 것이다.

그런데 지금 보는 여당의 모습은 조금 달랐다. 남의 일에 신경 무딘 성격이기는커녕, 생각보다 감정의 기복이 큰 것처럼 보이는 것이다.

"네놈이 뭘 어떻게 지령을 받았는지 그리고 삼목이 뭘 원하는지는 솔직히 내 알 바 아니다. 한데……."

여당은 양손을 살짝 들어올리며 잠시 말을 끊었다. 환안은 그의 양손에 잔뜩 신경을 곤두세우고 있었는데 이어 그의 귓가에 여당의 목소리가 들려왔다.

"내 아우를 죽인 것은 전혀 다른 문제다. 그 피 값은 반드시 받아내마!"

우르릉!

순간 여당의 양손에서 구름과 같은 기운이 일어나기 시작하자 환안은 눈을 둥그렇게 떴다. 한순간에 주위의 공기가 모두 일그러지는 것이 보통 힘이 아니었다. 이 정도면 지금 저기 누워 있는 조등과는 비교도 할 수 없는 것이다.

하지만 이대로 당할 수는 없기에 환안은 오른손을 가슴께로 들어올렸다. 이를 악물며 모든 내력을 끌어올려 검에 집중한 채 날아오는 여당의 내력을 받아내었다.

쩌어어엉! 좌아아아앗!

"우욱!"

환안은 자신도 모르게 신음성을 흘렸다. 여당이 날린 내력은 그냥 쉽게 받아낼 정도의 힘이 아니었다. 그건 자신이 그의 무공을 너무 얕보았다는 사실을 바로 증명해 주고 있었다.

"네놈이 삼목에게서 무슨 소리를 들었는지 모르지만……."

여당은 앞으로 한 걸음 내딛었다. 그의 등 뒤로 오른손이 올라가더니 이어 거대한 도가 뽑혀지고 있었다.

"내가 앞에 선 이상, 죽을힘을 다해야 할 것이다."

"……!"

환안은 어금니를 꽉 깨물었다. 그의 말처럼 이 정도의 힘이라면 보여서는 안 될 무공까지 다 보여야 가능할 것 같았다. 사람을 잘못 봐도 한참을 잘못 본 것이다.

＊　　　＊　　　＊

"쿨럭! 네… 네 말이… 쿨럭!"

"말하지 마라, 옥당! 일단은 진정할 때야."

기를 쓰고 이야기하려는 은옥당을 당예화는 말렸다. 하지만 은옥당은 양 손을 버둥거리며 호월의 손을 뿌리치고 그의 옷을 잡으려 애쓰고 있었다. 아무래도 뭔가 할 말이 있다는 듯한 모습에 호월은 가슴을 내밀어 그의 앞섶을 은옥당의 손에 맡겼다.

꽈악…….

은옥당은 온 힘을 다해 호월의 멱살을 잡았다. 흡사 이것을 놓으면 자신이 죽기라도 할 듯 하나 남은 팔에 온 힘을 준 채 입을 열었다.

"네 말… 너희들 생각이… 맞았다……."

"……."

일순 호월은 무슨 말을 해야 될지 몰랐다. 우리들의 말이 옳다는 말을 이해할 수가 없었던 것인데 문득 옆에서 당예화의 목소리가 들려왔다.

"옥당, 지금 그 말, 네 사부님이 조등에 의해 죽지 않았을 수도 있다는 말이냐?"

황급히 말하는 그의 목소리에 은옥당은 고개를 돌렸다. 그리고는 서서히 고개를 끄덕이기 시작했다.

"…뭐라? 그럼 누가 그런 짓을 한 것인데? 혹시 진짜 흉수가 누구인지도 알고 있는 거야!"

다급한 목소리로 당예화가 묻자 은옥당은 역시 힘없이 고개를 끄덕였다. 그러자 이번엔 호월의 목소리가 들려왔다.

"그 흉수가 너마저도 이렇게 해놓은 것이냐? 절벽에서 매달리게 만든 놈도 그놈이고?"

"절벽에 매달려?"

호월의 목소리에 취소걸은 의아한 목소리를 내었지만 지금 그게 중요한 것이 아니었다. 일단 진짜 흉수가 누구인지부터 알아내는 것이 급선무였다. 척 봐도 지금 은옥당의 상태는 언제 의식이 끊겨도 이상하지 않을 상태였으니 말이다.

"그놈… 무당의… 사… 람… 믿을 수밖에…… 없었다."

"……."

호월의 눈이 살짝 빛나고 있었다. 역시 그는 무당의 사람이었다. 그리고 당시 죽은 은옥당의 사부 곁엔 무당의 사람이라고는 단 한 명밖에 없었다.

"이름… 화… 환… 안… 환안."

"……!"

은옥당의 목소리에 호월은 어금니를 꽉 깨물었다. 그 당시 호월도 환안을 의심했었다. 비록 본인이 부상까지 입으면서 연극을 하긴 했었지만 냉정히 생각해 보면 그 외에는 전혀 의심이 가질 않았었다.

그러다 사봉희를 구해낸 후 그녀에게서 들은 이야기로 더욱더 확신을 가질 수 있었다. 다만 왜 그가 그런 짓을 해야 하는지 그것만은 알 수가 없었는데 문득 은옥당의 목소리가 다시금 들려왔다.

"그놈… 조등과… 아는… 사… 이……."

"예? 환안과 조등이 아는 사이라고요! 뭐야 이거! 조등은 삼목 진인의 칠약회 사람이 아니었어? 그럼 그 환안이란 놈도 칠약회였던 거야?"

취소걸은 놀라며 입을 열었지만 호월은 왠지 짐작 가는 것이 있었다. 이미 죽은 은옥당의 사부 상명 도인이 칠약회의 사람인 것을 잘 알고 있는 그로서는 같은 칠약회이긴 하지만 환안이 가지는 직함이 어떤 것인지 이내 알 수 있었다.

"혹, 그놈이 비팔수란 놈이 아닌가?"

"……."

호월의 목소리에 은옥당은 오히려 눈을 좁게 뜨며 모르겠다는 표정을 짓고 있었다. 진실한 정체 자체는 잘 모르는 듯했다. 오히려 그 말에 반응을 한 것은 당예화였다.

"비팔수? 이두경을 조종했다는 놈 말이야? 양 미간 사이에 점이 있고?"

뜬금없이 웬 비팔수 이야기가 나오나 해서 그는 입을 열었는데 은옥당은 조용히 고개를 좌우로 젓고 있었다. 환안은 이마에 점 따윈 없었던 것이다.

그리고 그가 비팔수이든 뭐든 간에 지금 그에게 중요한 것은 그것이 아니었다. 환안이 무당에 있는 한 무당은 위험하다. 그러니 한시라도 빨리 그놈을 처단하고 무당의 정의를 바로 세워야 했다. 그놈이 무당에 있는 한 은옥당은 안심할 수가 없었던 것이다.

"호월… 부… 부탁……."

호월은 고개를 내려 은옥당을 바라보았다. 은옥당은 입에서 가는 피를 흘리면서도 호월에게 애원하고 있었다. 무엇이 그토록 걱정되는지는 굳이 말을 듣지 않아도 잘 알 수 있었다.

무당, 그는 무당이 걱정되었을 것이다. 그 환안이란 놈이 가면 속에 얼굴을 숨긴 채 무당을 농락하는 것을 안 이상 걱정은 당연한 일이었다.

"무… 당… 무당을…… 구… 해……."

"그만 말해라, 은옥당."

솔직히 더 이상 들을 이야기도 없었다. 이미 그가 원하는 것이 무엇인지 알고 있는데 더 들어봤자 은옥당만 힘들 뿐이었다.

호월은 조용히 은옥당의 눈을 들여다볼 뿐이었다. 그렇게 한참 동안 그의 눈을 들여다보던 호월의 입술이 열렸다.

"약속하마. 내가 가겠다."

“……”

은옥당의 눈이 변했다. 애타게 부탁을 하는 사람의 눈이 아니라 안도의 감정이 섞인 눈이었다.

지금 호월이 올라간다고 했다. 다른 사람이라면 모를까 호월이라면 충분했다. 호월이 간다면 그걸로 충분했다.

더 이상 뭐가 필요할까? 흔히들 맹약의 증표라 말하는 양피지 쪼가리에 피로 쓴 혈서도 없었고 그 흔한 다짐도 없었다. 그러나 호월의 한마디는 그 어떤 것보다도 은옥당의 마음을 차분하게 만들어주고 있었다.

“부탁한… 다…… 호… 월……”

“옥당! 옥당!”

은옥당은 그 말만을 남긴 채 다시 눈을 감았다. 당예화는 은옥당을 부르며 의식을 되돌리려 애를 쓰고 있었지만 은옥당은 완전히 몸을 축 늘어뜨린 채 실신한 상태였다. 당예화는 재빨리 그의 맥을 짚으며 상황을 판단했다.

“안 되겠다, 호월. 지금 당장 은옥당을 더 돌봐야겠어. 현 상태로 은옥당을 산 위로 데려가는 것은 무리야.”

“…알았다, 예화.”

당예화의 목소리에 호월은 고개를 끄덕였다. 그가 봐도 은옥당의 상세는 중했고 여기 당예화가 아니면 어떻게 해볼 도리도 없었을 터였다. 호월은 자리에서 조용히 일어섰다.

“호월 형님, 지금 가실 건가요?”

문득 옆에서 취소걸이 물어왔다. 호월이 고개를 돌려 소걸에게 고개를 끄덕이자 소걸과 사봉희도 고개를 끄덕였다. 말은 하지 않았어도 같이 간다는 뜻이었다.

이번엔 그의 눈길이 한천조에게 향했다. 한천조와 오경우는 아무런 말을 하고 있지 않아도 역시 같이 갈 것이 확실한 눈빛을 보내고 있었다. 결국 모두 다같이 간다는 생각을 하는 것 같았다.

하지만 그는 쉽사리 발걸음을 놓지 못하고 있었다. 은옥당과 당예화 이 둘만 이곳에 놓고 갈 수는 없었다. 뭔가 조치를 취해놓아야 할 생각을 하고 있을 때였다.

"걱정 말게나, 이곳은 내가 지킬 터이니. 비록 자네에게 비하면 한참 딸리는 나이지만 이 두 사람을 지킬 수는 있을 것일세."

유강이었다. 그가 자신해서 두 사람을 지킨다고 하자, 호월은 한결 마음이 놓이는 기분이었다. 그와 같이라면 이 두 사람의 안위는 문제없을 것 같았다. 게다가…

"제가 보증하지요. 이 두 사람은 반드시 안전할 것입니다. 그러니 어서 가시지요."

"……!"

낯익은 목소리에 호월은 고개를 돌리곤 눈을 살짝 크게 떴다. 그곳에는 어느새 나타났는지 일단의 인물들이 있었다. 그리고 그 중앙에 서 있는 여인이 입을 연 것인데 그녀는 바로 현 마황 음선화였던 것이다.

아마도 호월 일행을 따라 이곳으로 쫓아온 것 같았다. 뜻밖의 등장에 오경우와 한천조, 유강은 모두 고개를 숙였다. 음선화는 내력을 일으켜 그들을 모두 세운 후 입을 열었다.

"한 장로와 오 장로께서는 아직까지 아이 같은 생각을 가지고 계시군요. 이 일에 꼭 그리 나서야 되겠습니까?"

차분한 목소리지만 그녀의 말에 담긴 의미는 적지 않았다. 어찌 보면 이번 일에 나선 것을 탓하는 것 같았다.

한천조와 오경우, 사실 두 사람 다 강호 경험이 많은 사람들이었고 그 말의 의미를 잘 알고 있었다. 하나 이미 마음이 선 상태였다. 굽혀서 될 일이 아니었던 것이다.

"죄송합니다. 마황이시여, 저와 이 친구는 반드시 나서려 합니다. 이 일이 교 내에 누가 된다면 어떤 죄라도 달게 받겠나이다."

"저도 마찬가지 생각입니다. 윤허를……."

두 사람은 조용히 말했지만 그들의 말에는 의지가 가득 담겨 있었다. 음선화는 이미 자신이 그 두 사람의 기를 꺾을 수는 없다는 것을 알고 있었다. 결국 그녀는 작은 한숨과 함께 입을 열었다.

"후… 알겠습니다. 하나 본 교의 중요한 두 기둥께 어찌 벌을 내리겠습니까? 그저 부탁이니 너무 앞에 나서지 말아주시길 바랍니다."

"감사합니다, 마황님!"

"감사합니다!"

두 사람은 거의 어린아이처럼 좋아했다. 이젠 뭐 볼 것도 없이 떳떳하게 호월을 따라나서게 된 것이다.

호월은 그 두 사람을 잠시 보다 고개를 돌렸다. 자신을 바라보고 있는 음선화를 향해 고개를 살짝 끄덕이고는 바로 신형을 돌렸다.

그가 움직이자 그를 따라 일행 모두가 움직이기 시작했다.

음선화는 그저 그들의 뒤를 보고만 있었다. 문득 그녀의 입이 열려지며 듣기 좋은 목소리가 흘러나왔다.

"어떤가요? 이제 제 말을 믿으시겠습니까?"

"예, 마황님. 충분히 믿고도 남겠습니다. 대단한 사내입니다."

그녀의 목소리에 대답한 사람은 바로 차 대주라 불리던 사람이었다. 음화선은 그 말에 작게 웃었는데 이어 바닥에 쓰러져 있는 당예화를 향해 입을 열었다.

"당 의원께서는 잠시만 기다리십시오. 조금 있으면 저의 마차가 올 것입니다. 간단한 약재들도 같이 있으니 그곳에서 치료하시는 것이 어떻습니까?"

"정말입니까! 그렇게 된다면 이 당모는 원이 없습니다. 교주님의 배려에 감사드립니다.”

당예화는 공손히 허리를 숙였고 이내 그 두 사람의 시야에 꽤나 큰 마차 하나가 다가왔다. 그러자 당예화는 실신한 은옥당을 데리고 그 안으로 들어갔다.

차 대주와 음화선은 그저 바라만 볼 뿐이었다. 문득 차 대주의 목소리가 그녀의 귓가에 들려왔다.

“한데…… 호월의 모습이 조금 이상합니다. 이전에 봤을 때보다 내력도 비할 수 없이 커졌지만 거의 괴물처럼 변해가는 모습이었습니다. 혹시 그자…….”

차 대주는 살짝 말꼬리를 흘렸다. 의심 가는 일이 있기는 한데 왠지 말하기가 좀 껄끄러운 듯이 보였다. 한데 그의 입보다 음화선의 입이 먼저 열렸다.

“맞습니다, 차 대주. 그는 은력평호공을 익혔군요. 그것이 아니라면 저렇게 대단한 힘을 지닐 수는 없습니다. 그동안 누구에게도 그 무공은 소용이 없었지만 저 호월이란 사내는 효용을 톡톡히 보고 있군요.”

음화선의 목소리에 차 대주는 그저 묵묵히 고개만 끄덕일 뿐이었다. 사실 그간 음화선은 이 은력평호공에 지대한 힘을 쏟고 있었다. 하지만 그녀가 했던 모든 것이 다 실패했었다. 실제로 그녀는 스스로 이 무공을 익혀보고자 했지만 그것이 잘 되질 않았다. 그것마저 뜻대로 되지 않던 것이다.

솔직히 말하면 은력평호공이 수록되어 있는 마황 기록이 제갈세가에 넘어갔을 때만 해도 그녀는 알면서도 그냥 있었다. 제갈세가의 사람들이 이 은력평호공을 풀어낼 수 있을지 그것이 궁금했던 것이다.

그런데 그들이 풀어낸 것은 그녀도 다 아는 것들뿐, 그들 역시 이 은력평호공은 손대지 않았다. 그 모든 것을 다 확인하고 나서야 그녀는 움직였다. 사람 좋아 보이고 일견 아름답기까지 한 용모라 생각이 많지 않아 보이기는 해도 그녀는 이미 보통 이상을 넘어서는 생각을 하고 있었던 것이다.

그런 그녀에게 보고된 일이 바로 이 호월에 관한 이야기였다. 직감적으로 내용을 본 후 그녀는 은력평호공이 쓰여질 일이라는 것을 알게 되었고 이에 중원에 나오게 된 것이었다. 사실 칠약회 따윈 그다지 신경 쓰이지도 않았다.

이미 후연이 칠약회 안에서 여당이란 이름으로 활약하고 있음에 신경 쓸 이유가 없었던 것이다. 최악의 상황이 된다 해도 그녀는 후연을 통해 뒤집을 자신이 있었다. 중원에 나온 것은 온전히 이 호월이란 사내 때문이었던 것이다.

"게다가 아버님께서 겪으셨던 증상 그대로를 가지고 있군요. 아직까지 성공이라 말하기는 힘들 것 같아요."

"예, 그렇습니다. 하나 저 단계까지 간 사람을 본 것만으로도 전 놀랍습니다. 도무지 무슨 말인지 이해할 수가 없거늘……."

음화선의 말에 차 대주는 고개를 끄덕이며 말을 이었다. 정말 호월이 이 정도로 대단한 사람일지는 생각도 못했던 것인데 은력평호공은 이미 그도 한 번 보았었다. 그도 풀어내지 못했던 것이다.

"어쨌든 이제 마무리를 지어야 할 것 같습니다. 후연에게 연락을 넣으세요. 이제 그만 빠지시라구요. 어떤 상황이 되든 간에 호월과의 충돌은 용서 못합니다."

"알겠습니다, 마황님. 그대로 전하겠습니다."

차 대주는 살짝 고개를 끄덕이며 어디론가 움직이기 시작했고 음화선은 아직도 멀어져 가는 호월의 일행에게서 시선을 떼지 못하고 있었다. 호월… 왠지 보기만 해도 가슴이 떨려오는 사람이었다.

그에게는 야성의 냄새가 물씬 풍겨나고 있었다. 틀에 박힌 것도 없었고 일견하기엔 무례하게 보이기까지 하지만 왠지 그에게선 사람으로 하여금 기대고 싶게 만들었다.

그녀도 궁금해지고 있었다. 한천조와 오경우가 보고 싶고자 했던 그의 모습을 말이다. 그녀는 이런 자신의 기분을 의아하게 여기면서도 한쪽으론 기분 좋게 느끼고 있었다, 그녀 역시 한 명의 무인이기에.

2

까라락!

"흐읍!"

환안의 입에서 악 다물린 소리가 흘러나왔다. 여당이 거대한 도를 들어 그대로 내리찍자 환안은 최대한 내력을 키워 올린 채 막아냈다. 하지만 여당의 힘은 엄청난 것이었다.

더욱이 그의 병기는 길이만 오 척에 이르는 거대한 도였다. 무게 또한 만만치 않아 솔직히 내력이 없다면 막기조차 어려운 것이 사실이었다.

한데 내력으로 막는 것도 쉽지 않은 것이 오 척의 도를 휘두르는 여당의 내력은 절대로 환안의 아래가 아닌 것이다. 그러니 지금 그의 내심은 거의 죽을 맛이었다. 언제 자신의 검이 부러지며 죽게 될지 몰랐던 것이다.

가가가각!

서로의 병기를 밀며 힘겨루기를 하며 온 힘을 다 쏟고 있었다. 하나 서로의 얼굴은 묘한 대조를 이루고 있었는데 죽을힘을 다해 힘을 쏟아 얼굴이 일그러진 환안과 달리 여당의 얼굴은 별다른 표정이 없었다. 그저 양 볼이 살짝 떨리는 정도였다.

그 얼굴을 보며 환안은 승부를 걸어야 할 때임을 직감했다. 지금껏 환안은 자신이 가진 최후의 힘을 아끼던 상황이었지만 이젠 아니다. 현 상황은 그렇게 녹녹하지 않은 것이다.

감추고 있던 힘들, 아까 조등을 상하게 했던 그 힘을 사용해야 할 시기였다. 그렇지 않으면 승패의 향방은…… 이미 난 것이나 마찬가지인 것이다.

스슷… 화아악!

오른쪽으로 검날을 옆으로 돌리자 여당은 자신의 병기를 잡아당겼다. 한데 갑자기 그의 얼굴이 확 굳어졌다.

그의 병기가 마치 환안의 병기에 붙어 있는 듯 떨어지지 않았던 것이다. 환안은 몸 안의 음유한 내력을 운용함으로 이를 가능하게 한 것이다.

좌아아앗!

왼발을 축으로 오른발을 뒤로 길게 빼면서 환안은 여당의 중심을 무너뜨렸다. 여당은 병기를 놓칠 수는 없기에 몸을 숙이며 환안의 우측으로 넘어지려 하고 있었는데 환안은 순간 눈을 빛내며 왼손 가득 내력을 모으기 시작했다.

고오오오.

한눈에도 상당해 보이는 내력이 환안의 왼손을 휘감기 시작했고 환안은 주저없이 움직이는 여당의 가슴을 향해 왼손을 뻗었다. 이 한 수로 승부는 그의 것이 될 것임을 그는 믿어 의심하지 않았다. 한데…

싯… 콰아아악!

"……!"

환안의 눈이 크게 떠졌다. 순간적으로 왼발을 땅에 박으며 자신의 도를 잡아당긴 것인데 그 힘이 보통이 아니었다. 한순간에 환안의 오른팔이 그에게 확 따라가게 되자 내력을 가득 실은 왼손의 동작이 흐트러졌다.

믿을 수 없는 일이었다. 이미 자신은 여당의 동작을 흐트러뜨려 중심까지 무너뜨린 상태였다. 일순간의 힘으로 회복할 수 있는 것이 아니었던 것이다.

그런데 오히려 여당은 강한 힘으로 자신을 끌어당기고 있었다. 이 정도의 힘이라면 그보다 최소한 두 배, 혹은 세 배 이상 강하다는 뜻이었다. 자신의 판단이 완전히 어긋나 버린 것이다.

하지만 이미 자신의 왼손은 내력을 가득 담겨 있었으니 멈출 수는 없었다. 환안은 이를 악물며 다시금 왼손을 앞으로 뻗었다. 하나 여당은 당할 사람이 아니었다.

쉬이잇… 꽈아아앙!

오른손을 자신의 가슴 앞으로 끌어당기자 그의 넓은 도면에 환안의 장력이 부딪쳐 강한 울림이 터져 나오고 있었다.

그의 생각대로라면 이런 강한 타격에 도 따위는 바로 박살나야 하지만 상황은 정반대의 상황을 만들어 놓고 있었다. 오히려 그 반탄력에 손이 울리자 환안은 자신도 모르게 눈을 찡그렸다.

그러나 상황은 그로 하여금 그냥 얼굴만 찡그리게 만든 것이 아니었다. 여당의 공격은 바로 이어지고 있었다. 거대한 도를 하늘 높이 치켜들더니 달라붙은 환안의 검날을 떨어뜨림과 동시에 바로 벼락같이 떨쳐 내고 있었다.

환안의 입장에서는 날벼락과 같은 상황이었다. 아직 그는 채 자세조차 제대로 잡지 못하고 있었다. 이대로라면 그는 고스란히 그의 공격에 희생당할 판이었다.

이럴 수는 없었다. 그가 궁극적으로 누리려는 삶은 아직 시작도 안 된 판에 여기서 생을 마감할 수는 없었던 것이다.

그렇다고 본신 내력을 모두 끌어올리는 것도 좋은 방법은 아니었다. 뒤쪽에 있던 무당의 사람들이 이상하게 볼 것이지만 상황은 더 이상의 판단을 용납하지 않았다.

고오오오.

순간적으로 환안은 모든 내력을 끌어올려 검에 주입하기 시작했다. 안으로 내재되어 있는 음유의 힘을 모두 몸 바깥으로 끌어올리며 그를 상대하려할 때였다. 뒤쪽에서 커다란 소리가 터져 나왔다.

"몸을 숙이거라, 안아!"

"……!"

환안은 황급히 내력을 다시 끌어내리며 신형을 낮게 숙였다. 그러자 그의 머리 위에서 기의 폭풍이 일어나고 있었다.

쩌저저정! 타타탓!

한차례 거대한 기의 폭풍이 일어난 후 환안은 고개를 살짝 들어 상황을 살폈다. 그리곤 회심의 미소를 지었다. 여당은 이 장이나 뒤로 물러선 후였다. 그의 발아래는 미끄러진 두 발의 흔적이 그대로 드러나 있었다.

보지 않아도 뒤쪽에 누가 있는지 잘 알 수 있었다. 들려온 목소리는 검공인 현양자를 대신해 현재 장문인의 역할을 수행하는 상소 도인 허정자의 목소리였지만 이 정도의 힘은 아니었다.

그 외에 한 사람의 힘이 더 보태진 결과였다. 바로 무당의 숨은 힘 중의 하나인 중정관천 헌우의 힘도 같이 온 것인데 환안의 위기를 보고 두 사람이 동시에 나선 것이다.

그만큼 이제 자신이 무당에서 중요한 위치를 차지하게 되었다는 뜻이었고 그래서 환안의 입가엔 미소가 감돌았던 것이다. 환안은 힘을 축 늘어뜨리며 뒤로 슬며시 물러섰다.

"어서 뒤로 물러나 쉬거라. 이자는 너의 상대가 아니구나."

"사형의 말이 옳다. 조등을 상대하느라 상당한 힘을 소모했으니 어서 기력부터 되찾거라."

"…죄송합니다."

환안은 고개를 떨구며 뒤로 물러섰지만 그의 내심은 보이는 것과는 아주 달랐다. 이젠 달라질 무당 내에서 자신의 위상을 생각하며 웃음 짓고 있었던 것이다. 정말 이번 일을 기회로 그의 꿈에 한 단계 다가서게 될지도 몰랐다.

아니, 어쩌면 당장에 이 무당을 접수하게 될 지도 몰랐다. 그가 아는 삼목 진인은 이 정도로 끝낼 사람이 아니었다. 뭔가 한 수가 더 있을 것이 분명했던 것이다.

"…대단하군, 여당. 자네는 나의 눈을 다시금 뜨게 해주는 군. 이 정도의 내력을 지닌 사람이 왜 그렇게 악행을 해왔는지 이해가 가질 않네."

멀어져 가는 환안의 뒷모습을 보다 허정자는 고개를 돌려 여당을 향해 입을 열었다. 뒤에서 봐도 여당의 힘은 막강했다. 이 정도라면 웬만한 강호의 문파라면 함부로 대적할 사람을 내놓지 못할 정도였던 것이다.

"악행? 보기라도 하면서 그런 이야기를 하는가? 내가 그렇게 악행을 저질렀다면 어디 한번 말해볼 수 있나?"

뜻밖에도 차분한 목소리에 허정자와 헌우는 눈을 살짝 좁혔다. 왠지 너무나 여유로운 모습으로 강호의 협사처럼 떳떳해 보이는 얼굴을 하자 헌우는 잠시 머릿속에서 이자의 악행을 찾아보았다.

그런데 이상한 일이었다. 백면호리 이두경과 조등에 비해 이 여당이란 자는 거의 악행이 귀에 들어오질 않았다. 그러고 보니 그 두 사람과 의형제를 맺었다는 것 하나만으로 상당한 악명을 떨치는 사람이 이 여당이었던 것이다.

"허허허, 증거를 들어보라? 좋네. 그리 떳떳하다면 내 한 가지 물어봄세. 대관절 우리 무당에 오른 이유가 무엇인가? 그것도 상당한 병력을 이끌고 이야기라도 하러 온 것인가? 여태껏 자네는 우리와 이야기는커녕 칼로 말하려 하지 않았던가?"

"……."

상당히 뼈 있는 허정자의 목소리에 여당은 이번엔 아무런 말도 하지 못했다. 사실 이 산에 오르자마자 그가 한 일은 바로 무당의 장문 검공인 현양자를 죽이는 것이었다. 여당은 흑의인으로 위장하여 바로 실행에 옮겼기에 지금 현양자는 상당한 부상을 입고 있는 것이고 말이다.

솔직히 입이 열 개라도 할 말이 없었다. 조금 꺼림칙한 기분에 손속에 사정을 두어서 그렇지 하마터면 정말 죽일 뻔했었다. 적어도 그 점에선 그도 할 말이 없었던 것이다.

"훗. 그렇다면 더 이상 말이 필요없는 것 아니오이까? 그대들도 나의 목숨을 원한다면 어서 오시오."

역시 차분한 목소리가 흘러나왔고 허정자와 헌우는 수중의 검을 곧추세우며 자세를 잡았다. 세 사람은 이 장여의 간격을 둔 채 서로의 얼굴을 바라만 보고 있었다.

상대는 무당의 장문 현양자를 누른 사람이다. 허정자와 헌우는 이미 합격을 하기로 사전에 이야기한 상태였고 지금 이 순간은 강호의 도의 따윈 따질 때가 아니었다. 아니, 이자가 흑의인들을 이끌고 이곳에 나타나 무력을 행사한 순간 도의는 사라진 것이다.

"합!"

"타앗!"

두 사람은 짧은 기합성과 함께 허공으로 신형을 날렸다. 그리고 그들이 허공을 향해 날아오는 순간, 그 앞에 있었던 여당 역시 허공으로 몸을 뽑아 올리고 있었다.

"아미타불…… 역시 여당 시주는 사연이 있으신 분 같습니다. 무공을 보아하니 절대로 삼목 진인이 키워낼 수 있는 사람이 아닙니다."

"그럴 것입니다. 여당은 그동안 우리의 정보망에도 걸리지 않는 사람입니다. 마치 과거 자체가 없다고 할까요? 사연도 보통 사연은 아닐 듯합니다."

혜오의 목소리에 표우등은 작은 목소리로 이에 화답했다. 두 사람은 고개를 끄덕이며 눈앞의 광경을 바라보고 있었는데 여당의 무공은 가공스러웠다. 마교의 무공을 사용한다는 것만 알고 있을 뿐, 실상 본 것은 두 사람 다 처음인데 놀랍게도 그의 무공은 자신들의 아래가 아니었다.

물론 그 상대가 환안이라는 조금은 무공 실력이 떨어지는 젊은 검사가 나섰기에 상대적인 것일 수도 있지만 그만한 사항은 이미 머릿속에서 고려할 정도로 두 사람은 고수였다. 한번 보면 알 수 있었던 것이다.

"한데… 왠지 소승은 저 여당 시주보다 그 상대를 해주었던 환안이라는 시주가 더 마음에 걸리는군요. 분명 저 친구도 사연이 있는 듯합니다."

"대사님께서도 그리 보셨습니까?"

혜오의 말에 표우등은 놀라며 동의를 표시했다. 과연 두 사람은 이 대결에서 뭔가 이상한 점을 발견한 것인데 그 대상은 다름 아닌 환안이었다. 환안의 내력이 조금 이상하다는 것을 두 사람은 발견한 것이었다.

"저 역시 뭔가 이상하다고 느끼던 중입니다. 물론 무당의 무공을 무시하는 것은 아니지만 저 환안이란 친구는 기이한 무공을 하나 더 익히고 있는 듯 보입니다. 한데 그 무공이 아무래도……."

표우등은 살짝 말을 흐렸다. 워낙이 찰라 간에 본 것이라 확신할 수가 없었던 것인데 이어 들린 혜오 대사의 목소리에 그는 확신을 가질 수가 있었다.

"음유의 힘이었지요. 비록 찰라 간의 일이긴 하나 분명 그것은 음유의 내력인 듯싶었습니다. 저 호월 시주의 내력과도 비슷한 유인 것으로 판단될 정도지요. 분명 그것은 그저 몸 안에 자연스럽게 축척된 음유의 힘은 아닌 듯 보였습니다."

역시 혜오 대사였다. 표우등은 고개를 끄덕이며 강한 동의를 보였다.

일반적으로 무공을 하는 사람이라면 음유의 힘을 조금 가지고는 있었다. 하나 그 힘은 주력으로 삼고 있는 양강의 힘에 비한다면 거의 없는 것이나 마찬가지인 힘이다. 양강의 힘이 열 푼이라면 음유의 힘은 채 반 푼도 안 되는 힘이지만 이 음의 힘 역시 양강의 힘처럼 운용할 수 있기는 했다.

그러나 그 힘을 운용한다고 해서 호월처럼 할 수 있는 것은 아니었다. 워낙에 작은 힘이라 그 효과는 미비할 수밖에 없었는데 저 앞에 보였던 환안의 힘은 그 정도가 아니었다. 분명 그는 그 음유의 힘으로 여당의 거대한 도를 끌어당길 정도로 상당한 내력을 운용했던 것이다.

이것은 일반적인 내력의 운용과는 아주 다른 특성이다. 만일 그들의 짐작이 사실이라면 환안이란 자는 무당의 힘이 아닌 또 하나의 다른 내력을 가지고 있는 셈인 것이다.

그리고 그 내력의 힘은 그들도 어느 정도 짐작하고 있는 힘이었다. 바로 칠약회의 회원들이 가지고 있던 음유의 힘일 확률이 높았다.

"생각 외로 일이 복잡하게 돌아가는 것 같습니다, 표 방주. 아무래도 조금 더 지켜봐야 할 듯한데 표 방주님의 생각은 어떠십니까?"

"그리해야 할 것 같습니다. 하나 일단 무당파의 안전은 도모해야 하겠지요. 제자들을 우선 무당의 뒤편으로 배치하겠습니다. 최소한 그렇게 하면 무당의 사람들은 확실히 안전해질 테지요."

"좋은 생각이십니다. 그럼 본 파는 이들 흑의인들의 동태를 주시하겠습니다. 만일의 경우 바로 손을 쓰도록 하지요."

두 사람은 서로 간의 의견을 확인한 후 각자 시선을 돌렸다. 그리곤 옆자리에 있는 사람들에게 눈길을 주었는데 그들은 두 사람의 말을 들은지라 바로 실행에 나섰다. 표우등과 혜오는 다시 시선을 돌려 중앙에서 싸우는 세 사람을 향했다. 허정자와 헌우, 그리고 여당은 접전을 벌이고 있었다.

"후우욱!"

거친 숨을 토해내며 여당은 기식을 조절했다. 신생문파라고는 하지만 확실히 거파 선언을 준비할 만했다. 무당의 무공은 만만히 볼 것이 아니었던 것이다 .

비록 그가 상대하는 사람이 하나가 아니고 둘이라고는 하나 여당은 적잖이 놀라고 있었다. 이 정도의 무공이라면 그가 몸을 담고 있었던 마교 내에서도 상당한 실력을 지닌 자들만이 상대할 수 있다고 생각될 정도였다. 특히 헌우에게서 많이 놀랐다.

사람들이 헌우를 알기를 그저 무당의 장문 현양자의 막내 사제로 알고 있었고 대내 관계를 주로 맡기에 무공은 별로라고 생각하고 있었지만 실상 그의 실력은 기대 이상이었다. 대외 업무를 맡고 있는 상소 도인 허정자에 비해 더욱더 강한 힘을 보여주고 있었던 것이다.

상소 도인 허정자가 무당의 검중에서도 쾌검을 사용한다면 중정관천 헌우의 무공은 중검의 무공이었다. 그것도 상당한 무위라 여당도 이 둘을 한꺼번에 상대하는 것이 쉽지가 않았다. 까딱하다가는 당할 수도 있는 상황이라 생각된 것이다.

"후우웁… 차아아앗!"

고오오오오.

드디어 가지고 있는 모든 힘을 다 풀어낸 여당은 양손으로 도파를 꽉 움켜쥐었다. 그렇게 그는 진산 무공을 아낌없이 보여주려 한 것이다.

"을목마제도법(乙牧魔帝刀法)! 진정 그대가 마교에서 등을 돌린 사람이 맞소이까!"

온몸을 나선형으로 휘감는 기운을 보며 허정자는 탄식과 함께 커다란 소리를 질렀다. 상대의 무공을 알아본 이상 그는 한층 긴장감을 짙게 끌어올렸다. 지금 여당의 무공은 절대로 만만히 볼 수 있는 것이 아니었다.

아니, 만만하기는커녕 자칫하면 자신과 헌우가 위험할 정도로 강대한 무공이었다. 이름도 독특한 을목마제검이라는 것인데 그것은 무공의 성질을 나타낸 이름이 아니라 그 무공을 사용한 사람의 이름을 따 만든 것이었다.

을목마제는 약 백여 년 전에 강호에 나타난 고수였다. 마교 내에서도 장로의 위치에 있던 그는 상당한 무공을 지닌 채 강호에 피바람을 몰고 왔다.

마교 내에서도 어떻게 하지 못할 만큼 강대한 무공을 지닌 자로 그가 썼던 무공이 바로 이 을목마제도법이다. 사실 그는 자신의 무공 이름조차 짓지 않았었다. 그저 몸이 흐르는 대로 싸우며 익힌 무공이 이것인 것이다.

하지만 그 위력은 상상을 초월할 수밖에 없는 것이 마교에서 내려오는 무공 중 근 백여 개의 무공을 익힌 자가 바로 을목마제였다. 당연히 그가 창안한 무공은 각 무공의 실용적인 장점만을 부각시켜 만든 것이었고 그런 이유로 마교 사상 초유의 실전무공이 탄생하게 된 것이다.

그가 중원에 나와 혈겁을 일으킨 이유가 바로 이 무공을 완성하기 위함이라 했는데 이 무공에 당한 무림인은 셀 수 없을 정도로 많았다. 중원의 사람들은 을목마제를 잡기 위해 모든 힘을 쏟았지만 결국 그들은 실패했다.

웃기는 일이지만 이렇게 폭주하는 을목마제를 잠재운 것은 바로 마교의 사람들이었다. 당시 마교 내에 있었던 무당의 십이장로 모두가 합심하여 잡은 것인데 사건은 그렇게 일단락되는 듯 보였지만 문제는 그가 남긴 무공이었다.

그 무공은 마교에서 고스란히 전해지게 되었고 허정자가 알기에 그 무공은 역대 교주들 사이에 전해져 내려온다고 알고 있었다. 한데 지금 눈앞에 있는 여당이 이 무공을 펼치려 하고 있는 것이다.

그렇다면 여당의 신분은 마교 내에서도 그리 작지 않다는 것을 알 수 있었다. 그리고 그러한 사람이 마교를 버리고 이렇듯 강호에서 악명을 떨치게 되었다는 것을 허정자는 믿을 수가 없었다. 그가 외친 말의 배경은 상당히 복잡했던 것이었다.

"그것이 이 순간 그토록 중요하오? 서로가 가진 밑천을 모두 다 드러내자는 것인데 하릴없이 말로만 싸우자 이것이오?"

"……."

여당의 대꾸에 허정자와 헌우, 두 사람의 눈썹이 꿈틀거렸다. 그들은 양손을 치켜들며 각자의 기수식을 취하기 시작했다. 하긴 생사의 승부를 가르는데 목숨보다 중요한 것은 없었다. 그 외에 신경 쓸 것은 없었던 것이다.

"맞는 말이오. 그럼 먼저 가리다! 차앗!"

파아아앙!

허정자의 낭랑한 목소리가 들려오더니 그가 앞으로 움직였다. 한 걸음 길게 앞으로 내딛었다고 생각하는 순간 그의 검은 이미 여당의 눈앞에 도달하고 있었다. 진정 보면서도 놀라운 쾌검이었다.

"합!"

쉬이이잉!

여당은 아주 단순한 동작으로 그의 공세를 해소했다. 그저 도를 아래에서 위로 밀어 올리는 간단한 동작으로 오 척에 달하는 그의 도가 그대로 공기를 가르며 밀려 올라가자 허정자의 신형은 여당의 도에 스스로 달려드는 형국이었다. 참고 참다가 가장 적절한 단 한 순간을 노려 여당이 역공을 취한 것이다.

"어림없다!"

탓… 치이이잉.

하지만 허정자는 이미 어느 정도 예상한 듯 여유있게 그의 궤적에서 몸을 빼내었는데 아주 단순한 동작이었다. 그저 어깨를 빙글 돌려 여당의 검을 피한 것이다. 한순간 그의 오른손에서 검화가 피어올랐다. 정확히 그 검끝은 여당의 목을 향하고 있었다.

쉬이이잇.

착각이었을까? 너무도 빠른 허정자의 검은 마치 뱀의 움직임처럼 느껴졌다. 유려한 곡선을 만들며 날아오는 허정자의 검에 여당은 당황할 수밖에 없었다. 하지만 허정자의 예상은 보기 좋기 빗나갔다. 차분한 얼굴의 여당은 한순간 오른발을 길게 앞으로 빼며 허리를 빙글 돌렸다.

파아아앗!

허정자의 검이 허공을 갈랐다. 커다란 덩치와 그 덩치에 어울리는 도를 가진 여당의 움직임이라고는 생각할 수도 없는 유려한 몸놀림이었다. 하지만 허정자는 그것에 실망하지 않았다. 오히려 앞쪽으로 몸을 빼내며 다음 기회를 노리는 듯했는데 그건 이 싸움이 혼자만 하는 것이 아니기 때문이었다.

중정관천 헌우, 이 공격은 자신과 그의 공격이었다. 그리고 지금은 헌우가 손을 쓸 때였던 것이다.

과아아아아……

여당의 머리 위에서 강렬한 기운이 눌러 내리고 있었다. 여당은 얼굴을 살짝 굳히며 양손을 머리 위로 올렸다. 한 손으로는 도파를, 그리고 또 한 손은 도면을 잡고 있었는데 마치 무너져 내리는 하늘을 받치는 듯 그는 양팔에 불끈 힘을 주었다. 그러자,

쩌어어어엉!

거대한 소리가 허공을 울리며 여당의 팔에 핏줄이 불거졌다. 진정 강대한 울림으로 그의 양 발이 땅속에 한 치나 파고들었다. 하나 그의 얼굴은 그리 난처한 표정이 아니었다.

오히려 지켜보던 허정자가 더 놀란 듯 믿을 수 없다는 표정을 짓고 있었다. 그의 눈은 여당이 아니라 그 뒤를 향하고 있었다. 바로 자신의 사제 헌우를 보고 있었던 것이다.

"사제!"

그의 입에서 외마디 소리가 터져 나왔다. 헌우는 입에서 피를 흘리며 신형이 허공으로 솟아오르고 있었는데 도무지 이해할 수가 없는 노릇이었다. 헌우의 중검은 저렇게 쉽게 파쇄되는 것이 아니었던 것이다.

특히나 중검을 생각한다면 더욱더 이해가 되질 않았다. 지금쯤 거대한 도를 들어 버티고 있는 여당이 짓이겨져야 정상이었다. 그런데 정반대의 일이 일어난 것이다.

이해할 수 없는 일이라 생각하면서도 허정자는 검을 뽑으며 앞으로 달려 나갔다. 이대로 놔둔다면 승부가 문제가 아니었다. 저 뒤에 있는 사제 헌우가 죽을지도 몰랐던 것이다.

“놈!”

노호를 터뜨리며 허정자는 달려나갔고 그대로 검을 집어던지듯 내뻗었다. 급한 마음에 행한 행동이었지만 그 공격은 쉽게 볼 것이 아니었다.

이기어검이라 말하기는 무리인 공격이나 검기보다도 강력한 공격이었다. 한마디로 검기의 폭풍을 날린 것이다.

여당은 그 모습에 얼굴이 눈에 띄게 굳어졌다.

확실히 이번 것은 무서울 정도로 강한 공격이었다. 여당은 경시하지 못하고 온 내력을 다 끌어올려 도날에 주입했고 이어 거대한 내력을 담아 도를 휘돌렸다.

콰아아아아…….

두 사람의 옷이 미친 듯이 휘날릴 정도로 강력한 내력이 허공에 휘날리는 가운데 이윽고 두 내력이 서로 충돌했다.

꽈가가가강!

“욱!”

“커억!”

두 사람의 입에서 답답한 신음성이 동시에 나왔다. 두 사람은 서로 삼 장여의 간격을 벌린 채 서로 놀란 눈을 하고 있었는데 그건 서로의 힘 때문에 놀란 것이 아니었다.

두 사람이 놀란 것은 단 한 가지, 두 사람 사이에 갑자기 나타난 한 인물 때문이었다. 놀랍게도 그는 두 사람의 내력을 한꺼번에 해소할 정도로 강대한 내력을 쳐올렸던 것이다. 게다가 두 사람이 진정 놀라는 이유는 따로 있었다.

나타난 사람, 그 사람을 잘 알고 있기 때문이었다. 문득 허정자의 입술이 살짝 열렸다.

“…삼목 진… 인…….”

第八章

무당의 정상에서

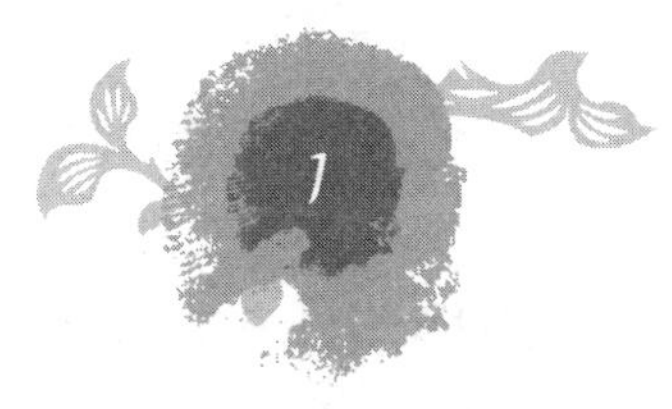

틀림없는 삼목 진인이었다. 이전 모습 그대로 불어오는 새벽바람에 장포를 휘날리고 있었는데 왠지 그의 모습이 조금 이상하게 느껴졌다.

아니, 모습은 그대로인데 풍겨지는 기도가 예사롭지 않았다. 흡사 잘 벼려진 한 자루의 칼처럼 느껴졌던 것이다.

그냥 칼과 같은 날카로운 기운이 느껴지는 것이야 무림인이면 당연한 일이겠지만 지금 삼목 진인의 기운은 조금 달랐다. 누구 하나를 향하는 것이 아닌, 여기 있는 모든 사람들을 향해 날카로운 기운을 날리는 것이었고, 그건 곧 살기와도 같았던 것이다. 평소 함부로 행동하지 않는 그의 성정을 봤을 때 확실히 의외의 모습이었다.

"쿨럭! …삼목 진인, 그렇지 않아도 만나고 싶었소이다. 지금 이 상황을 좀 설명해 줄 수 있소이까?"

입 안에 고인 피를 뱉어내며 허정자가 굳은 목소리로 입을 열었다. 청성의 삼목 진인이 칠약회의 수장인 것과 지금 여기 흑의인들이 이 칠약회의 마지막 힘이라는 것은 이미 소문을 들어 알고 있기에 묻는 말이었다.

결국 삼목 진인이 무당을 쳤다는 결론이 나, 허정자의 입장에선 화날 수밖에 없었다. 그러나 삼목이 아무런 말을 하지 않은 채 그저 바라만 보자 허장자는 더 화가 났다.

"이보시오, 삼목 진인! 입이 있으면 말이라도 하시구려! 그렇게 입을 꽉 다물어서 될 일이오이까!"

피가 살짝 묻어 있는 수염을 떨며 허정자는 소리쳤다. 그의 뒤편엔 언제 다가왔는지 헌우가 있었다.

헌우는 허정자에 비해 상태가 훨씬 좋지 않았다. 그의 가슴은 지금 완전히 피로 물들어 있었던 것이다. 여당의 한 수에 꽤나 깊은 내상을 입은 듯 신형을 조금씩 비칠거렸지만 눈만은 분노로 번뜩이고 있었다. 이러한 상황을 만든 삼목 진인을 정말 만나고 싶었던 것이다.

하나 만나기는 했으나 두 사람은 결국 삼목 진인의 목소리는 들을 수가 없었다. 허정자는 다시금 소리치기 위해 앞으로 나가려 하는 순간, 그의 눈앞의 풍경이 변하고 있었다. 별안간 그의 눈에 삼목 진인의 신형이 점점 크게 보이고 있었던 것이다. 허정자는 검을 들어 가슴을 보호했다.

삼목은 다짜고짜 허정자에게 공격을 해온 것이었다. 당황한 허정자는 그저 검날에 내력만을 주입한 채 움직이는 삼목의 검을 맞아갔다.

쩌어엉! 짜자자장!

"크윽!"

허정자의 입에서 답답한 신음성이 흘렀다. 뒤로 튕겨 나가는 그의 입에선 피 화살이 터져 나오는 것이 한눈에 보기에도 중상이었다. 이 정도라면 목숨을 장담할 수 없는 것이다.

"사형!"

뒤에 있던 헌우는 앞으로 달려나갔다. 그 자신도 그리 좋은 상황이 아니지만 지금 자신의 몸을 돌볼 겨를은 없었다. 머릿속에선 사형을 살려야 한다는 마음만이 가득했던 것이다.

검을 땅바닥에 꽂아 놓은 채 헌우는 양팔을 활짝 벌렸고 이어 날아오는 허정자의 신형을 받아들였다. 양팔로 그를 안으며 헌우는 신형을 주저 앉혔다.

"사형! 정신 차리……!"

허정자의 상세를 보며 소리치던 헌우의 입이 꼭 다물려졌다. 허정자의 가슴엔 작은 금속 조각들이 반짝거리고 있었는데 헌우의 눈이 허정자의 오른손으로 향했다. 허정자의 오른손에 있던 검은 완전히 부서져 이젠 검파만 남은 상태였다.

그 검 조각이 모두 허정자의 가슴에 박혀 버린 것이었고 이대로 놔두면 허정자는 죽고 말 것이었다. 헌우는 신형을 일으켜 뒤편으로 돌아가려 했다. 그런데…

스스슷…….

"……!"

헌우의 입이 꼭 다물려졌다. 순간 그의 앞에 한 사람의 신형이 나타나 퇴로를 가로막고 있었고 그는 다름 아닌 삼목 진인이었다. 귀신같이 그의 앞에 나타난 것이다.

"이놈! 네놈이 정녕 나의 사형을 죽이려 하는 것이냐!"

헌우는 일갈을 터뜨렸지만 실상 그의 상태 역시 그리 좋지 않기에 헌우는 함부로 덤빌 수 가 없었다. 게다가 지금은 이 승부가 중요한 것이 아니라 헌우의 품에 있는 허정자의 안위가 위험하기에 헌우는 왼발을 힘껏 옆으로 차 냈다. 승부보다 피해 움직이는 것을 선택한 것이다 .

사실 아무리 목적이 있는 것이라 해도 지금 이 상황에서 헌우가 승부를 피하는 것은 좋지 않은 것이었다. 더욱이 이곳엔 수많은 사람들이 이 싸움을 지켜보고 있기에. 자칫하면 무당의 위신이 땅에 떨어질 수도 있었던 것이다.

그러한 것을 모두 감수하고 헌우는 도피를 택했다. 보통 이럴 경우 상대편은 잠시 기다리는 것이 강호의 예의였다. 한데 그 예의마저도 삼목은 지키지 않았다.

스파아앙!

"우웃!"

피이잉……!

허리를 뒤로 한껏 젖힌 채 그는 신형을 빙글 돌려 겨우 삼목의 검을 피해 낼 수 있었다. 헌우는 한 발을 다시 뒤로 빼면서 안전을 도모하려 했으나 그 건 그의 생각일 뿐이었다.

스슷… 파아아앗…….

삼목의 검은 거침없었다. 정확히 헌우의 미간을 향해 검날은 날아가고 있 었고 쾌검의 명성으로 세상을 울리는 청성의 검답게 너무나도 빨랐다. 더 이 상 어떻게 움직이고 할 시간적 여유조차 없었던 것이다.

그저 입술을 꽉 깨문 채 온 내력을 끌어올려 고개를 더욱 뒤로 젖히는 수 밖에 없었다. 헌우의 눈에 삼목 진인의 검면이 보였다.

핏…….

"……!"

한데 지나갈 줄 알았던 삼목의 검은 공중에 우뚝 정지해 있었다. 삼목 진 인의 검이 지나가고 신형을 틀어 움직이려던 헌우로서는 낭패한 상황이었다. 이어 삼목 진인의 검날이 빙글 돌며 그대로 헌우의 이마로 떨어지고 있었다.

끝장이었다. 이젠 피하고 뭐고 할 도리가 없었기에 그는 두 눈을 꽉 감았 다. 그때였다.

쩌어어엉……!

헌우는 귓가에 강한 울림이 터져 나오자 눈을 떴다. 그리곤 이해할 수 없 다는 듯한 표정을 지었다. 삼목의 검은 누군가에 의해 막혀져 있었다.

그런데 그 검을 막은 것은 거대한 도 한 자루, 바로 적이라 생각했던 여당의 검이었던 것이다.

이를 악문 그는 양팔에 힘을 불끈 쥔 채 삼목 진인의 검을 막아내고 있었고 헌우는 놀라 빨리 움직여야 한다는 생각조차 잊고 있었다. 설마 여당이 도와줄 줄은 몰랐던 것이다.

"어서… 뒤로!"

꽉 다물린 입술 사이로 다급한 여당의 목소리가 흘러나오자 헌우는 그제야 눈을 빛내며 신형을 움직였다. 어떻게 하든 일단 이 자리를 벗어나야만 했었다. 헌우는 바로 신형을 돌려 뒤쪽으로 몸을 날렸다.

카카칵…….

삼목의 검을 온몸으로 받아내며 여당은 이를 악물었다. 부지불식간에 앞에 나온 그는 삼목의 눈을 유심히 바라보고 있었다. 그가 아는 삼목과는 많이 다른 모습이었던 것이다.

솔직히 뭔가 이상한 것을 느낀 것은 삼목 진인이 이곳에 나타났을 때부터였다. 왠지 모르게 그가 풍기는 기운부터 이상한 느낌을 받았다. 그래서 유심히 바라보았던 것이다.

그가 아는 삼목 진인의 무공 수위는 이 정도가 아니었다. 삼목이 스스로의 내력을 숨기고 있는 것은 잘 알고 있었지만 그래도 이렇게 높을 것이라고는 생각하지 못했다. 그런데 지금 삼목의 무위는 여당의 예상을 훨씬 뛰어넘고 있었던 것이다.

그간 삼목의 밑에서 그의 명령을 들으면서도 여당은 언제든 삼목을 제압할 수 있다고 믿었다. 최후의 순간 그를 제압할 수 있을 것이라 생각했기에 여당은 그의 앞에서 조금 여유로울 수 있었다.

그런데 지금 이 상황을 보면 전혀 그렇지가 않았다. 제압은커녕 오히려 여당이 당할 것처럼 보였는데 여당은 힘껏 도를 밀면서 일단의 거리를 벌리려 했었다.

병기의 길이에서 우위에 있으니 거리를 벌리는 것은 당연한 일이었다. 손을 움직인 순간 여당은 눈을 좁혔다. 같이 검을 들어 밀던 삼목 진인의 힘이 한순간 썰물 빠지듯 빠져버린 것인데 삼목이 검을 빼면서 신형을 뒤로 움직였던 것이다.

아니, 움직이기만 한 것이 아니라 바로 다음 공격이 들어오고 있었다. 그가 움직이는 순간 선명한 환영을 남기면서 말이다.

과연 청성에서 가장 강한 사람이라고 불릴 만한 빠르기였고 이에 여당은 황급히 내력을 도에 주입시키며 자신의 도를 가슴께로 끌어올렸다.

스스스…….

정신을 집중시키며 여당은 어떻게든 삼목이 노리는 곳을 찾으려 했지만 빠르게 움직이고 있다는 것만 알게 될 뿐, 그 외에 그가 움직이는 궤적조차 알 수 없을 정도로 상황은 여당에게 위험하게 돌아가고 있었다.

타타탓…….

결국 여당이 선택할 수 있는 것은 뒤로 물러나는 것뿐이었다. 서너 걸음 뒤로 물러선 그는 도를 들어 앞으로 뻗으며 언제든 그 방향을 바꿀 수 있도록 한 후 시선을 눈앞의 환영을 향해 집중했다. 그러던 어느 한순간이었다.

피피핏!

강렬한 기운과 함께 세 개의 검날이 그를 향해 다가왔다. 정확히 미간과 왼쪽 어깨, 그리고 가슴의 명치 부근을 향해 날아오고 있었는데 이 중 두 개는 환영이고, 한 개만이 진검일 것이었다.

극쾌의 움직임으로 인한 환영, 형태뿐만이 아니라 세 개의 검에서 모두 기운이 느껴질 정도로 대단한 공격이었는데 여당은 이를 악물며 오른손을 휘둘렀다. 그는 미간을 향해 날아오는 검을 향해 오른손을 움직인 것이다.

특별한 기운을 느껴서 그리 한 것은 아니었다. 미간 앞을 쓸면서 그대로 밑으로 내려 가슴과 어깨를 조준한 검날도 같이 튕겨내려고 한 것인데 내려치는 도의 속도와 힘은 모두 적당했다. 그러나 한순간 그는 눈을 크게 뜰 수밖에 없었다.

파아아앗…….

세 개의 검이 폭발하듯 그의 눈앞에서 터져 나간 것인데 그와 함께 물경 수십여 개의 검날이 그의 눈에 보이고 있었다. 한순간에 방사형으로 늘어난 검날은 모두 여당의 몸을 향하고 있던 것이다.

여당은 완전히 당한 기분이었다. 아무리 몸을 빨리 놀리며 도를 휘두른다 해도 이중 해소할 수 있는 것은 아무리 상황을 좋게 봐도 하나 정도? 나머지는 모조리 몸을 관통당할 것이었다. 물론 진검은 단 하나지만 말이다.

하나 그 하나만으로 여당은 이 세상의 사람이 아니게 될 것이다. 하지만 이렇게 죽을 수는 없었기에 여당은 선택을 했다. 내려치던 도를 빙글 돌려 아래에서 위로 깊숙이 쳐올리며 오른편의 검날들을 튕겨 버렸던 것이다.

콰아아아…….

힘찬 공기의 울림과 함께 희뿌연 내력을 남기며 여당의 도가 허공으로 치솟고 있었다. 그야말로 온 힘을 다한 공격이었지만 결과는 너무나 허무하게 느껴졌다. 손에 무언가가 부딪치는 감각이 전혀 들지 않았던 것이다.

도박이 실패한 것이다. 고개를 왼쪽으로 돌린 여당의 눈에 찬연한 빛줄기 하나가 보이고 있었다.

진검… 이것이 삼목 진인이 가지고 있던 진검이었고 그 진검은 지금 여당의 몸에 파고들고 있었다. 오른쪽 어깨 견정혈 부위를 찌르고 있었던 것이다.

푸우웃……!

"흡!"

순간적으로 터져 나오는 비명성을 참으며 그는 몸을 부르르 떨었다. 그러나 삼목의 공격은 끝난 것이 아니었다.

우웅…….

아주 짧은 순간이지만 여당은 삼목의 검이 살짝 떨리는 것을 보았다. 그리고 그 떨림이 검신을 타고 흐르는 순간 그는 참을 수 없는 극렬한 고통을 느끼고 있었다.

파아아앗!

"크아아악!"

비명을 지르고 싶지 않아 입술에서 피가 나올 정도로 깨물었건만 결국 그의 입에선 커다란 비명이 흘러나오고야 말았다. 떨리는 삼목의 검은 한순간 빠른 움직임을 보이더니 어깨의 상처를 헤집어 놓은 것이다.

퍼어억…….

뒤로 나동그라지며 여당은 고개를 돌려 왼쪽 어깨를 바라보았다. 그의 왼팔은 자신의 의지와 상관없이 너덜거리고 있었는데 어깻죽지 부근의 살점이 거의 날아간 상태였다. 이 정도라면 더 이상 그의 왼팔을 사용할 수 없을 정도로 심한 부상이었다.

솟아오르는 피를 채 점혈할 시간도 없이 여당은 이를 악물며 다시 일어섰다. 삼목의 검은 독사의 머리처럼 여전히 그를 노리고 있었다. 그리고 이번엔 그의 목 줄기를 노리고 있었다.

피하고 어쩌고 할 상황이 아니었다. 그저 씁쓸한 미소를 지은 채 여당은 멍하니 서 있었다. 그리고 그 순간이었다.

따아앙…….

삼목의 검날이 한껏 허공으로 휘어지고 있었다. 그와 함께 그의 가슴께에 강한 장력이 퍼부어지자 삼목은 양손을 허공에 휘젓기 시작했다.

쩌저저정!

공중에서 폭발음이 들리고 삼목은 뒤로 퉁겨져 나가고 있었다. 타격을 입은 것은 아니고 장력의 힘에 의해 그렇게 된 것인데 문득 여당의 귓가에 누군가의 목소리가 들려왔다.

"사연이 있는 친구였던가? 조금 전엔 고마웠네."

"……."

한 사람이 보였다. 조그마한 체구를 지닌 노인이었는데 여당은 그가 누군지 잘 알고 있었다. 그는 무당의 유일한 장로 연도였던 것이다.

"잠시나마 쉬면서 기력을 회복하시게. 난 자네의 호법을 서 줄 터이니……."

연도의 목소리에 그는 주위를 둘러보았는데 검을 막은 것은 연도이긴 해도 장력을 보낸 것은 연도가 아니었다. 장력은 아미의 연문 사태가 날린 것이었고, 그녀는 지금 곤륜의 검일, 삼패권 장로와 함께 삼목 진인을 압박하기 시작하고 있었다.

"그럼… 부탁하겠습니다."

더 사양하지 않고 여당은 그 자리에 주저앉아 혈을 점하기 시작했다. 그리고는 내력을 끌어올리며 상세를 돌보기 시작했다.

타탓… 파아아앙…….

호월은 한 마리의 대붕(大鵬)같이 보였다. 그저 이야기 속에서나 나오는 것처럼 그렇게 멋들어진 신법을 보여주고 있었다. 아니, 신법이라고 부르기도 뭐했다. 땅을 달린다는 것보다 아예 날아가는 것처럼 보이니 말이다.

꽤나 무공이 강하다고 자부하는 한천조, 오경우조차 지금 호월의 모습에 혀를 내두르고 있었다. 그들이 최소한 다섯 번 정도 발을 내딛어야 나가는 거리를 호월은 단 한 번의 도약으로 가능했던 것이다. 진정 보면서도 믿기지 않는 사실이었다.

마음만 먹으면 저 앞으로 점이 되어 사라질 호월은 일행과 속도를 맞추고 있었다. 한천조는 그의 뒤를 따르면서 그 사실을 단박에 알 수 있었지만 취소걸과 사봉희, 그리고 탁문일은 죽을 맛이었다.

온 힘을 다해 따라오는 그들이지만 벌써 온몸엔 땀으로 범벅이 되어 있었다. 순식간에 중턱을 오른 일행은 이제 산 정상을 거의 목전에 두고 있었는데 갑자기 선두에 선 호월의 속력이 급격히 줄어들고 있었다.

"음……?"

뜻밖의 상황에 한천조는 주위를 돌아보았지만 분명 이곳은 정상이 아니었다. 정상은 아직도 더 가야 하는 것인데 그렇다면 호월이 무언가를 느꼈다고 생각하는 것이 옳았다.

적이 있다고 생각하기 힘든 것이 호월의 몸에서 어떠한 적의도 느껴지지 않았다. 문득 한천조는 저 앞에서 누군가 걸어오는 것을 보았다.

한데 한천조의 눈에도 뭔가 낯이 조금 익은 듯한 느낌이 들고 있었다. 정확히 누구라고 말을 하기는 힘들었는데 분명 그는 아는 사람이었다. 그리고 그가 가까이 오자 뒤쪽에서 누군가의 목소리가 흘러나왔다.

"아니! 모 형이 아니오이까? 대관절 이곳에서 뭘 하는 것입니까?"

반가운 목소리를 가득 담은 채 탁문일이 말하자 사람들의 얼굴에서 웃음이 살짝 피어올랐다. 나타난 것은 동림당의 모인학이었던 것이다.

아무리 급하다 해도 소식 하나 들을 정도의 시간은 있을 거라 사람들은 생각했다. 더구나 상황을 보니 모인학은 이곳에서 일행을 기다린 듯한 모습을 보이고 있었다. 전할 것이 있지 않다면 이곳에서 기다릴 이유는 없었을 터였다.

"모 형께선 관과 같이 움직이는 것이 아니오이까? 염천이란 사람이 그리 이야기를 하던데……."

"맞소이다. 본인은 관인들과 같이 움직이고 있소. 왕승상께서 이번 일에 직접 나서시지는 못하나 그렇다고 방관만 하고 있을 분은 아니지요."

살짝 웃으며 말하는 모인학을 보며 사람들은 고개를 끄덕였다. 일국의 승상이 강호의 일에 무심하다는 것 자체가 솔직히 말이 되지 않았다. 염천이 이르길 국가에선 나서지 않을 것이라고 했지만 그것이 사실은 아닐 것이라 생각했었다. 무림이 어지러워지면 곧 나라가 어지러워질 수 있으니 말이다.

무림은 하나의 무력 단체. 그 숫자도 숫자지만 무력의 질도 상당했다. 송조의 입장에서는 자칫하면 외세의 압력과 함께 내우외환에 시달릴 수 있었다. 그러한 상황을 왕안석이 모를 리가 없었던 것이다.

"그럼 관에서도 병력이 와 있습니까? 한데 전혀 보이지 않는데요?"

취소걸의 궁금한 듯 물어왔는데 모인학은 조용히 고개를 좌우로 젓고 있었다. 그의 입술이 다시금 열렸다.

"관여하기는 하지만 최소한이 될 것이오. 특히 직접적으로 무림인들을 압박할 수는 없고 철저히 관의 입장에서 징벌할 수 있는 사람들만으로 국한하자는 것이 대인의 생각이시오."

"애매한 말이군요, 관의 입장에서 징벌할 수 있는 사람들이 대체 누구죠?"

사봉희는 잠시 생각하다 물은 것인데 그 말처럼 쉽게 짐작하기 힘든 상황이었다. 그러자 모인학은 다시 입을 열었다.

"말 그대로 관인이면서도 무림에 해악을 끼친 자들을 말하는 겁니다. 송완 부자가 그에 해당될 것입니다."

"송완? 전임 승상말이오? 그 사람도 이 일과 연관이 있소이까?"

조금 이해가 되지 않는지 탁문일은 다시 입을 열었는데 모인학은 고개를 살짝 끄덕였다. 그러자 한천조와 오경우 역시 고개를 끄덕이고 있었다.

요즘 보이는 이 흑의인들의 움직임은 언젠가 모인학이 말했듯 군의 움직임과도 많이 닮아 있었다. 비록 여러 무공을 혼재한 것을 사용하기는 해도 가장 기본인 적과 본인과의 움직임에 관해선 전형적인 군의 진세를 보여주었던 것이다.

전임 승상 송완이 이 일에 연루되어 있다면 누가 그 병력을 대주었는지 단박에 알 수 있었다. 그가 이 일의 뒤쪽에서 힘을 주고 있었다. 그렇다면 왕안석은 당연히 그를 척살할 수밖에 없었던 것이다.

"호월 대협께선 아직 말씀하지 않으셨습니까? 염시랑께선 다 말씀해 주셨다고 하던데……."

"이야기할 기회가 없었소. 그리고 염천에게 말을 들을 당시는 염천의 추측이라 생각했었소이다."

호월의 목소리에 모인학은 고개를 살짝 끄덕였다. 이제 모인학까지 이렇게 말할 정도라면 거의 확실한 증거가 다 모였다는 말과 다름없었다. 호월은 모인학의 얼굴을 보며 입을 열었다.

"그런데 하고 싶은 말이 그것이오? 그 외에 다른 말은 전할 것이 없소이까?"

"아참, 이 정신하고는… 조심하시오, 여러분. 아무래도 암중의 힘이 나타난 것 같습니다."

"응? 암중의 힘?"

한천조는 그 말을 되뇌었다.

갑작스럽게 암중의 힘이라니 무얼 이야기하는지 알 수 없었는데 모인학이 잠시 생각을 정리한 후 입을 열었다.

"아직 확실하지 않아 암중의 힘이라 한 것인데 아무래도 적금검노 천우안이 이곳에 있는 것 같습니다."

"확실한가!"

오경우의 눈이 좁혀졌다. 천우안이 이곳에 있을 것이라고는 막연하게 짐작만 하고 있을 뿐 그 외에 별다른 징후는 알 수 없었다. 한데 모인학은 그 소재를 알고 있는 것처럼 이야기하고 있는 것이다 .

"이곳에 오기 전 저는 수하들을 보내 송완 부자를 압송하려 했습니다. 그런데 그들과 같이 있던 알 수 없는 자에 의해 모두 죽었습니다. 황급히 그곳에 가 보았지만 흉수는 이미 사라진 상태였습니다."

모인학은 잠시 그때를 회상하는 듯 얼굴을 딱딱하게 굳히고 있었는데 이어 그는 계속 입을 열었다.

"송완 부자를 제압하러 간 사람들 중엔 저의 동림당의 사람들도 있었습니다. 다행히 그중 한 명이 목숨을 겨우 부지하고 있었는데 그자의 증언에 이상한 것이 있었습니다. 그저 붉은 비단 같은 것에 당했다고 하더군요."

"……!"

사람들의 눈이 확 굳어졌다. 붉은 비단과 같은 힘이라면 틀림없는 적금검노 천우안이었다. 천우안까지 이곳에 와 있던 것이다.

"그냥 무턱대고 저 위로 움직이는 것은 솔직히 말리고 싶습니다. 물론 저 위에는 지금 강호의 여러 무인들이 다 있지만 그들의 실력 역시 천우안을 제압할 정도는 아니라고 생각합니다."

고마운 노릇이었다. 별다른 것이 아닐지 모르지만 호월의 일행에겐 그냥 지나칠 수 없는 정보였다. 반드시 천우안이 나타난 다는 가정 하에 다시금 전략을 짜야만 했다.

저 위에 있을 것으로 추측되는 조등과 여당, 거기에 삼목 진인까지 생각한 결과 일단 최대한 빠른 속도로 올라가 바로 무림인들의 힘이 되어주는 것이 제일 좋겠다고 생각하고 있었다. 그런데 여기에 천우안이란 사람을 집어넣는다면 이젠 달리 생각해야 했다.

"호월, 이번 일에 최대한 신중히 하거라. 적금검노가 나온다면 너 역시 준비를 해야 할 것이다."

"…무슨 뜻이오, 한 노야?"

한천조의 목소리에 호월은 되물었다. 당장이라도 저 위에 올라 환안이라는 놈의 명줄을 따놓고 싶은 것이 그의 생각이었다. 그런데 지금 한천조는 자제를 말하고 있었던 것이다.

"부끄럽지만 지난번 천우안의 실력을 봤을 때 그의 상대가 될 수 있는 사람은 너밖에 없다고 생각한다. 소림의 혜오 대사나 개방의 표 방주의 실력도 대단하지만 그 두 사람이 합친다 해도 천우안을 당하지는 못할 것 같구나."

"……"

"그러니 넌 최후의 힘으로 있어야 한다. 천우안이 나서기 전까진 우리가 나서겠다. 우리 말을 알겠느냐?"

알 수 있었다. 어디까지나 견제의 역할을 같이해 달라는 것인데 호월의 심정은 거절하고 싶었지만 그것이 옳은 길이었다. 무턱대고 호월이 앞으로 나섰다간 정작 천우안을 만나게 되면 내력의 손실로 인해 당할 수도 있었던 것이다.

어쩌면 그것이 천우안이 바라는 것일지도 몰랐다. 어느 정도 무당과 연줄이 있는 호월을 싸움의 전면에 내세워 그 힘을 소진시키려 하는 것 말이다.

그렇지 않을 수도 있지만 일행의 입장에선 최악의 경우를 생각하는 것이 옳았다. 그러니 한천조의 말을 호월이 들어주는 것이 제일 좋았던 것이다.

"그건 위에 올라가서 판단하겠소이다. 위에 올라가 본 상황이 한 노야의 말을 따라야 할 것 같다면 그리 하겠소."

"그래, 고맙구나."

한천조가 한시름 놓았다는 듯 말하자 오경우는 그런 한천조를 향해 살짝 눈을 흘겼다. 말은 그렇게 해도 실상 한천조의 마음을 다른 곳에 있다는 것을 잘 알고 있었다.

산 아래 쓰러져 있을 은옥당에겐 미안한 노릇이지만 한천조는 더 이상 호월이 나서는 것을 원하지 않고 있었다. 그건 지금 호월의 상태를 보면 너무나 잘 알 수 있었다.

호월의 몸에선 이제 가까이 갈 수 없을 만큼 강대한 힘이 휘몰아치고 있었다. 이대로 힘을 사용하다가는 꼭 몸이 터져 버릴 것 같단 생각이 들 정도였던 것이다.

호월만 생각하고 있었다. 한천조는 이미 호월에게 너무나 많은 마음을 주고 있었던 것이다.

"그럼 이 사람은 그만 가보겠습니다. 이 주위 어딘지는 모르나 송완 부자가 있을 것이니 그들을 잡아야 합니다."

"고마우이, 모 형. 내 이 신세는 꼭 갚겠소이다."

탁문일은 반갑게 모인학에게 말을 건네자 모인학은 빙글 웃으며 신형을 돌렸다. 그의 신형은 곧 어디론가 사라져 갔고 그가 완전히 사라진 후에 호월이 입을 열었다.

"모두… 그만 움직입시다."

호월의 말에 모두 고개를 끄덕인 순간 호월의 신형이 벌써 저 앞으로 나가고 있었다. 그리고 그와 함께 일행 역시 허공을 박차며 날아올랐다.

"어휴… 괴물이야 괴물……."

탁문일은 고개를 절레절레 흔들며 발에 힘을 가했다. 그렇게 일행은 차가운 새벽 공기를 가르며 정상을 향하고 있었다.

2

"아무래도 우리도 나서야 할 것 같습니다."

"우리뿐만이 아니라 모든 무림이 나서야 할 때입니다. 이러다간 저 밑의 분들이 위험해질 것 같군요."

도저히 믿어지지 않는다는 표정으로 혜오와 표우등은 말을 주고받았다. 지금 저 아래에서는 거의 불가사의한 일이 벌어지고 있었다. 괴사(怪事)라고 말해도 전혀 어색하지 않을 광경이었다.

아미의 연문 사태, 곤륜의 삼패권과 권일 장로가 어떤 사람들인가? 무공으로 한 시대를 풍미했다 해도 과언이 아닌 사람들이 바로 그들이었다. 그런 사람들이기에 문파의 장로 신분을 가지고 있고 많은 사람의 숭앙을 받고 있었다.

그런데 그 세 사람이 지금 고전하고 있었다. 고전하는 상대는 다름 아닌 청성의 삼목 진인, 삼목 진인 혼자서 이들을 밀어붙이고 있는 것이다.

물론 이 정도의 경우라면 괴사라고 불리기는 조금 부족한 것이 사실이다. 하나 지금 삼목 진인이 펼쳐 내는 무공을 보면 괴사라고 부를 수 있었다. 분명 삼목 진인은 하나이지만 그의 옆엔 두 개의 환영이 같이 따르고 있었던 것이다.

흔히들 강호엔 별의별 기이한 일들이 많다고 하지만 정말 이런 일은 흔하게 볼 수 없었다. 더욱이 그 환영이 하나의 사람처럼 힘을 가진다면 더욱더 있을 수 없는 일이었다.

그런데 지금 분명 삼목 진인이 만들어낸 환영은 힘을 가지고 있었다. 그러니 모두 세 명의 삼목 진인이 있는 셈이었는데 상대하고 있는 검일과 삼패권, 연문 사태의 눈, 모두 경악으로 물들어 있었다. 너무 놀라 손발이 어지러워지고 있던 것이다.

"그럼 지금 당장 내려가기로 한… 엇!"

"허어… 이자들이 또다시 도발을 해오는구려!"

혜오의 목소리에 은은한 노기가 깃들어 있었다. 잠잠해진 듯하여 잠시 마음을 놓은 사이 흑의인들이 다시 병기를 들며 다가온 것인데 지금 저 아래에서 소림의 무인들이 손을 움직여 상대하고 있었다.

"개방의 이름을 가진 자들은 모두 저 흑의인들을 척결하라!"

사태가 심상치 않음을 느꼈는지 표우등은 목청을 높여 소리를 질렀다. 그러자 한쪽에서 무당의 사람들을 보호하던 그들도 움직이기 시작했고 이와 함께 같이 산을 올라온 여러 무림인들도 한 덩어리가 되어 흑의인들에게 신형을 날리고 있었다.

"아무래도 일단 우리도 저리로 가야 할 것 같습니다. 갑시다, 표 방주."

"예, 그리 해야겠습니다."

스슷…….

표우등과 혜오 역시 신형을 날리기 시작했다. 두 사람은 하늘을 가볍게 날아 흑의인들을 향해 다가가고 있었는데 바야흐로 무당산은 또 한 번 피로 물들려 하고 있었다.

*   *   *

"이것이 원래 생각한 것입니까?"

"헛헛, 잘못되었다고 생각이 드는가?"

송조승은 조금 의아한 듯한 목소리를 내었는데 그러자 천우안은 낭랑한 목소리로 입을 열었다. 그의 목소리는 너무나 여유로워서 흡사 아무것도 아닌 일에 송조승이 더 역정을 내는 것이 아닌가 하는 착각을 들게 하고 있었다.

그러나 분명히 상황은 그리 좋지 않았다. 심혈을 기울여 만든 흑의인들이 하나둘씩 사라져 가고 있으니 그간 송가에서 한 일은 모두 물거품이 되어버릴 판이었다. 그런데도 이 천우안은 아무런 일도 아니라는 듯 말하고 있는 것이다.

"어차피 저들은 더 이상 쓸 수가 없는 자들이지. 강호인들이 이미 흑의인의 존재를 알게 된 순간 흑의인들의 존재 가치는 없어진 것이야. 그것을 모르고 삼목에게 저들을 맡긴 것인가?"

“…….”

천우안의 목소리에 송조승은 아무런 말을 하지 못하고 있었다. 사실 잘 생각해 보면 천우안의 말이 맞기는 했는데 저 흑의인들이 세상에 나온 이상 무림인들은 철저히 그 뒤를 추적할 것이다. 그러다 보면 그 뒤에 있는 배후 세력에 대해 자연스럽게 관심을 가지게 될 것이고 그럼 결국 자신의 가문이 나타나게 될 터였다.

그래서는 안 될 일이었다. 결국 천우안은 고개를 끄덕이며 천우안의 말에 동조할 수밖에 없었던 것이다.

“저들보다 더 강한 사람들을 우린 만들 수 있다. 그런데 왜 이런 작은 일에 연연하는 것이지? 자네의 그릇이 생각보다 작은 것인가?”

“무슨 말씀을 하는 것이오! 본 가의 꿈은 그리 작지 않소이다. 멍청한 송조의 황실과 비교하지 마시오!”

당연히 큰 꿈을 꾸고 있다는 듯 송조승은 가슴을 크게 펼치며 말했지만 천우안은 그저 빙긋 웃을 뿐이었다. 그 웃음 속에 담긴 것이 어떤 것인지는 아직 알 수가 없었다.

“한데… 송 대인께서는 그리 좋은 얼굴이 아니시군요. 제 일이 미덥지 않습니까?”

“…….”

그들의 뒤편에서 물끄러미 바라보고만 있던 송완은 천우안을 향해 눈을 살짝 돌렸다. 사실 그는 이 천우안만 봐도 가슴이 살짝 뛰고 있었는데 그건 일말의 두려움이었다.

과거 송완은 천우안을 자신의 세력으로 끌어들이려 하다 실패한 적이 있었기에 그에게 어느 정도 거리를 두고 있었다. 이 천우안이란 사람은 그가 아는 그 어떤 이보다도 사악해질 수 있는 사람이었던 것이다.

“그럴 리가 있겠소이까? 다만 다음의 일이 궁금할 따름이오.”

"허허허, 그럼 송 대인을 위해 설명해 주어야겠군요."

천우안은 여전히 사람 좋은 미소를 지으며 입을 열었고 송완과 송조승은 고개를 돌려 그를 보았다. 천우안은 두 사람의 시선을 기분 좋게 받으며 입을 열었다.

"본인이 나설 시간이 그리 멀지 않았소이다. 저곳으로 가 반도를 처치하고 모든 사실을 무림에 알릴 생각이오, 본 파에서 일어난 끔찍한 살육을 저지른 삼목을 처치하고 이를 세상에 공표할 생각이오, 청성은 다시 태어날 것을 말이오이다."

"…삼목 진인에게 모든 것을 다 씌우잔 말이오?"

송조승은 작은 한기를 느끼며 입을 열었다. 결국 그가 이 난국을 타개하는 방법으로 제시한 것이 삼목에게 모든 것을 덮어씌우는 것이었다. 이미 청성에 혈사가 일어난 것은 이 천우안을 통해 알고 있었다. 그 자신이 다 했다고 이야기까지 했으니…….

"씌운다라… 따지고 보면 저 흑의인을 기른 것은 그의 책임이오. 굳이 더 생각한다면 청성의 혈사만을 덧붙이는 것이지만 큰일에는 희생이 따르는 법, 어쩔 수 없는 선택이오."

"……."

담담하게 말하는 그의 목소리에 송완은 어금니를 꽉 깨물었다. 역시 이자는 믿을 자가 아니었다. 여차하면 자신들도 저 삼목의 신세가 될 수 있었던 것이다.

"허허허, 그냥 보내기에 민망하여 무공 하나를 머릿속에 심어 놓았더니 꽤 쓸만하구나. 그럼 이제 서서히 움직여 볼까나? 두 사람은 이곳에서 기다리고 있으시오, 아마 별다른 위험은 없을 테니."

천우안은 서서히 신형을 움직이며 앞으로 나갔고 이어 그의 신형은 어디론가 사라지고 있었다. 잠시 적막의 시간이 흐른 후 송조승의 입술이 열렸다.

"아버님, 어쨌든 우린 또 한 번의 기회를 얻은 것 같습니다. 이제 본 가의……."

"바보 같은 소리 말거라. 우린 지금 스스로 무덤을 다 파 놓고 있는 것이다. 그들의 적과 우리의 적이 같다고 생각하는 것이냐?"

"예? 아버님, 그 무슨 말씀이신지……."

"……."

송조승은 송완의 말을 이해하지 못하겠다는 듯 입을 열었지만 송완은 그저 입을 꽉 다물고 있었다. 그는 아까 송조승과 함께 피신하지 못한 것을 한스럽게 여기고 있었다.

천우안은 결국 자신을 위해 움직이는 사람이다. 다른 사람을 생각하는 것은 저 아래에서 미친 듯이 검을 휘두르는 삼목 정도도 못한 사람이 바로 그였던 것이다.

그는 강호만 잘 평정하고 다독이면 된다고 생각하지만 송가의 입장에서는 달랐다. 바로 지금 승상으로 있는 왕안석을 생각하지 않을 수가 없었던 것이다.

왕안석의 움직임이 변수이긴 하지만 이미 그는 움직이고 있음을 송완은 잘 알고 있었다. 그렇지 않았다면 자신들을 잡으려 하지 않았을 테니 말이다.

이미 왕안석은…… 이 일의 배후에 있는 것이 자신들이라는 것을 알고 있을 것이 분명했던 것이다.

*　　　*　　　*

가슴이 답답하고 머리가 터질 것만 같았다. 누군가에게 억울한 감정이 있어서 그런 것이 아니라 스스로에게 화가 나서 그런 것이었다. 어떻게 세 명이 한 명을 당하지 못하는 것인지 현실을 부정하고만 싶었다.

곤륜오장로란 이름은 그저 지나가는 개에게 붙여진 이름이 아니었다. 저 세외에 있다고는 하나 곤륜의 무공은 중원에서도 함부로 볼 수 없었다. 그런 곤륜파 속에서도 가장 강한 다섯 명이 가진 이름이 곤륜오장로였다.

그런데 그중 두 사람이 합공하고 있었다. 아니, 아미파의 장로인 연문 장로까지 같이 싸우고 있는데도 우세를 점하기는커녕 밀리고 있었다. 있을 수 없는 일인 것이다.

도대체 이 무공이 무엇인지 검일은 짐작조차 못하고 있었다. 세상에 환영이 본체와 같은 힘을 가진다는 것을 듣도 보도 못한 괴사였지만 분명 그의 눈앞에서는 일어나고 있었다.

까가가강!

현란하게 다가오는 삼목 진인의 검을 튕겨낸 검일은 바로 공격으로 연결했다. 그는 오른손을 슬쩍 들어올린 후 내력을 주입했다.

티팅… 티이잉!

삼목 진인의 검을 왼쪽으로 길게 튕겨낸 후 그는 검을 움직여 바로 공격으로 이었다. 그의 검은 한 치의 오차도 없이 삼목 진인의 목젖을 향하고 있었다.

언제나처럼 빠르고 기민한 검놀림에 삼목 진인의 목은 여지없이 뚫리고 있었다. 수천, 아니, 수만 번을 익혔던 제병검식(制兵劍式)이기에 틀림없었고, 삼목의 목 안으로 그의 검이 깊숙이 빨려 들어갔다.

"……."

그러나 역시 손에 무언가 찔리는 감각은 느껴지지 않았다. 특히나 검폭이 한 치도 안 되는 세검을 사용하는 그였기에 손의 감각은 기민하기 이를 데 없었는데 스치는 느낌조차 나질 않았던 것이다.

그러니 자신의 눈앞에 있는 삼목 진인은 환영이란 뜻이었다. 더 이상 공격해 봤자 별다른 소득이 없을 것 같았기에 그는 검을 빼내며 옆으로 움직였다.

순간 그의 왼쪽 얼굴에 살기가 느껴졌다.

얼굴을 움직일 것도 없이 검일은 손목을 틀어 흡사 회초리 같은 세검을 왼 얼굴 앞으로 올렸다. 그러자 무언가 강렬한 기운이 그의 검날을 후려치는 것이 느껴졌다.

까강!

그건 한 개의 검으로, 틀림없는 삼목의 검이었다. 말도 안 되는 일이지만 지금 삼목의 환영이 쳐낸 공격은 실제였다. 환영이 아니었던 것이다.

미칠 것만 같은 마음을 진정시키며 그는 한 걸음 뒤로 물러섰다. 그러자 때를 같이하여 삼패권과 연문 사태 역시 그의 곁으로 오자 갑자기 세 개의 환영을 보여주었던 삼목 진인의 모습이 하나로 바뀌었다.

연문 사태의 앞에 있던 것이 진짜였다. 그 순간 연문 사태의 얼굴은 딱딱하게 굳어 있었는데 그녀 역시 낭패를 본 것이 분명했다. 자신과 마찬가지로 그녀 역시 환영과 본체에 관해 난감해하고 있었던 것이다.

분명 무언가 있었고 검일은 나름대로 결심을 굳혔다. 그는 옆의 두 사람에게 조용히 입을 열었다.

"제가 먼저 가겠습니다. 틀림없이 좌우로 움직이는 환영이 있을 테니 그것을 맡아주시겠습니까?"

"아미타불, 그리하겠습니다."

"그러지요."

두 사람의 대답을 들은 검일은 앞으로 살짝 움직였다. 거리는 약 이 장 반 정도의 거리였다. 단숨에 좁히기는 조금 힘들었지만 그 자신이 가진 독특한 무공인 등천세검(登天細劍)이면 충분히 이를 극복하고도 남을 수 있었다.

등천세검은 세검을 사용하는 검일이 독자적으로 만들어낸 것으로 많은 곤륜의 무학이 녹아 있었다. 특히 그가 신경 써서 넣은 것이 바로 운룡대팔식으로 순간적인 움직임에 많은 신경을 할애했던 것이다.

그러니 등천세검은 사실 빠르기보다는 그 현란한 변화에 치중하는 면이 없지 않아 있었는데 그는 일단 기운을 끌어올리며 상대를 내력으로 압박해 나갈 생각이었다. 좌우 어디로든 빠질 수 없도록 만든 후 정면으로 치고 나가 바로 세검식을 운용할 생각이었고 실제로 그 방법밖에는 없었다.

나머지는 삼패권과 연문 사태를 믿을 수밖에 없었다. 그는 잠시 심호흡을 하다 바로 오른손을 뻗으며 땅을 박찼다.

파아앙… 피리리리링!

앞으로 쭉 뻗은 오른손의 검이 공중에서 작은 원을 수없이 그리고 있었다. 어디로 움직일지 알 수 없는 가운데 단숨에 그는 이 장여의 거리를 좁혔다.

남은 거리는 일 장 반 정도? 이 정도의 거리라면 이제 승부를 걸어야 했다. 그는 오른손에 들린 원호를 더욱더 크게 그리며 내력을 몸속으로 이동시켰다.

스스슷…….

화려한 그의 신법이 터져 나왔다. 공중에서도 몸의 움직이는 방향을 바꿀 수 있다는 운룡대팔식이 펼쳐진 것인데 그의 몸은 삼목 진인의 눈앞에서 좌우로 현란한 움직임을 보이고 있었다.

삼목 진인이 어떻게 대처할지 모르는 듯한 표정을 짓고 있는 순간 검일이 오른발을 허공으로 쭉 차올렸다.

고오오오오…….

내력이 가득 담긴 발길질이 눈앞에 보이자 삼목은 자신도 모르게 한 걸음 뒤로 몸을 옮기기 위해 발을 떼는 순간 검일은 눈을 빛내며 허리를 뒤로 확 젖혔다.

“차앗!”

부우웅!

공중에서 검일의 몸이 거꾸로 회전하고 있었다. 앞으로 차올린 발길질의 힘을 이용하다 이번엔 허리의 힘으로 몸에 회전을 주고 있었다. 그의 신형은 완전히 휘돌아 몸이 지면과 수평이 되었다.

그리고 바로 그 순간 또 한 번 검일의 허리가 틀어지고 있었다. 좀 전까지 허리를 앞뒤로 움직여 신형을 움직였다면 이번엔 좌우로 비틀고 있었다. 양발을 크게 휘돌리며 허리의 힘까지 같이 주자 그의 신형은 척추를 중심으로 팽이처럼 회전하기 시작했다.

"하아압!"

쫘자자자장!

기묘한 공기의 울림이 들려오며 검일의 신형이 앞으로 쏘아져 나갔다. 마치 하나의 우산이 빙글 돌면서 삼목의 전면으로 폭사되고 있었는데 삼목은 그저 바라만 볼 뿐이었다.

그러다 검일의 검이 코앞으로 다가오자 그제야 작은 기운이 느껴졌다. 좌우로 갈라지는 기운들이 확연히 느껴지는 이때야말로 그가 기다리던 순간이었다. 이제 나뉘어진 실체 중 하나는 반드시 공격당하게 될 것이었다.

이미 삼패권과 연문은 허공에 몸을 뽑고 있었고 장력을 쓰는 두 사람은 온 힘을 다해 장을 쏟아내고 있었다. 휘도는 신형을 멈추며 검일은 땅에 내려섰다. 눈앞에 삼목 진인의 신형이 있지만 그는 환영이라고 확신했다. 세상 그 누구도 자신의 검앞에 서면 피하게 되어 있었다. 인간의 살고자 하는 것은 본능이니 말이다.

그러니 좌우로 갈라진 환영 중에 하나가 진짜라고 생각했지만 곧 그의 생각은 수정되어야만 했다. 삼패권과 연문 사태가 쳐낸 장력은 그대로 삼목의 신형을 지나쳐 땅에 처박혀 버린 것이다.

쫘가강!

"……!"

있을 수 없는 일이었다. 그럼 지금 눈앞에 있는 자가 진짜라는 뜻인데 검일은 재빨리 오른손을 뻗으며 휘돌렸다. 그와 함께 눈앞에 보이는 삼목의 신형에 세검의 작은 찌르기가 작렬하고 있었다.

파파파파파파파…….

그저 슬쩍 아래에서 위로 올리는 듯한 동작이었는데 그사이에 찌르기가 수십 번은 들어가 있었고 모조리 삼목 진인의 중요 대혈에 적중했다. 하지만 역시 이번에도 그의 손에 느껴지는 감각은 아무것도 없었다. 이것 역시 실체가 아니었던 것이다.

"모두… 환영?"

황당한 노릇이었다. 그럼 진짜는 어디에 있는지 짐작조차 가질 않고 있었는데 그때였다. 갑자기 그의 머리 위에서 강한 기운이 뻗어 내리고 있었다.

"이런!"

황급히 오른손을 위로 들어올리며 또 한 번 허리를 틀자 일검의 신형은 팽이처럼 회전하기 시작했다. 그의 머리 위에서 강한 쇠붙이의 울림이 터져 나오고 있었다.

까가가가가가강!

두 개의 검이 서로 얽히며 불꽃을 튕겨내기 시작했다. 검일은 이를 악물고 오른손에 모든 힘을 주입하자 검일의 검이 삼목의 검을 튕겨내는 것처럼 보였다.

한데 그러던 것이 한순간에 바뀌었다. 수세에 몰렸던 검일이 필사적으로 삼목의 검을 튕겨내야 정상이거늘 오히려 삼목의 검이 검일의 검을 튕겨내려 하고 있었다.

게다가 삼목 진인은 검만 날린 것이 아니라 엄청난 압력으로 내리누르고 있어 검일의 신형은 점점 아래로 내리눌리게 되어 결국 그의 두 발은 대지에 닿고야 말았다.

콰가가각!

기어이 휘도는 양 발이 얼어붙은 땅바닥을 파고들어 가기 시작하자 검일은 온 힘을 다해 신형을 뽑아 올리려 했지만 그것이 용이하지가 않았다. 내리 누르는 압력이 더욱더 거세졌기 때문에 어찌할 도리가 없었던 것이다.

쿠르르륵!

벌써 무릎께까지 파고들어 갔지만 검일이 할 수 있는 일은 없었다. 그저 오른손에 담은 내력을 더욱더 크게 만들 뿐이었는데 그때였다.

쩌저저정!

"……!"

검일의 눈이 절망으로 물들었다. 한순간에 엄청난 압력이 가해지더니 그의 검이 산산조각이 나버린 것이다. 삼목의 검은 이 틈을 타 그의 정수리로 가해지고 있었고 당황한 그는 온몸에 힘을 다 양손으로 집중한 채 머리 위로 들어올렸지만 그것이 실수였다.

우드드득!

"크아악!"

검일의 오른 무릎이 완전히 비틀려졌다. 파고들어 간 자리에 흙이 메워지면서 다리를 꽉 붙잡아 버린 것이었고 내력을 회수한 다리는 상체의 원심력에 의해 비틀려져 버린 것이었다. 검일은 몸을 뉘인 채 절망에 빠졌다. 하지만 삼목의 검은 그에게 떨어지지 않았다.

쩌어엉!

"형님!"

한순간에 강대한 장력이 허공에 울리고 누군가의 모습이 보였다. 삼패권이었다. 여태껏 삼목의 환영에 몸이 막힌 채 움직이지 못한 상황이었지만 급박한 상황이 되자 검일을 구하러 온 것이었다.

"사, 삼제!"

그 자신도 무릎의 고통에 인상을 쓰면서도 검일은 눈을 크게 뜨며 비명성을 질렀다. 삼패권의 가슴에서 뜨거운 피가 쏟아 나오고 있었다. 검일을 구하기 위해 삼목의 검을 받으면서 온 것이다.

"……."

어이없는 사실이었고 참을 수 없는 현실이었다. 검일은 땅에 박혀 있는 발을 빼내며 이를 악문 채 삼목의 신형을 노려보기 시작했다.

"이이익……!"

삼목은 지금 아미의 연문 사태를 치고 있었다. 연문 사태의 옆엔 어느새 아미의 장문인 정인신장 은명이 같이 와 싸우고 있었지만 두 사람은 삼목에게 애를 먹고 있었다. 이대로는 정말 쉽지 않은 노릇이었다.

문득 그의 눈길이 주위로 향했다. 그제야 피로 물든 대지가 눈에 들어왔다. 그야말로 난전이었다. 흑의인들까지 모두 싸움에 참여하기 시작하면서 산문 쪽은 피아를 구별하기 힘든 상황이었다. 강호의 무인들이 많이 모였음에도 불구하고 이런 결과가 나오자 검일은 고개를 좌우로 흔들었다. 애초에 너무 쉽게 생각한 것이다.

하지만 이대로 있을 수는 없기에 그는 다시 내력을 끌어올리려 했다. 한데 어디선가 낯선 목소리가 흘러나왔다.

"그냥 있으시오. 그렇게 움직이다간 정말 큰일날 수도 있소이다."

"이자는 우리가 상대할 터이니 잠시 쉬시구려."

늙수그레한 두 개의 목소리에 검일은 신형을 돌렸다. 그리곤 눈을 살짝 크게 떴는데 말을 한 사람은 두 명의 노인이었다. 검일은 잠시 그들이 누구인지 살펴보다 작은 소리를 질렀다.

"일권마 한천조! 일검마 오경우!"

마교의 사람들이었다. 나타난 자는 마교의 숨은 힘이라 불리는 일검마와 일권마. 무공 수위를 추측하기 힘들다 알려진 사람들이었던 것이다.

하지만 그가 놀란 것은 이들을 봐서도 그렇지만 이들과 같이 있는 사람 때문이었다. 자신이 이기적이라 말한 사람, 그가 바로 이들의 일행이니 말이다.

주위를 향해 고개를 두리번거리던 그의 눈에 한 사람의 신형이 보였다. 어스름한 하늘에 검은 잔상을 남기는 사내. 그는 정확히 흑의인들 사이로 떨어져 내리고 있었고 내리는 순간 그의 주위에선 피보라가 선명하게 피어올랐다.

파아아아앗!

한순간에 넓어진 공간을 점유한 채 주위를 둘러보는 사람, 추측조차 하기 힘든 강한 내력을 지닌 그는 바로 호월이었다.

◆ 第九章 ◆

천우안의 웃음

이전에 보았던 그 호월이 아니었다. 지금 앞에 서 있는 호월은 전혀 다른 사람이었다. 적어도 표우등의 눈에는 그렇게 보이고 있었던 것이다.

전의 호월이 알 수 없는 힘을 사용하여 위태한 승부를 벌였다면 이젠 아주 압도적인 힘으로 우위를 보여주고 있었다. 자신이 작정하고 무공을 펼쳐도 이십여 초는 걸릴 만한 흑의인을 많아야 세 초식 정도로 쓰러뜨리고 있었다. 속도 내력 모두 다 엄청난 위력을 보이고 있었던 것이다.

"아미타불… 호월 시주의 무공이 이젠 저희가 짐작하지도 못하는 곳에 있는 것 같습니다. 그저 놀라울 따름이군요……."

"……."

옆에서 혜오 대사가 손을 멈추고 놀라움을 표시하지만 이미 표우등은 놀란 상태였다. 그저 말없이 호월만 바라보고 있을 따름이었다.

이제 조막만 한 아이들을 볼 때 어른들은 이야기한다, 하루하루가 다르게 큰다고. 지금 그가 보는 호월이 바로 그런 모습이었다. 하지만 지금 그의 모습을 보면서 그저 이렇게 대단하다 라는 한 단어로 이야기할 수는 없었던 것이다.

이상한 느낌이 들고 있었다. 지금 호월의 모습은 대단하지만 무언가 잘못되어 간다는 그런 생각이 들고 있었다. 호월의 무공이 느는 속도가 불가능할 정도로 빠르게 늘어나고 있었던 것이다.

마치 한없이 늘어나기만 하는 돛대를 보는 것 같았다. 순풍을 받아 팽팽히 펴진 돛대면 좋으련만 그가 보는 호월은 너무나 큰 바람을 맞아 찢어지기 직전의 돛대였던 것이다.

가슴속에 불어오는 이 불안한 느낌. 제발 그 느낌이 맞지 않기를 바라며 표우등은 호월의 뒷모습을 바라만 보고 있었다.

상황을 보고 판단한다고 이야기했지만 솔직히 호월은 참기 어려웠다. 당장이라도 무당의 무인들이 있는 곳으로 가 환안이란 놈의 명줄을 틀어쥐고 싶지만 한천조와 오경우가 이를 막았다.

일단 호월은 최후의 힘으로 남아야 한다는 것이 두 사람의 공통된 의견이었고 그래서 호월은 사봉희와 취소걸, 탁문일과 함께 이곳 흑의인들을 맡기로 했다. 한천조와 오경우는 저 삼목 진인을 맡기로 하고 말이다.

어쨌든 그의 말에 따르기로 한 호월은 지금 흑의인들의 사이에 서 있었다. 그리고는 쌍검을 빼어 든 채 그대로 신형을 움직이고 있었다.

파아아아아……

그의 검이 움직일 때마다 피보라가 쏟아지고 있었다. 기척도 없고 소리도 없는 검날은 허공에 핏빛 검무를 추고 있었고 그때마다 흑의인들은 추풍낙엽같이 떨어져 내리고 있었다.

왜 그런지 자신도 알 수 없었다. 그저 가슴속 깊은 곳에서 분노가 치밀어오르고 있었다. 눈앞에 보이는 모든 것이 적으로만 보였고 그럴수록 호월의 양팔에선 강렬한 기운이 한층 더 흘러나가고 있었다.

문득 눈앞에 두 명의 흑의인이 보이자 호월은 바로 오른발을 앞으로 뻗었다. 이젠 생각하기만 해도 주위의 기운들이 호월을 밀어내고 있었다. 부드러우면서도 빠른 몸놀림을 가진 채 호월은 두 사람의 앞에 당도했고 이어 검날을 들어올렸다.

피핏…….

슬쩍 그들의 가슴 어림을 그은 것뿐이지만 호월의 검엔 날카로운 기운이 덧씌워져 있었다. 두 사람은 가슴에서 붉은 피를 뿌리며 밀려오는 고통에 잠시 움직이던 몸을 멈춘 채 떨고 있었는데 순간 호월은 허리를 힘껏 틀면서 양손을 휘돌렸다.

파아아앗…….

호월의 검날에 정확히 목 어림이 감긴 두 흑의인의 목이 공중으로 올라가고 있었다. 호월은 잠시 그 모습을 바라보았다.

찰나, 목이 떨어지고 허공에 그 잔영이 남는 그 순간이 호월에겐 그 어떤 시간보다 길게 느껴지고 있었다. 왠지 모를 울컥함이 가슴에서 치달아 온 것도 바로 그 순간이었다.

스슷…….

호월은 앞으로 한 걸음 움직이며 오른발을 들어올렸다. 그리고는 떨어져 내리는 두 개의 머리를 그대로 차올렸다.

파가각!

수박이 깨어져 나가듯 두 개의 머리가 허공에서 박살나 버리자 호월은 이어 왼발에 힘을 주고 허공으로 올라섰다. 그리고는 온몸에 터질듯이 흐르는 힘을 모아내며 또 한 번 오른발에 내력을 집중했다.

콰아아아아…….

그 힘 그대로 지닌 채 호월은 땅에 내려서기 시작했다. 그리고는 내려서며 강렬한 진각(震脚)을 울렸다.

쩌어어어엉!

귀청이 떠나가도록 울리는 거대한 진각에 사람들은 저마다 귀를 부여잡고 고개를 흔들었다. 근 이 장여의 공간에서 마른 먼지가 일 정도로 엄청난 위력이었다.

호월은 그제야 마음이 후련해지는 것을 느꼈다. 살짝 떨리는 가슴을 진정시키며 호월은 신형을 들었다. 그리고는 잠시 주위를 둘러보았다.

"……."

왠지 기이한 느낌이 들었다. 그가 여태껏 상대하던 흑의인들의 얼굴, 그들의 얼굴이야 일체의 감정을 배제한 얼굴이어서 별로 볼 것도 없었는데 오히려 다른 사람들의 표정이 이상하게 변하고 있었다. 모두들 호월을 향해 조금은 적개심이 서린 얼굴을 만들고 있었던 것이다.

그 이유가 무엇일까 생각하던 호월은 쓴웃음을 지었다. 지금 이렇게 피를 뿌리는 자신이 두려운 게 분명했다. 아니, 어쩌면 저 흑의인들과 자신이 동급이라는 생각을 가지고 있을지도 몰랐다.

문득 그는 일행을 바라보았다. 사봉희와 취소걸, 탁문일이 자신을 바라보고 있었는데 그들의 눈길에서는 조금 다른 느낌이 들고 있었다. 놀라움과 안타까움이 눈빛에서 흘러나오고 있었던 것이다.

"……."

호월은 어금니를 꽉 깨물었다. 뭔가가 이상하게 돼가고 있었다. 특히 무공에 있어서 정말 이상한 느낌이 계속 들었는데 그것이 뭐라고 딱 짚어 이야기할 수는 없었다.

하지만 확실한 것은 자신의 무공에 마음이 지배됐다는 생각이 들었던 것이다. 아니, 지배당한 것이 분명했다. 호월은 그저 마음속에 드는 본능에 충실한 채 움직인 것뿐이니 말이다.

하나 그리고 마음이 편하진 않았다. 특히 일행들의 눈이 계속 머릿속에 돌고 있었는데 호월은 애써 그 생각을 떨치려 노력했다. 지금 중요한 것은 이 자리에서 살아남는 것이었다. 한순간의 방심으로 자신이 해를 입을 수 있음을 그는 잘 알고 있는 것이다.

우두커니 바라보고만 있는 사람들을 뒤로한 채 호월은 앞으로 나서기 시작했다. 본능적인 두려움에 뒤로 물러서는 흑의인들을 향해가는 그의 모습은 한 마리의 야수와도 같은 모습이었다.

스릉……

쌍검에 묻어 있는 피를 땅바닥에 털어내며 호월은 오직 한 가지에만 집중하고 있었다. 무당을 도와달라는 은옥당의 말, 그것만 생각할 뿐이었다.

"호월아!"

한천조는 자신도 모르게 입을 열었다. 그 역시 호월이 털어낸 강한 진각을 느낀 채 잠시 손을 멈추었다. 호월은 다시 흑의인들에게 향하고 있었다.

무슨 일이 있었다. 정확하게 꼬집어 이야기할 수는 없지만 자신이 보여준 그 무공서 하나 때문에 호월이 변해가고 있었다. 절대로 있어서는 안 될 일이 일어나 버린 것이다.

"호월을 걱정하는 자네의 마음은 알겠지만 일단 정신을 집중하세. 이 친구 보통이 아니야."

"……."

들려오는 오경우의 목소리에 한천조는 겨우 집중을 하고, 이내 눈앞에 보이는 삼목 진인을 노려보기 시작했다. 호월이 이자와 싸움을 하게 된다면 그때는 어떻게 변할지 몰랐다. 반드시 이자는 자신들이 잡아야 하는 것이다.

그렇게 생각하며 온 정신을 집중한 한천조는 양손 가득 내력을 끌어 모으고 있었다. 문득 그의 입술이 살짝 벌어지며 오경우에게 목소리가 전해졌다.

"일단 내가 먼저 가겠네. 어떤 게 진짜인지. 혹은 두 사람 다 가짜인지 모르지만 이대로 있을 수는 없네."

"그리 하시게, 바로 가겠네."

두 사람 사이에 말이 오가고 한천조는 바로 땅을 박찼다. 양손을 머리 위까지 끌어올린 채 그대로 눈앞의 삼목 진인에게 다가서고 있었는데 삼목 진인은 모두 둘이었다.

옆에서 오경우의 기척이 느껴졌다. 두 사람은 각기 삼목 진인으로 추측되는 사람을 하나씩 상대하기 시작했는데 과연 그 위력을 알 것 같았다. 저쪽 위에서 바라보는 것과는 너무도 달랐던 것이다.

팡 파팡… 파파파파팡!

순식간에 장력을 퍼부으며 압박해 나갔지만 삼목 진인은 전혀 해가 없었다. 몇 개의 장력은 검으로 해소하고 또 몇 개의 장력은 몸을 통과시키며 그렇게 한천조의 무공을 파훼하고 있었는데 그건 오경우도 마찬가지였다.

믿을 수 없는 일이지만 오경우가 상대하는 삼목 진인도 마찬가지였다. 두 사람은 서로 간에 눈짓을 교환하며 다시 공격을 시작했다.

이곳에 도착하자마자 두 사람은 삼목 진인의 움직임을 살펴보았고 한 가지 방법을 추측할 수 있었다. 두 개의 환영이 모두 진짜로 보일 만큼 빠르게 움직이는 것이 아닐까 하는 생각을 해보았지만 사실 그건 불가능에 가까웠다. 천하의 오경우와 한천조의 눈을 속일 사람은 거의 없었던 것이다.

아니, 그건 먼저 이 사람을 상대했던 검일과 삼패권, 연문 사태 역시 속일 수 없었다. 뭔가가 더 있는 것 같기는 한데 그것이 뭔지 잘 알 수가 없었던 것이다.

하지만 혹시 모르는 상황이기에 한천조는 한 걸음 뒤로 물러났고, 오경우는 그대로 신형을 움직여 한천조의 앞을 가로막았다. 삽시간에 두 사람의 삼목 진인이 오경우를 향해 공격을 하자, 오경우는 눈을 빛내며 검을 머리 위로 치켜들었다.

"요망한 무공이구나! 하나 그렇게 쉽게 당할 성싶으냐! 혈월참공초(血月斬空初)!"

우우우웅……!

오경우의 검날이 부르르 떨리며 붉은 기운이 허공을 뒤덮기 시작했다. 오늘날 그를 강호에 우뚝 서게 만든 오경우의 진산무공이 선보이고 있었다. 그가 가진 위력이 강한 초식이 바로 이 혈월참공초였다.

오경우의 무공은 혈월진검(血月陳劍), 대성하게 되면 붉은 달이 허공을 수놓는 듯한 착각이 든다고 하는 검으로 이미 오경우는 대성한 지 오래였다. 그리고 여기에 그간 강호를 움직이며 배우고 익힌 심득을 더한 것이 지금의 초식이었다.

한마디로 제아무리 삼목 진인이 날고 긴다고 해도 이번의 공격은 받을 수 없다는 뜻이었다. 그가 아는 삼목 진인이라면 내력이든 초식이든 자신을 능가하지 못할 테니 말이다.

"합!"

고오오오오…….

그가 검을 휘두르자 붉은 기운들이 허공으로 솟구치며 하나의 원을 형성하기 시작했다. 점점 붉어져 가는 그 기운을 앞에 놓은 채 오경우는 한 걸음 뒤로 물러섰다. 그리곤 검파를 양손으로 꽉 쥔 채 신형을 살짝 웅크렸다.

눈앞의 붉은 원을 뚫어지게 바라보다 그의 몸이 빛살처럼 움직였다. 한순간에 앞으로 나가면서 그는 오른손의 검날을 아래에서 위로 크게 쳐올렸다.

"차아앗!"

콰아아!

거대한 초승달형의 기운이 앞으로 뻗어나갔다. 그리고는 그가 만들어낸 원형의 붉은 기운을 산산조각 내버리면서 같이 나가고 있었다.

찌어어어어엉!

강력한 울림이 들려오고 그가 쳐낸 모든 기운이 삼목에게 향하고 있었다. 둘 중 어떤 것이 진짜인지 모르기에 그리 한 것인데 오경우가 만들어낸 기운은 그냥 초승달 모양만이 아니었다.

박살난 원형의 붉은 달, 그것이 조각이 나며 모두 삼목 진인에게 향한 것이었다. 오경우는 두 명의 삼목 진인 모두 그것을 맞상대할 수는 없다고 생각했다. 그리고 그 생각처럼 삼목 진인의 신형은 좌우로 쫙 갈라졌다.

"그래, 그렇게 나가야겠지."

슬쩍 전방을 향해 모로 서며 오경우는 씨익 웃었다. 그러자 그 뒤편에서 강한 내력이 실린 장력이 오경우의 몸을 스치듯 지나가고 있었다.

파아아아앙!

몸이 흔들릴 정도로 강대한 장력은 어느새 좌우로 나뉘어진 삼목 진인의 신형을 향해 날아가고 있었다. 그의 성명절기 마수화인장이 발출된 것이다.

마수화인장은 한천조의 절기이지만 그는 이 마수화인장을 잘 쓰지 않았다. 마교의 사람이긴 해도 그 역시 사람이었다. 마수화인장은 그 위력을 강할지 몰라도 상당히 악독한 장력 중의 하나이기 때문이었다.

흔히들 마수화인장은 '검은 귀화'라 부르고 있었다. 영원히 꺼지지 않는 지옥의 겁화와 같은 것이 마수화인장의 특성인데 이것은 다름 아닌 한천조가 흘리는 내력이 일반적인 장력과는 그 궤를 달리하기 때문이었다.

일반적으로 장력은 미는 힘을 기본으로 한다. 발출하는 시전자의 힘을 한 곳에 응축하여 이를 쏘아내는 것이 장력의 기본 원리였다. 그런데 한천조는 이와 같은 방법을 사용하기는 하지만 여기에 또 하나의 장치가 마련되어 있었다.

쏘아내는 내력의 성질이 밀어내는 것이 아니라 달라붙는 성질이었다. 즉, 내력이 장력화가 되어 사물을 밀쳐 내는 것이 아니라 달라붙어 지속적인 내력의 힘을 가하는 이것이 마수화인장의 특성인 것이다.

따라서 마수화인장에 적중한 사람들은 모두 끔찍한 형상을 보여주게 되는 바 강호에서 한천조를 두려워하는 이유가 있는 셈이었다. 그래서 한천조도 잘 쓰지 않았던 것이고 말이다.

그런데 지금 한천조는 온 힘을 다해 마수화인장을 날렸고 그 마음속에서 용서란 없었다. 오로지 호월이 이곳에 신경 쓰게 하지 않겠다는 일념으로 날린 것으로 두 개의 장력은 정확히 두 명의 삼목 진인에게 날아갔다.

콰아아아앙!

거대한 폭발음이 일면서 검은 귀화가 양편에 일어나고 있었다. 한천조는 다시금 내력을 끌어올려 앞으로 나가려다 발을 멈추며 멍한 표정을 지었다.

"……"

있을 수 없는 일이었다. 애당초 한 개의 신형에서 귀화가 피어올랐다면 이해할 수 있었다. 그런데 지금 두 개의 신형의 귀화가 피어오르고 있었다. 둘 다 허상이 아니라는 뜻인 것이다.

애당초 삼목 진인은 한 명일 테니 이건 말이 안 되었다. 도대체 뭐가 어떻게 되는지 알 수 없었는데 문득 오경우의 목소리가 귓가에 들려왔다.

"그렇군……. 결국 진짜와 가짜의 구분은 무의미한 것이었나?"

"…뭐라고?"

오경우의 목소리에 한천조는 바로 되물었다. 그 의미를 알 수 없는 말이었는데 오경우는 검으로 눈앞의 삼목 진인을 가리키며 입을 열었다.

"둘 다 진짜라고 생각해야 할 것 같네. 저 친구… 환영을 몸이 움직이는 속도로 만든 것이 아니라 내력으로 만들고 있어. 그래서 공격이 진짜 같았던 것이지. 당연히 자네의 귀화도 그 힘에 가로 막힌 것이고 말이야."

"그것이 가능한 일이던가!"

한천조는 신음성을 흘렸다. 천하에 그렇게 내력을 운용할 수 있는 사람이 있다면 한 몸에 두 개의 다른 내력이 공존하는 호월뿐일 터였다. 그런데 지금 저 앞에 있는 삼목 진인이 해내고 있는 것이다.

아니, 그 모든 것을 다 잊어버리고 한 가지만 가지고도 한천조는 놀랄 지경이었다. 환영이든 아니든 지금 삼목 진인은 한천조의 귀화를 받아내고 있었다. 그건 한천조를 능가하는 내력을 지녔다는 뜻과 다름없는 것이다.

그제야 한천조는 마음을 가라앉히며 내력을 모을 수 있었다. 진짜든 아니든 이젠 상관없었다. 이른바 가진 온 힘을 사용해 그를 척살하는 것만을 머릿속에 생각하고 있을 뿐이었다.

스각… 콰아아앙!

목과 몸이 분리되는 것으로도 모자라 가슴이 짓이겨진 채 흑의인이 허공으로 튀어 오르고 있었다. 그 높이도 근 일 장여에 달할 정도로 높게 솟구쳤고, 솟구친 그의 신형은 곧 다시 땅에 내려서 피곤죽을 만들어 놓고 있었다.

퍼어어억……!

쓰러진 흑의인의 모습에서는 더 이상 사람의 모습이 느껴지질 않았다. 그저 무슨 동물의 사체 정도로 여겨지고 있었는데 그건 보는 사람만 그런 것이 아니었다. 그렇게 만들어 놓는 호월은 아마 사체 정도로도 여기지 않을 것처럼 보이고 있었다.

이건 아니었다. 아무리 생각을 해도 그녀가 알았던 호월은 이런 사람이 아니었다. 차가운 가슴을 가지고 있었어도 그것은 이성으로 말할 수 있었다. 뜨거운 감성이 살아 있는 사람이 바로 호월이었던 것이다.

지금 그녀가 보는 호월의 모습은 한 마리의 야차일 뿐이었다. 피를 그리워하는 짐승이었고, 끝없이 사람의 목숨을 탐하는 살인마일 뿐이었다. 그녀는 더 이상 그런 호월을 볼 수가 없었다.

"이익!"

양 발을 놀리며 그녀는 앞으로 나가려 했지만 그마저도 여의치 않았다. 그녀의 앞에 누군가 나타나 있었는데 바로 표우등이었다. 굳은 얼굴을 한 채 그는 사봉희를 향해 입을 열었다.

"어딜 가는 것이냐?"

"호월에게 가려구요. 가서 말려야지요. 저 모습은 우리가 아는 호월이 아니라는 것, 방주님도 잘 알고 계시잖아요!"

날카로운 소리를 지으며 그녀는 옆으로 비껴가려고 했지만 그녀의 앞을 사람들은 계속 막아서고 있었다. 이번엔 개방의 두 장로 태걸과 환우 장로였다.

"봉희 네 말이 맞구나. 하나 그래서 우린 널 보낼 수가 없단다. 지금 호월은 스스로의 무공에 당하는 듯한 느낌이다. 이대로 가다 간 너마저도 위험해진다."

차분한 목소리로 환우 장로가 입을 열지만 사봉희는 고개를 좌우로 저었다. 그녀는 이렇게 그냥 수수방관만 할 수는 없었던 것이다.

"위험할지도 모르지요. 하지만 전 그래도 가야 합니다. 이런 호월을 두고 보면 제가 저들 무림인들과 뭐가 다릅니까? 비단 이곳 무당의 일뿐만이 아니라 양성산의 일도 그렇고, 제갈세가의 일에서 보듯 그냥 방관자였습니다. 두 분께서는 잘 알고 계시지 않습니까?"

"……."

그녀의 목소리에 이번엔 두 사람이 꿀 먹은 벙어리가 되었다. 하긴 지금 호월이 좋지 않다고 이렇게 움츠러드는 것은 철저한 방관자의 입장이었다. 적어도 사봉희의 입장은 달랐던 것이다.

"난 그의 동료입니다. 뿐만 아니라, 이 내 작은 가슴에 그의 모습을 가득 담은 한 여인입니다. 그런 내가 내 목숨이 아까워 호월이 저렇게 변하는 것을 보고만 있으라고요? 그럴 수 없습니다. 비켜주세요."

“…….”

단호한 그녀의 목소리에 사람들의 눈이 놀람으로 물들었다. 하나하나 맞지 않는 말이 없었지만 그녀의 말대로는 절대 해줄 수 없었다. 문득 소걸의 목소리가 들려왔다.

“이 취소걸도 갈 겁니다. 사부님, 사부님은 언제나 중요한 것은 사람의 도리라면서요? 무공보다 중요한 것이 바로 그것이라 누차 말씀하신 분이 사부님입니다. 전 사부님의 그 말을 믿고 싶습니다. 방주님 허락해 주십시오.”

“…….”

표우등은 정말 난처했다. 지금 상황을 어떻게 해볼 도리가 없었는데 잠시 그는 주위를 둘러보았다. 그러다 아직도 적극적으로 참여하고 있지 않는 강호의 사람들을 보며 눈을 감았다.

이들의 말이 옳았다. 어느 순간부터 강호엔 작은 묵계 같은 것이 등장했다. 자파의 이익에 반하지 않으면 움직이지 않는다는 묵계가 말이다.

부끄러웠다. 그 자신도 다른 문파의 움직임에 따라 발을 맞추어왔었다. 지나간 세월을 볼 때 이들에게 그는 얼굴을 들 수가 없었다. 단 한 번도 가슴이 움직이는 대로 움직인 적이 없었던 것이다.

이런 사람이 수장이라니… 이 아이들보다도 못한 판단력을 지닌 자신을 한탄하며 표우등은 눈을 떴다. 그리고는 사봉희와 취소걸에게 입을 열었다.

“좋다, 가거라.”

“방주!”

그의 목소리에 환우 장로가 놀란 듯 소리쳤지만 표우등은 손을 들어 그의 의견을 막았다. 표우등의 목소리가 다시 들려왔다.

“모두 함께 간다. 그러면 되겠느냐?”

“…역시 방주님이십니다!”

취소걸은 방긋 웃으며 앞으로 달려나갔고 사봉희는 이미 저 앞으로 달려가고 있었다. 표우등과 사람들은 내력을 추스르며 그 뒤를 따르고 있었다.

"으득……!"

이상했다. 별로 마음에 걸리는 것도 없는데 왠지 가슴속에서 노화가 치밀어 오르고 있었다. 처음엔 자제할 수 있을 정도였는데 지금은 불가능했다.

그저 그 노화가 이끄는 대로 몸을 맡길 뿐이었다. 피를 보고 또 봐도 마음이 채워지질 않았다. 몸 안의 내력을 점점 키워만 가는 가운데 호월의 모습은 정말 괴물이 되어가고 있었다.

얼굴에 돋아 오른 핏줄기는 터질듯 부풀어 있었고 온몸의 근육도 모두 부풀어 오른 상태였다. 예전의 호리호리했던 호월의 모습은 어디에도 없었고 더 이상 그의 주변에 어슬렁대는 흑의인들도 없었다. 은연중에 호월이 피워 올리는 무형의 살기가 근 십여 장 넘어 움직인 것이었다.

"……!"

그러던 호월의 감각에 뒤쪽에서 무언가가 느껴졌다. 빠르게 다가오는 기척을 느낀 그는 양손을 가슴께로 들어올리며 바로 신형을 돌렸다.

창!

두 개의 검을 거꾸로 쥔 채 서로의 검신이 십자로 교차되고 있었다. 호월은 또다시 가슴속 깊이 터져 나오는 증오를 담아 검날을 밀어내었다. 순간 호월의 눈이 커졌다.

"호월!"

사봉희… 바로 뒤에서 다가온 이는 바로 사봉희였다. 하나 호월의 검날은 이미 그녀의 목 앞 두 치 정도까지 가 있었는데 어서 힘을 거두고 방향을 돌려야 했다.

"…사 낭자……!"

한데 그것이 쉽지 않았다. 의지와는 상관없이 몸이 그대로 앞으로 밀려나

고 있었다. 관성 때문이 아니라 몸 주변에 흐르는 내력이 만들어낸 움직임이
었다. 호월은 이를 악물며 온몸의 힘을 가슴께로 움직였다.

과아아앙!

한순간 호월의 주위에 광풍이 불었다. 사봉희의 모습은 그 광풍에 둘러싸
인 채 잠시 보이지 않았고 그저 호월의 번뜩이는 두 눈만 뒤따라오던 사람들
의 눈에 보일 뿐이었다.

쩌어어어엉…….

거대한 소리가 울리고 광풍이 사라지자 사봉희의 모습이 보였다. 붉은 선
혈을 가슴에서 쏟아낸 듯 시뻘겋게 물든 앞섶을 보자 취소걸은 외마디 소리
를 질렀다.

"누, 누님!"

번개같이 달려와 그는 사봉희의 신형을 잡아채었다. 그리고는 품속에 안
아 그녀의 상세를 살폈는데 그때였다. 사봉희의 입술이 열렸다.

"내… 내 피가 아니야! 내가 아니야!"

"…예?"

취소걸은 눈을 동그랗게 떴다. 자세히 보니 사봉희는 상처를 입지 않았다.
그녀의 앞섶에 흐른 붉은 피는 그녀가 아닌 다른 사람의 피였던 것이다.

그리고 그 순간 사람들의 귓가에 둔탁한 소리가 들려왔다.

쿠우웅… 떨그렁…….

둔중한 소리 이후에 쇠붙이의 쨍쨍한 소리가 들려오자 사람들은 고개를
돌렸다. 그리고는 두 눈을 부릅뜬 채 소리가 나는 방향으로 몸을 움직였다.

"쿨럭… 컥. 커억!"

입에서 진한 선홍색의 피를 게워낸 채 바닥에 쓰러진 그는 바로 호월이었
다.

"호월! 호월!"

사봉희는 얼른 일어나 호월을 향해 달려갔다. 그리고는 두 팔로 그를 안은
채 흔들었지만 호월의 닫힌 두 눈은 잘 떠지질 않고 있었다.

그렇게 얼마나 흔들었을까? 목청껏 소리치던 사봉희의 목소리가 조금씩
쉬어갈 때였다. 호월의 눈이 살짝 떠지고 있었다.

"호월! 호월!"

"……."

호월은 그저 사봉희를 바라보고 있었다. 그는 눈으로 그녀의 가슴과 목,
그리고 얼굴을 계속 바라보고 있었는데 문득 그의 입가에 작은 미소가 그려
지고 있었다. 호월의 입술이 달싹였다.

"다……."

"호월……!"

호월은 그녀의 손을 꼭 쥐었다. 그와 함께 사봉희의 귓가에 호월의 목소리
가 들려왔다.

"다행…이오……. 헉……!"

"호월……. 호월~!"

힘없이 잡은 그녀의 손을 떨구는 호월의 얼굴 위로 사봉희의 눈물이 샘물
처럼 떨어지고 있었다.

2

사봉희는 분명히 보았다, 호월의 악 다물린 얼굴을. 그는 손을 멈추려 했
지만 그것이 마음대로 되지 않는 듯 보였다. 그러다 호월이 생각한 것이 허
공으로 몸을 빼는 것이었다. 사봉희는 호월이 하늘 가득 몸을 빼내는 것을

보았다.

그때 호월은 입에서 많은 피를 뿜어내며 올라갔다. 아마도 내력의 방향을 급격하게 돌려서 그런 것 같았고 허공에서도 호월이 뿜어낸 피가 쏟아졌었다.

두 눈을 감은 채 의식을 잃은 호월을 사봉희는 그저 지켜보며 울 수밖에 없었다. 당예화도 이 자리에 없으니 할 수 있는 일이 아무것도 없었던 것이다.

"호월! 무슨 일이더냐!"

"괜찮은 것이냐!"

저쪽에서 삼목 진인을 상대하던 한천조와 오경우는 대경하며 달려왔는데 더 이상 그들의 뇌리에 삼목 진인은 없었다. 호월의 생사보다도 더 급한 것은 아무것도 없었던 것이다.

두 사람 다 호월을 둘러싸고 걱정스런 눈초리를 던졌지만 두 사람이라고 딱히 방법이 있는 것도 아니었다. 그저 호월의 손목을 잡고 맥이나 짚는 것이 전부였던 것이다.

상황이 이렇게 되자 상당히 묘한 풍경이 연출되었는데 한쪽에 있는 흑의인들도 별다른 반응이 없었고 또 삼목 진인도 상대를 잃은 듯 주위를 두리번거리고만 있었다.

그러다 삼목 진인이 움직였다. 그간 싸워왔던 한천조와 오경우에게 정신이 쏠린 듯 그들을 향해 다가가고 있었는데 이내 그는 신형을 돌려세웠다. 또 다른 사람이 그의 앞에 나타났던 것이다.

무당의 장로인 연도, 바로 그였다. 장검을 손에 든 연도는 조용히 내력을 끌어올린 채 삼목 진인을 노려보고 있었고 바로 덤벼들 태세였다.

스슷… 파아앙.

삽시간에 삼목 진인의 신형이 쭈욱 늘어나기 시작했고 곧바로 연도에게 다가왔다. 그리고 때를 같이 하여 흑의인들도 모두 같이 움직이기 시작하는 그때였다. 달려들던 흑의인들의 움직임이 묘하게 흔들리기 시작했던 것이다.

뭔가 알 수 없는 상황이 일어난 것 같아 사람들은 주위를 훑어보았는데 그러다 삼목 진인의 모습을 보곤 눈을 크게 떴다. 삼목 진인의 가슴께에 붉은 띠 하나가 매어져 있었다. 내력으로 만든 선명한 붉은 띠였다.

아마도 여기 이 흑의인들은 삼목 진인과 연결되어 있는 듯 보이고 있었다. 그리고 모든 사람의 귓가에 누군가의 목소리가 들려오고 있었다.

"이런… 청성의 반도 하나가 정말 무림에 큰 해악을 끼쳤구나. 이 일을 어찌 감당할꼬……."

웅혼한 내력이 깃든 음성은 모든 사람에게 똑똑히 전해주었는데 그때였다. 갑자기 허공에 일진 광풍이 불기 시작했다.

후우우우우…….

한차례 차가운 바람이 지나간 자리에 한 사람의 신형이 나타났다. 백의를 단정히 입은 사람은 머리와 수염 또한 모두 백색이었다. 상당히 나이가 많은 사람임에도 불구하고 그의 얼굴은 붉은 것이 내력 또한 대단한 것 같았다.

그는 나타나자마자 삼목에게 향했다. 그리고는 추상같은 목소리로 그를 향해 소리쳤다.

"패악도 이런 패악이 없겠다. 어찌하여 이런 일을 벌인 것이더냐! 네놈이 정말 강호에 본 파, 청성의 이름을 영원히 지우려 하는 것이더냐!"

"……."

쩌렁한 그의 목소리에 내력이 약한 몇몇 사람들은 비틀거리고 있었는데 소림의 혜오는 그의 말에서 이상한 느낌을 받았다. 본 파라…….

그렇다면 그 역시 청성의 사람이란 뜻이었다. 자세히 그를 살펴보던 그는 이내 눈을 살짝 크게 떴다. 그는 앞으로 나서며 내력을 실어 외쳤다.

"제 기억이 맞는다면 귀하께서는 청성의 분이 아니신지요. 그 옛날 청성의 검을 보여주셨던 적금검 천노 선배가 아니십니까?”

“허허허허……”

천우안은 기분 좋은 목소리를 흘려내었다. 그는 혜오를 바라보며 흡족한 미소를 짓고 있었는데 이어 그의 목소리가 들려왔다.

“설마 강호에 아직 이놈의 이름을 기억하는 사람은 없을 것이라 생각했거늘… 아니, 내 모습을 본 저 호월이란 아이의 일행은 알고 있겠지. 맞소이다, 그대가 당금 소림을 이끄는 분이시오?”

그의 한마디에 모든 사람들의 눈이 놀람으로 물들었다. 호월 일행은 그와는 정반대로 차가운 눈으로 그를 바라보았지만 사정을 모르는 사람들은 그저 눈을 빛낼 뿐이었다.

그가 오고 나서 모든 상황이 종료된 것이다. 아직 숫자가 남아 있는 흑의인들도 그렇고 그렇게 고수들을 괴롭혔던 저 삼목 진인도 제압된 상태이니 이견의 여지가 없었다. 절대의 힘을 보여주는 천우안을 보는 사람들의 눈은 절로 존경을 담고 있었던 것이다.

“호월이란 친구… 결국 실패했나 봅니다.”

“글쎄요, 차 대주께서는 너무 쉽게 판단하시는군요. 제가 아는 은력평호공은 여기까지입니다.”

“예?”

음화선의 말에 차 대주는 눈을 동그랗게 떴다. 딱 봐도 호월은 이미 정신을 잃고 있었고 언제 죽어도 모를 상태였건만 그녀는 그것이 아니라고 말하고 있었다. 상황과 맞지 않는 이야기였던 것이다.

음화선과 차 대주는 이미 오래전에 이곳 무당산의 정상에 올라온 후였다. 저 밑에선 아직 은옥당과 당예화를 실은 마차가 오고 있었지만 그녀는 그보다 먼저 속력을 낸 것이었다. 그리고 상황을 지켜보고 있던 차였다.

호월이 쓰러지고 나서 천우안이 나서기까지 그녀는 전부 보고 있었다. 저쪽 멀리에 쓰러져 있는 호월을 향해 시선을 고정한 그녀는 다시금 입을 열었다.

"지금부터가 은력평호공의 진정한 싸움입니다. 아버님은 저 단계에서 이기지 못하셨지요. 호월이 만일 은력평호공의 참뜻을 깨닫게 된다면 그는 일어설 것이고 아니면 우리 아버님과 같은 길을 걷게 되겠지요."

"……."

마치 남의 이야기를 하듯 음화선은 말하고 있었지만 솔직히 호월이 지금 쓰러진 것엔 그녀의 공도 컸다. 아마 음화선이 은력평호공을 보여주지 않았다면 지금쯤 호월은 쓰러지지 않았을지도 몰랐다.

차 대주는 갑자기 몸이 오싹해 왔다. 언제나 말을 높여주며 싹싹하고 친절한 모습이지만 그녀는 마교의 십만교도들을 이끄는 수장이다. 이럴 때 그 기질이 여실히 드러나는 것이다.

일례로 한쪽 구석에 쓰러져 있는 후연을 들 수 있었다. 그녀의 명을 받아 여당이란 이름으로 강호에서 활동한 그에겐 눈길 한 번 주지 않았던 것이다.

"그나저나 저 적금검노 천우안은 정말 얼굴이 두꺼운 자로군요. 이 상황에서 나타나 뭘 어떻게 하려는지 모르겠습니다. 이미 호월과 한번 부딪친 것으로 알고 있는데 강호에 호의를 가지고 있다고 사람들이 생각할까요?"

"지금 여기 모인 군웅들 중 호월에 대해 제대로 아는 사람도 별로 없습니다. 비록 근자에 이름을 얻어 강호에서 활동한다고 하나 오늘 본 것은 그의 폭주뿐이지요. 하나 천우안은 다릅니다. 한순간에 나타나 상황을 평정했습니다. 그러니 사람들은 천우안의 무공이 더 강하다고 생각할 것입니다. 그가 무슨 이야기를 하든 아마도 다 믿게 될 것입니다."

그녀의 목소리에 차 대주는 고개를 살짝 끄덕였다. 입장을 바꾸어 자신이 그냥 여기 온 강호의 무림인이라 해도 그렇게 행동할 것이었다. 누가 봐도 천우안의 모습은 대단했던 것이다.

하지만 그럼에도 의문이 남는다. 지금까지 후연을 이곳에서 활동하게 한 이유는 바로 이런 상황에 대비하기 위해서였다. 후연이 입을 열면 다 끝이었다. 삼목 진인이 반도라는 것부터가 거짓임을 알게 되는 것이다.

"하나 후연이 있습니다. 그 녀석이 입을 열면 아마도……."

"이미 후연의 말은 설득력을 잃었습니다. 후연이 여당으로 활동한 이상 아무도 그의 말을 믿지 않으려 할 것입니다. 그리고 또한……."

음화선은 잠시 입을 닫았다. 현재의 상황을 냉철하게 되돌아볼 때 그녀는 한 가지 가정을 할 수 있었다. 그간 강호의 소식을 받으면서 이 천우안이란 자의 성격을 나름대로 파악할 수 있었다. 진정 구렁이 같은 인간이었다. 모든 것이 다 확실해질 때까지 나타나지 않고 밑 작업만 계속해 온 것이다.

"그는 아마도 후연의 정체를 알고 있을 겁니다. 그럼 무림의 이목이 어디로 향하겠습니까? 우리 성교로 향하게 될 것입니다."

"설마……!"

그녀의 말에 차 대주는 눈을 동그랗게 떴다. 하나 다른 사람도 아니고 음화선의 이야기이니 믿지 않을 수가 없었다. 그가 아는 교주는 정말 판단력과 예측력이 빠른 사람이었던 것이다.

"글쎄요… 어디 한 번 두고 봅시다."

뭘 두고 보자는 것인지 모르지만 그녀는 그저 빙긋이 웃으며 상황을 바라보고 있었다. 차 대주는 잠시 그런 그녀의 얼굴을 바라보다 같이 고개를 돌렸다. 적금검노 천우안을 향해 사람들이 무엇인가 외치려 하고 있었다.

"여기서 적 선배의 얼굴을 뵈니 정말 감회가 남다릅니다. 하나 지금 이 상황에 대해 설명해 주서야 될 것 같습니다. 대관절 청성에 무슨 일이 일어났으며 왜 이 무당에 검을 올린 것입니까?"

“오… 오랜만입니다. 아미의 연문 사태님, 세월이 참 많이 흘렀군요.”

“아미타불……..”

연문은 불호를 외며 살짝 미소를 지었다. 세월이 흘러 다들 희어진 머리를 하고 있음을 말하는 것인데 확실히 많은 시간이 흘렀다.

천우안이 활동할 당시 연문은 아미의 일대제자로서 상당한 이름을 떨칠 때였다. 이후 천우안은 활동을 접었고 그렇게 사람들의 뇌리에서 잊혀졌다 . 그러다 지금 다시 본 것이다.

“하아… 결론부터 이야기하자면 청성의 혈겁은 이 반도의 짓이오. 무공에 눈이 멀어 하지 말아야 할 짓을 해놓은 것이오이다.”

“…삼목 진인이 그렇게 했다는 말씀이오?”

조금은 믿기지 않는 듯 연문이 다시금 묻자 천우안은 고개를 끄덕였다. 하긴 오늘 보여준 삼목 진인의 모습을 보면 어느 정도 이해가 가기는 했다.

하지만 부족한 말이었다. 왜 그가 청성을 도륙해야만 하는지는 전혀 말이 없는 것인데 천우안은 이어 입을 열었다.

“모든 것은 한 권의 책에서부터 시작된 것이오. 과거 이 나라의 천무대장군까지 지내셨던 서현 장군의 전중뇌검식, 그 책으로부터 이리 된 것이오이다.”

품속에서 한 권의 책을 꺼낸 그는 중인들의 앞에 들어올렸다. 그건 삼목 진인이 가지고 있던 복사본인데 천우안은 그 책을 흔들며 말을 이었다.

“이 잘못된 책을 익힌 것이 실수였소이다. 이 무공은 제대로 된 무공이 아니오이다. 무공이 강해질지는 몰라도 미치게 되는 것이 특징이었소. 또한 이 무공을 익히게 되면 아주 어이없는 일이 발생하게 되오이다.”

“그… 그것이 무엇입니까!”

아미의 은명은 재빨리 물어왔다. 저것이 사실이라면 자신도 삼목처럼 된다는 것이었다. 그저 살육만을 즐기는 그런 자가 되는 것이다.

“반감… 오로지 가슴속에서 증오만이 피어오를 뿐이며 이러한 반감에는 피아의 구분 또한 없습니다. 이런 이유로 지금 삼목이 이렇게 된 것이오.”

“……!”

그의 목소리에 은명은 얼굴이 새하얗게 탈색되었다. 아니, 그녀뿐만이 아니라 칠약회의 모든 사람들이 다 하얀 얼굴이 되었다. 새로운 무공의 길인 줄 알았건만 그것이 아니라 해악을 끼치는 물건이었다니…….

“대관절 이것이 왜 이렇게 세상에 나도는지 모르지만 이건 절대 있어서는 안 될 것이오. 듣자 하니 양성산의 비극도 이 책인 듯싶은데 정말 어이없는 일이오이다.”

쫘아아악!

양손으로 비급을 찢어버리며 천우안이 소리치자 그 모습에 여러 사람의 얼굴은 저절로 미소가 피어오르고 있었다. 정말 광명정대한 모습 그대로였던 것이다.

이대로 가면 모든 사람들이 다 그를 우러러볼 것만 같았다. 그때 누군가의 목소리가 허공에 울려 퍼졌다.

“여태껏 일어났던 일 모두가 고작 그 책 하나 때문이란 말이오? 천우안 당신은 이 일과 전혀 연관이 없다고 하는데 그 말을 우리가 믿으리라 생각하는 것이오? 그렇다면 묻겠소이다. 어째서 호월과 우리 앞에 나타나 살수와도 다름없는 수법을 쓴 것이오이까!”

한천조의 노성이었다. 그는 천우안을 똑바로 노려보며 이야기하고 있었지만 천우안은 여전히 미소를 잃지 않은 채 입을 열었다.

“살수라… 섭섭한 말이구만. 내가 진정 살수를 썼더라면 그때 자네들이 살아났을 성싶은가?”

“…….”

그의 목소리에 한천조는 아무런 말을 할 수 없었다. 하긴 그가 마지막에 최후의 한수를 날리지 않으며 사라졌었고, 그 일로 인해 호월은 살 수 있었다. 봐주었다는 인상이 짙었던 것이다.

물론 그것이 천우안이 살려준 것이 아니라 주위에 화시조 육영산이 있었음을 한천조는 알 길이 없었다. 천우안은 한천조가 아무런 말을 못하자 그 보란 듯 입을 열었다.

"난 그때 내가 하려던 일을 호월이란 친구가 해주길 바랐었지. 하나 그는 아직 미진해도 한참 미진했었네. 그래서 모든 것을 다 그만두고 직접 나서게 된 것일세."

계속되는 천우안의 목소리에 한천조는 뭐라고 반박하고 싶었지만 달리할 말이 없었다. 상황은 점점 그에게 유리하게 돌아가고 있었던 것이다.

"게다가 자네는 그런 말을 할 처지가 아닐 것이야. 저기 있는 저 삼목의 수족이 자네들 마교의 사람이 아니던가?"

"…반도로 알고 있소이다. 이미 그는 우리의 사람이 아니오"

한쪽에서 그저 상황을 바라보던 여당에게 화제가 옮겨지자 한천조는 바로 입을 열었다. 그도 여당이 마교 출신이라는 것은 알고 있지만 전혀 본 기억이 없는 자였다.

또한 그는 여당이 실은 교주의 명령으로 잠입한 것도 알지 못한 터라 그렇게 이야기한 것인데 천우안은 빙긋 웃으며 다시 입을 열었다.

"우리 사람이 아니다라… 그럼 여기 이 삼목처럼 반도란 이야기인데 그런 자가 을목마제도법의 정수를 익혔단 말인가?"

"뭐라! 을목마제도법?"

이번엔 오경우가 비명과 같은 소리를 질렀다. 을목마제도법이라면 절대 반도가 가지고 있을 도법이 아니었다. 마황 비록에 수록되어 있는 도법으로 상당한 신분이 아니면 익힐 수 없는 것이다.

"이런이런, 설마 자네들도 모르고 있었던 것인가? 그럼 이젠 본인이 이야기해야 할 것 같은데?"

슬쩍 여당을 보며 그는 입을 열었고 여당은 자리에서 일어나 신형을 똑바로 잡았다. 피는 더 이상 흐르지 않았지만 이미 그의 몸은 핼쑥해져 있는 것이 언제 쓰러져도 이상하지 않을 정도였다.

그는 잠시 말을 하기 전 심호흡을 가다듬고 있었다. 눈으로는 천우안을 노려보고 있었는데 그가 나타나자 모든 것을 다 알 수 있었던 것이다.

흑의인들은 움직이려면 독특한 내력이 필요했는데 단 세 사람만이 그들을 모두 움직일 수 있었다. 그 능력은 삼목 진인과 자신, 그리고 죽은 조등만이 가지고 있는 능력이었다.

그런데 이점에서 뭔가 이상한 점이 있었다. 조금 전에 삼목 진인이 움직일 때 흑의인들은 왠지 그의 통제를 받지 못하는 듯 보였던 것이고 그러한 생각은 삼목 진인의 상태를 보면서 굳혀졌다.

삼목은 이미 정신이 없는 상태였다. 그 상태는 지금 흑의인들과도 같았고 그 역시 누군가의 지시를 받고 있는 것이었다. 그리고 그게 누군지는 너무나 잘 알고 있었다.

삼목 진인은 눈치가 빠른 사람이었다. 그는 가까이 할 사람과 그렇지 않은 사람을 구별할 줄 알았었다. 아마도 여기 천우안은 가까이 해야 될 사람으로 구분한 것이 분명했다.

평소에 그리도 사람을 잘 보던 그가 딱 한 번 잘못 본 것이 바로 이 천우안일 터였다. 천우안은 그를 배신하고 이 자리에 섰음이 분명했다.

은연중에 느꼈던 삼목 진인의 윗자리에 있는 누군가가 바로 이 천우안이었다. 그렇게 생각하자 모든 것이 다 풀렸던 것이다.

"큭… 무슨 말을 듣고 싶소이까?"

여당은 살짝 비틀린 음성을 내었다. 왠지 그의 장단에 맞추기 정말 싫어서 그런 것인데 뜻밖에도 천우안은 그저 웃기만 했다. 너 같은 놈의 말 따윈 들어도 그만, 안 들어도 그만이라는 표정처럼 보였던 것이다.

"무슨 말을 듣고 싶을까…… 정작 물어보고 싶은 것은 마교의 입장이겠지. 한데 넌 그것에 대해 대답할 사람이 아닌 것 같구나. 난 다른 사람에게 듣고 싶은데?"

"…무슨 뜻이요, 그 말이!"

뭔가 다른 것을 노리고 있는 듯 천우안은 여유를 가득 지닌 채 웃고 있었는데 이미 그의 눈은 여당이 아닌 다른 곳을 보고 있었다. 문득 중인들의 귓가에 낭랑한 소리가 울려 퍼졌다.

"아무래도 선배께선 제 말이 듣고 싶은 모양이군요. 그래, 어떤 말을 듣고 싶으십니까?"

"……!"

뒤에서 들려오는 여린 목소리에 여당은 신형을 살짝 떨었다. 그는 뒤로 돌아서자마자 몸을 땅에 부복시키며 입을 열었다.

"후연… 마황님을 뵙니다."

"뭣! 마황!"

"마교주다!"

여기저기서 술렁임이 들려오기 시작했다. 그의 뒤쪽에 나타난 여인은 다름 아닌 음화선이었다. 조용히 지켜보다 이제야 나타난 것이다.

"수고하셨습니다. 이젠 좀 쉬세요. 그대의 일은 여기까지입니다."

"감사합니다, 마황님!"

스스로를 후연이라 밝힌 여당은 신형을 일으켜 음화선의 뒤쪽으로 움직였고 음화선은 전면에 나섰다. 그녀 역시 천우안처럼 빙긋 웃는 얼굴을 한 채 당당히 버티고 있었다.

"이제야 좀 말이 될 것 같군. 당대의 마황께 물어보겠소이다. 이 모든 일이 그대의 작품이 아니오이까? 아무래도 이 늙은이는 이 멍청한 삼목이 칠약회를 구성한 것도 그렇지만 근자에 일어난 일 모두가 당신의 손에 놀아난 것 같은데…….”

살짝 말꼬리를 흘리며 그는 중인들을 향해 눈을 돌렸다. 그러자 모두의 얼굴에 구름 같은 살기가 피어오르고 있었다. 뭐가 어떻게 되든 마교가 중간에 끼어 있다면 그 사실 하나만으로 족했다. 싸움뿐인 것이다.

“하하하하.”

음화선은 낭랑한 웃음을 흘렸다. 생각할수록 어이가 없다는 표정이 역력했는데 그녀는 잠시 눈을 돌려 주위를 살짝 흘려 보았다.

모두가 다 저 천우안이 원하는 대로 흘러가고 있었다. 그의 한마디에 광분할 준비가 되어 있었고, 바로 그녀를 향해 손을 쓴다 해도 이상하지 않을 분위기였다. 그녀는 잠시 입을 다물다 다시 입을 열었다.

“아주 예리하시군요. 그래서 어떻다는 것이지요?”

“……!”

처음으로 천우안의 얼굴에서 웃음이 사라졌다. 설마 이렇게 나올 것을 예상하지 못했다는 듯한 얼굴이었는데 지금 그의 머릿속은 심히 복잡한 상태였다.

삼목 진인이 쓸데없는 무공을 익히고 있다는 것은 익히 알고 있었고 그것을 약점으로 할 생각이었다. 그를 꼭두각시로 만들면서 천우안은 자신의 무공 한 가지를 머릿속에 심어놓았고 아주 잘 써 먹었다. 그리곤 그를 제압하면서 힘의 우위를 보여주었던 것이다.

그 후의 일은 일사천리였다. 평상시라면 말도 안 되는 일을, 피를 본 사람들은 너무 쉽게 믿고 있었다. 이러한 군중심리를 이용하려는 것이 천우안의 원래 계획이었던 것이다.

이제 마교를 적으로 삼고 그들을 몰아붙이면 되는 것인데 솔직히 이 자리에 저 음화선이 온 것이 좀 의외였다. 호월과 같이 다니는 한천조와 오경우만 해도 충분했던 것이다.

덤으로 호월 역시 그들과 한통속이라 몰아붙이려 했었는데 그 모든 것이 다 어긋나고 있었다. 지금 음화선의 말 한 마디로 말이다.

한마디로 할 말이 없었다. 조금 더 부정하면서 시간을 끌어주어야 중인들의 분노가 극에 달할 것이고 자연스럽게 마교와 중원의 구도가 형성될 것이었다. 그런데 이렇게 빨리 되는 것은 그가 원하는 것이 아니었던 것이다.

금방 달아오르는 냄비는 언제 그랬냐는 듯 쉽게 수그러들기 마련이었다. 생각보다 이 음화선이 앞을 내다보는 재주가 있었던 것이다.

"요악스러운 년! 감히 중원에 분란을 야기하다니!"

"당장에 마교를 섬멸하자!"

여기저기서 웅성거림이 터져 나왔고 음화선의 뒤에 있던 차 대주는 도병에 손을 올리며 앞으로 나가려 했다. 하나 음화선의 제지에 그는 나갈 수가 없었다.

"마황님!"

"기다리세요, 차 대주. 잘된 일입니다."

"……."

뭐가 잘된 일인지 모르지만 일단 차 대주는 참았다. 그러자 음화선의 목소리가 다시 허공에 울렸다.

"이렇게 전 노선배가 원하는 바를 이야기해 주었습니다. 그럼 이번엔 노선배가 말씀해 주시겠습니까?"

"…무얼 말이냐?"

심기가 좋지 않음인지 천우안은 바로 반말로 물었다. 하지만 음화선은 웃음을 잃지 않으며 이야기했다.

"대관절 그 무공의 어디가 사람을 미치게 하는 것인지 알 수 있을까요? 제가 알기론 저기 누워 있는 호월이란 사내도 그와 비슷한 무공을 익힌 것 같은데 그럼 그 역시 미쳐야 정상인가요? 제가 보기엔 그렇지 않던데요?"

"……"

천우안은 입술을 꽉 닫았다. 그저 한 방에 중인들을 몰아가려 했는데 쉬운 일이 아니었다. 그는 잠시 호월의 모습을 바라보다 이윽고 작은 미소와 함께 입을 열었다.

"지금 저렇게 죽어가는 것을 보면서도 그런 이야기가 나오나? 그렇지 않으면 저 친구가 왜 저리 되었겠나?"

"아니오, 호월은 당신이 생각하는 것처럼 그렇게 죽어가는 것이 아닙니다. 무공이 대단하시니 지금 호월의 모습을 잘 알고 계실 텐데요?"

"……"

그녀의 목소리에 천우안은 다시금 입을 다물었다. 사실 그도 알고 있었다, 호월은 지금 죽어가는 것이 아닌, 스스로 치열하게 몸 안의 내력과 싸우는 중임을.

하나 그건 중요한 것이 아니었다. 중요한 것은 지금 그가 하려던 일을 모두 이 어린 계집이 훼방을 놓고 있다는 것이다. 천우안은 눈을 좁히며 다시 입을 열었다.

"허허허, 이렇게 생각이 달라서야……. 이래서는 대화가 힘들지 않겠소이까?"

"어차피 저를 대화로 이길 생각은 하시지 않으셨을 텐데요?"

역시 한마디도 지지 않는 음화선을 보며 천우안은 내력을 서서히 끌어올리기 시작했다. 그와 함께 음화선 역시 내력을 키워 올리고 있었다. 두 사람은 약 오 장여의 거리를 벌린 채 일촉즉발의 상황을 만들고 있었다.

◆第一章◆

십삼월무

두근… 두근…….

가슴의 고동 소리가 들려왔다. 듣고 싶지 않아도 너무도 잘 들려오는 소리에 호월은 오히려 마음이 편해지는 것을 느끼고 있었다. 뭐랄까, 어릴 때 어머님의 뱃속에서 들었던 듯한 소리라고나 할까?

누구의 가슴에서 나오는 소리인지 모르지만 그렇게 편안할 수가 없었다. 순간 그의 머릿속에서 지나온 옛 기억이 떠오르고 있었다.

얼굴도 잘 모를 것 같았던 부모님의 얼굴도 불현듯 떠올랐고 할아버지, 할머니의 얼굴도 떠올랐다. 그리고 망일곡에서 살 때 보았던 그 수많은 사람들, 그들의 모습이 하나하나 다 떠오르고 있었다.

그리고 특히나 잊을 수 없는 얼굴, 송여남과 연헌자의 얼굴도 보였다. 사람은 자애로운 미소를 띠운 채 호월을 바라보고 있었다. 아주 어릴 때 그를 바라보았던 그러한 얼굴이었다.

'허허. 녀석, 그토록 힘이 들더냐? 어떠냐 강호라는 곳을 본 소감이?'

연 숙부가 그에게 물어왔다. 호월은 환상처럼 떠오른 그의 모습을 향해 조용히 입을 열었다.

'강호… 힘든 곳입니다. 이해하기도 어렵구요.'

호월은 담담한 목소리로 대답을 했다. 연헌자가 살아 있을 때 한 번 제대로 이야기도 못해본 그였기에 지금은 성심성의껏 대답하고 싶었다. 문득 옆에 떠오른 송여남의 입술이 열렸다.

'그래서 그냥 이대로 있을 거냐? 좀 더 세상을 살아보면서 강호 속에 숨쉬는 것이 좋지 않을까?'

'……'

송여남의 목소리에 호월은 대답하지 못했다. 그간 숨 가쁘게 살아오면서 선뜻 그러고 싶다라는 말이 떠오르질 않았다. 그저 이렇게 좋은 기분을 느끼며 있고만 싶었던 것이다.

'많이… 힘들었나 보구나.'

송여남은 차분한 목소리로 그에게 말을 하고 있었고, 호월은 그저 고개만 아래위로 끄덕였다. 힘들다라… 정말 그는 힘들었다.

일행을 지키는 것, 그리고 연헌자의 일을 풀어내는 것부터 사람들을 대하는 모든 것이 사실 호월에겐 낯설고 힘들었다. 몸은 비록 강호에서 활동하고 있지만 그의 마음은 전혀 강호에 머물지 못했던 것이다.

돌이켜 보면 그에게 있어 쉬는 것이란 없었다. 언제나 움직이고 또 검을 들고, 그러면서도 마음 한구석은 언제나 무거워지고…….

'그냥…….'

호월은 입을 열었다. 잠시 생각하는 듯 말을 맺지 않았는데 그의 목소리는 이내 다시 연헌자와 송여남의 귓가에 들려왔다.

'그냥… 쉬고 싶습니다.'

호월은 그렇게 눈을 감았다.

"호월! 이게 어떻게 된 일이야!"

"마침 잘 왔어요 예화 형님! 형님이 어떻게든 해봐요!"

눈물 범벅이 된 얼굴로 취소걸은 당예화에게 매달렸다. 당예화는 마도사랑 유강과 함께 은옥당의 신형을 부축하며 겨우 정상에 올라온 참이었다.

아직 은옥당도 기식을 완전히 회복하지 못하고 있어 의식이 없는 상태였는데 호월까지 이렇게 되어버리니 당예화는 완전히 미칠 것 같은 기분이었다. 그는 손을 들어 바로 침을 꺼내었다. 그리곤 시술을 하려다 멈칫했다.

이미 호월은 한 번 시술을 당한 사람이었다. 같은 사람에게 두 번 시술하는 것은 아직까지 해본 적이 없는 것이었다. 자칫하면 전혀 소용없을 수도 있었고, 오히려 화만 불러일으킬 수도 있었다.

이미 호월의 몸은 당예화가 지니고 있는 상식의 수준을 넘어 있었다. 이런 사람을 함부로 시술할 수는 없는 것인데 그런 모습에 취소걸의 다급한 목소리가 들려왔다.

"뭐해요, 예화 형님! 지금 그렇게 멍하게 있을 때예요!"

"……."

살짝 고개를 든 당예화는 자신을 향하는 시선을 바라보았다. 모두가 지금 저 앞에서 대치하고 있는 음화선과 천우안을 보는 가운데 몇 사람만은 자신을 바라보고 있었다. 한천조와 오경우, 탁문일과 취소걸, 그리고 호월을 안고 있는 사봉희까지 모두 자신을 바라보고 있었다. 그들에게 있어 마지막 희망은 바로 자신인 것이다.

결국 당예화는 입술을 꽉 깨물었다. 그리곤 팔을 움직여 호월의 몸에 침을 가져갔는데 호월은 자신을 이해해 줄 것이라 그는 굳게 믿고 있었다. 하나 그는 침을 놓을 수는 없었다.

"잠시만 기다리시게…… 괜찮다면 내가 봐도 되겠는가?"

“…연… 도 장로님?”

나타난 사람은 바로 무당의 연도였는데 그는 잠시 고개를 돌려 쓰러진 은옥당을 바라보다 다시금 호월에게 시선을 던졌다. 죽은 줄 알았던 은옥당이 살아왔으니 기쁠 만도 하건만 그는 지금 중요한 것이 누구인 줄 알고 있었다.

어차피 당예화가 살리지 못하는 은옥당은 그 누구도 못 살리니… 그는 눈을 감고 양손을 호월의 가슴에 얹었다. 그리곤 내력을 운용하여 가슴에 압력을 가하기 시작했다.

‘하면 호월아, 사 낭자는 어찌할 것이냐? 내가 준 검을 그녀에게 주었으니 네 마음 역시 그녀에게 가 있는 것이 아니냐?’

‘…….’

다시금 송 숙부의 목소리가 들려오자 호월은 입술을 꽉 깨물었다. 내내 마음이 아픈 것이 바로 그녀의 안위였다.

‘허허허, 그녀뿐만이 아니지. 취소걸이란 아이와 탁문일이라는 녀석도 있고 한천조와 오경우라는 노인들도 있더구나. 당예화란 의원도 있고……. 그들 역시 이젠 보고 싶지 않은 것이냐?’

‘…….’

이번엔 연 숙부가 그를 아프게 하고 있었다. 사실 그 누구보다 그들이 보고 싶었다. 그렇지 않았다면 그는 지금껏 살아오는 것조차 힘들었을 터였다 그들이 있었기에 호월은 이만큼 올 수 있었던 것이다.

그러나 자신이 없었다. 지금 자신을 좀먹는 스스로의 힘을 다시금 가두어 놓을 자신이 없었다. 호월은 입술을 질끈 깨물며 서서히 눈을 떴다.

왠지 눈이 잘 보이지 않았다. 부연 것이 무언가 가로막고 있는 것 같았는데 다름 아닌 그의 눈물이었다. 뜨거운 눈물이 호월의 양 눈에서 귀로 바로 흘러내리고 있었던 것이다.

‘그들이… 그렇게 네 곁을 떠나도 되겠느냐?’

다시금 다짐하듯 연헌자의 목소리가 들려오자 호월은 그를 똑바로 바라보았다. 그러자 연헌자는 다시금 입을 열었다.

‘약속은? 그 팔이 잘린 은옥당이란 아이와 한 약속도 져버릴 것이더냐?’

차분하게 물어오지만 호월의 마음엔 비수가 되어 꽂히고 있었다. 호월은 턱을 부르르 떨며 감정을 다스렸다. 그와 함께 그의 목소리가 허공에 울렸다.

‘떠날 수 없습니다. 그리고…… 지켜야지요.’

호월의 눈에서 신광이 서서히 스며 나오기 시작했다. 그의 가슴속에 강렬한 양강의 기운이 흘러들어 온 것은 바로 그때였다.

“옥당아! 살아 있었구나!”

연도를 따라온 헌우는 기쁨에 소리를 질렀다. 아직은 의식을 잃은 상태지만 그는 분명 살아 있었다. 무엇보다 그 옆에 당예화가 있다는 것이 그를 더욱 기쁘게 하고 있었다.

“천존의 도움입니다.”

“무량수불…….”

같이 따라온 양우와 인성 역시 그를 향해 입을 열었고 그러자 헌우는 고개를 연신 끄덕이며 기쁨에 겨워했다. 그러다 그의 눈은 은옥당의 오른손으로 움직였다.

“……”

그의 팔이 잘려 있었다. 살아도 어쩌면 더 이상 무공을 할 수 없을지도 모르지만 그는 개의치 않았다. 그저 살아 있다는 것이 이토록 기쁜 일이라는 것을 이제야 깨달은 것이었다.

이번엔 그의 시선이 연도에게 향했다. 연도는 지금 온 신경을 기울여 호월에게 내력을 쏟아 붇고 있었다. 이미 부풀어 오를 대로 오른 호월의 근육들을 보며 말려야 되는 것은 아닐까 하는 생각이 들었지만 그럴 수는 없었다. 지금 그를 말리면 오히려 두 사람 모두에게 해가 되니 말이다.

＊　　　＊　　　＊

차라리 잘된 일이었다. 이렇게 무공을 겨루는 것이 현 상황을 타개하는 가장 좋은 방법이었는데 그것은 이미 이곳에 있는 무림인에게 무슨 말을 해도 먹힐 리가 없었기 때문이었다.

오랜 세월 마교와 중원의 적대적 관계로 인해 야기된 것이기에 그녀가 어찌할 수 없는 노릇이었다. 그러니 차라리 이렇게 실력으로 말하는 것이 나을 듯싶었던 것이다.

차라리 이 대결에서 이긴다면, 그리하여 이곳에 있는 사람들의 마음속에 은연중에 두려움을 심어 그들이 잠시나마 움찔하는 사이에 상황을 반전시켜 볼 수 있었다. 하나 문제는 상대가 그리 녹록한 것이 아니라는 점이었다.

쉬이잉… 파아아앙!

그저 눈앞으로 치고 나가는 내력인데도 엄청난 파괴력이 있었다. 온몸이 뻣뻣하게 굳어버리는 듯한 느낌이 들었던 것이다. 이대로 가다간 솔직히 그녀는 더 이상의 요행을 바랄 수가 없을 정도의 상황인 것이다.

물론 그녀는 지금 최선을 다하고 있었지만 상황은 점점 어렵게만 되어가고 있었다. 이렇게 나가다간 필패였던 것이다.

고오오오…….

온몸에 고루 내력을 분산시키며 그녀는 자신의 애병을 가슴께로 들어올렸다. 어쨌든 무슨 수를 내야 할 순간이었던 것이다.

＊　　　＊　　　＊

‘컥……’

내력을 올려 그것을 다시 몸 안에 담으려 했지만 호월은 이내 비명을 질러야만 했다. 도저히 무리였다. 이번에 힘을 담아내면 그야말로 끝이었다. 몸이 터져 버리는 것이나 마찬가지였던 것이다.

‘허허허, 녀석, 욕심이 많았었구나. 이 많은 힘을 다 가지고 싶었더냐?’

문득 들려오는 연헌자의 목소리에 호월은 눈을 들었다. 연헌자의 환영이 나타나 그를 향해 웃고 있었다. 호월은 그의 목소리를 기다렸다.

‘세상을 움직이는 힘이 강함만을 일컫더냐? 강호를 다니면서 깨달았을 줄 알았건만 그게 아니로구나.’

‘연 숙부님, 그게 무슨 말씀입니……!’

그를 향해 입을 열었던 호월은 조금 놀랐다. 순식간에 연헌자의 신형은 사라졌고 다른 누군가의 얼굴이 나타나고 있었다. 그건 언젠가 봤던 사람으로 무당의 연도 장로였다.

‘다행이구나 아직 늦지 않은 것 같아……’

‘연도… 장로?’

호월의 목소리에 연도는 고개를 살짝 끄덕였다. 역시나 상반신만 보이는 환영이었지만 분명 그것은 연도였다. 그리고 보니 가슴 한쪽에서 느껴지는 이 청량한 기운이 바로 연도의 무공 같았다.

‘난 언제나 마음의 짐을 가지고 있었단다. 내가 가르쳐 준 그 무엇이 연헌자를 죽게 했다는 마음의 짐이지. 연헌자가 사라지고 난 후 난 매일 그 생각을 해왔었단다.’

연도의 목소리는 쓸쓸하게 느껴졌다. 그가 가진 아픔이 어느 정도인지 짐작할 수 있었는데 그는 잠시 호월을 향해 슬며시 웃어 보이고는 다시 입을 열었다.

'시간이 없으니 본론만 이야기하마. 요즘 들어서 느끼는 것이지만 내가 보여준 십삼월무는 무공이 아니란 생각이 든단다. 모든 것은 다 중도의 힘을 말하는 것일 뿐. 실상 그것이 어떤 성질을 말하는지 그건 중요한 것이 아니라고 생각이 든단다.'

'중도의… 힘?'

더욱더 아리송한 느낌이었다. 도대체 중도의 힘이 어떤 것인지 아무도 모르는데 뭘 어쩌하란 말인가? 그저 듣지 않는 것이 더 나을 듯한 조언이었다.

'네 몸에 머무는 힘은 솔직히 나조차도 감당하기 힘든 것이다. 내가 너에게 이렇게 교감을 하는 이유는 오로지 나의 말을 전하기 위한 것, 내가 연헌자를 그리 만들었고 연헌자가 널 그리 만들었으니 그냥 있을 수는 없어서였다.'

'……'

'중도의 힘은 음도 양도 아닌 반양, 반음의 힘이니라. 그것은 힘이라 불리기보다는 하나의 현상으로 보는 것이 옳을진대 이를 일컬어 자연의 힘이라고 한다. 미증유의 거력을 말하기도 하지만 불어오는 산들바람과 같은 힘 역시 중도의 힘이란다. 모든 것은 다 생각 속에서 나와 생각 속에서 머무는 것이다.'

무리(武理). 이것은 하나의 무리였다. 그간 한번도 들어본 적이 없는 무당의 무리였던 것이다.

'언제나 강한 힘 역시 자연의 힘이고, 약한 힘 역시 자연의 힘이다. 무릇 힘이란 그 시전자의 모든 것을 대변하는 바, 언제나 내가 곧 힘의 모습임을 깨달아야 할 지여다.'

난해하기 이를 데가 없었다. 도대체 어떤 말을 하고 싶어 이런 것을 들려주는지 모르지만 자신의 의식 속에 들어와 이야기하는 연도의 정성은 정말 고맙게 느껴졌다. 이 정도의 내력이라면 모든 힘을 다 뽑아야 가능할 것 같았던 것이다.

'사람과 사람, 그리고 사람과 자연을 이어주는 것도 바로 힘이고 이는 자연의 힘이라 불릴 만하다. 이런 의미를 가슴에 새기고 언제나 겸허해야 한다. 힘은 곧 빌어오는 것이고 다시 돌려주는 것이니……'

'……'

연도의 말은 거기까지였다. 아무런 이야기도 하지 않은 채 그는 사라져 갔고 가슴속에서 치밀어 오르던 한 가지 청량한 기운도 이미 사라진 후였다. 이젠 그의 몫이었다.

'중도의 힘이라……'

호월은 조용히 그의 말을 되뇌이기 시작했다. 그러다 그의 머릿속에 남은 또 하나의 말을 떠올렸다.

'빌어오는 것이고 다시 돌려준다고……?'

그 말을 생각하는 순간 호월은 모든 무공이 다시금 머릿속에 휘도는 것이 느껴졌다. 진파랑십삼퇴에서부터 신법인 무류종환보까지… 꼼꼼히 하나로 생각해 보다 이윽고 어떤 사실에 주목했다.

지금 들었던 이 말은… 표현만 다를 뿐 이미 들어본 적이 있었다. 아니, 들은 것이 아니라 본 적이 있었다. 다름 아닌 은력평호공의 구결과도 일치하는 점이 있었던 것이다.

"장로님!"

"괜찮으십니까, 장로님!"

양우와 인성은 동시에 입을 열었다. 연도 장로는 비틀거리며 호월의 가슴에게서 손을 떼어놓았고 힘이 드는지 가쁜 숨을 쉬고 있었다.

그의 얼굴은 상당히 평온해 보였다. 이젠 할 일을 모두 다 했다는 듯한 모습으로 은옥당에게 향했는데 부드럽게 그의 이마를 짚으며 입을 열었다.

"난 괜찮다. 하나 옥당이 걱정이구나. 안이가 비록 원수는 갚았지만 이대로 세상을 살아야 하는 운명이라니……."

그는 측은한 마음이 들었는지 중얼거렸는데 그때였다. 당예화의 목소리가 들려왔다.

"누가 누구의 원수를 갚아요? 이 지경을 만들어 놓은 것이 그 환안이란 놈입니다! 놈은 칠약회의 하수인이에요. 아직도 모르시겠습니까?"

"…당 소협! 그게 무슨 말씀이오!"

가만히 듣고 있던 헌우의 눈이 확 굳어지며 물어오자 당예화는 그간 있었던 일을 차근히 설명했다. 시시각각으로 사람들의 눈은 변해가고 있었고 결국 그들은 이를 악물 수밖에 없었다.

"환안이 옥당을 이렇게 했다는 것은 이미 그의 입에서 들은 이야기입니다. 여기 있는 사람 다 들었구요. 호월은 은옥당에게 무당을 지켜 달라는 이야기를 듣고 여기에 다시 올라온 것입니다."

"무… 무량… 무량수불!"

헌우의 꽉 다문 입술 사이로 분노에 찬 도호가 터져 나왔다. 이 말이 사실이라면 환안을 용서할 수 없다. 상명을 죽인 것도 그렇고, 어쩌면 지금 장문인 현양자를 몸져눕게 만든 것도 바로 그 일지도 몰랐던 것이다.

그는 자리에서 일어섰고 그와 함께 양우와 인성도 같이 일어섰다. 세 사람은 굳은 얼굴을 한 채 다시 무당파가 있는 곳으로 돌아가고 있었다.

바보였다. 호월 자신은 세상에서 가장 우둔한 바보였다. 모든 것은 이미 오래전에 다 배운 것이었던 것이다.

현풍결, 그가 배운 현풍결이 전부였다. 지금 연도가 말한 것과 얼마 전에 보았던 은력평호공, 어릴 때부터 은연중에 익혀왔던 전중뇌검식과 그리고 현풍결은 모두가 하나를 이야기하고 있었다. 한데 그는 전혀 다른 해석을 내려

버린 것이었다.

정의 자체가 다른 것이다. 힘을 지배하는 것으로 생각하고 그는 여태껏 싸워온 것이다. 더 큰 힘을 위해 큰 힘을 지배하는 식으로 싸워왔던 것이다.

몸은 그저 대자연이 빌려준 힘을 위한 하나의 통로일 뿐이었다. 모든 힘을 그 통로를 향해 움직이는 것이었고, 그 사실을 너무나 어렵게 알아버렸다. 이미 오래전에 아주 쉽게 알 수 있는 것을 말이다.

후인장이 그 열쇠였다. 후인장은 엄밀히 말해서 호월의 내력이 거의 들어가지 않았다. 목표를 지정하는 아주 작은 힘만이 필요할 뿐, 이를 가능케 하는 그 힘은 바로 자연의 힘이었다. 결국은 빌려 쓰는 힘이 가장 강한 힘이었던 것이다.

중도의 힘이란 그런 것을 말했다. 음과 양으로 싸인 세상의 조화 속에서 정확히 그 중도를 표방하며 서로 간의 힘의 균형을 맞추는 것, 그것이 전부였다. 바보같이 세파에 휩쓸려 한쪽으로만 생각해 온 자신이 바보였던 것이다.

음과 양으로 힘을 구분하고 그 음을 움직여 양의 힘을 이끌어냈다. 때로는 그 반대로도 사용한 것이 바로 호월의 무공이었다. 그저 중도를 이루는 그 경계만 자신이 구분지어 주거나 움직여 주면 되는 것이었던 것이다.

모든 것을 알아낸 것 같은 생각에 호월은 마음이 가벼웠지만 한편으로는 두려웠다. 이러한 깨달음들이 틀렸다면 그것은 호월의 죽음을 뜻했다. 모든 힘을 다 자유롭게 놔주어야 했으니 말이다.

현 상태로는 지금 힘을 놔주는 것조차 쉽지 않았다 .그렇게 선뜻 결정을 하지 못할 때였다.

두근…….

또다시 기분 좋은 가슴의 고동이 들려왔다. 언제나 따스한 이 소리를 들으며 호월은 결정했다. 그리곤 자신이 가지고 있는 모든 힘을 다 세상 밖으로 쏟아내기 시작했다.

"예… 예화 형님! 형님!"

"……!"

다급한 취소걸의 목소리에 당예화는 황급히 호월의 곁에 다가왔다. 호월의 몸이 예전 상태로 급격하게 돌아가고 있었다. 부풀어 있던 근육들이 원래대로 돌아가더니 거기에 불거진 핏줄까지 모두 사라지고 있었다.

우두둑!

게다가 그것뿐만이 아니었다. 다치기 전에 모습이었던 호월의 몸이 다시 양성산의 동굴에서 다쳤던 몸으로 되돌아가고 있었는데 그 모습에 당예화는 마음이 덜컹했다. 이러다 정말 호월이 죽는 것은 아닌가 싶었다. 하지만 맥은 분명히 있었다. 죽음을 이야기하는 것은 조금 무리였던 것이다 .

그렇다면 결론은 하나, 호월은 정말 자신의 말처럼 스스로 무공을 버린 것일지도 몰랐다. 하나 그렇다 해도 당예화는 기뻤다. 어쨌든 호월은…… 살아 있게 되니 말이다.

편안했다. 이렇게 몸과 마음이 편할 수가 없었다. 몸 안에 가득했던 내력도 주위를 휘도는 내력도 이젠 모두 사라져 버린 후였다. 하지만 호월은 느낄 수 있었다. 마음을 먹고자 하면 엄청난 내력을 모을 수 있음을 말이다.

음도 양도 아닌 내력, 그 중도의 힘을 호월은 얻었다. 고생을 했지만 이젠 그 의미를 알 것 같았는데 사실 그동안 걸어온 길이 아니면 얻지 못할 힘이었다.

음화선의 아버지 음평환은 여기서 더 큰 힘을 선택했었던 것이다. 그는 방법을 알았지만 그 결과의 예측을 잘못했다. 음평환이 추구하는 힘은 인간이 몸에 담기엔 너무나 큰 힘이었던 것이다.

몸이 돌아온 것도 느껴졌다. 감각이 서서히 살아나는 증거였는데 예전의 그 구부정한 몸에 한쪽 다리가 살짝 짧은 모습 그대로였다. 팔 역시 양팔의 길이가 다른 상태 그대로였고 말이다.

그런데 이상하게도 아프지가 않았다. 예전엔 이 상태로 돌아가면 너무나 고통스러웠는데 이젠 그렇지가 않았다. 아니, 앞으로는 전혀 아플 것 같지 않았다. 이젠 몸이 펴지는 일조차 없을 테니 말이다.

‘……’

점차 몸에서 느껴지는 감각들이 살아나는 것을 느끼며 호월은 눈에 힘을 주었다. 그리고는 서서히 눈을 뜨기 시작했다.

“…호월!”

“……”

제일 먼저 보이는 것은 사봉희의 얼굴이었다. 그녀는 고운 얼굴을 눈물로 범벅을 만들고 있었는데 호월은 손을 올려 그녀의 눈에 고인 눈물을 닦아내었다. 그리고 그때서야 지금껏 느꼈던 그 편안한 고동 소리의 주인을 알 수 있었다.

그녀였다. 사봉희의 가슴에서 울리는 작은 고동 소리가 호월의 마음속 깊이 울려준 것이었다. 새삼 고마움을 느끼며 호월은 조용히 입을 열었다.

“고맙소… 사 낭자.”

“형님!”

“호월아!”

그가 입을 열자 여기저기서 소리가 들려왔다. 호월은 서서히 신형을 일으키며 주위를 둘러보았다.

많은 사람들이 있었다. 물론 자신의 주위에 있는 사람들은 지금 이 무당산의 위에서 저 앞에서 움직이는 천우안과 음화선의 대결을 보는 사람들에 비하면 너무도 초라한 숫자지만 호월은 세상 누구보다 지금 행복했다. 여기 있는 사람들은 모두 그를 위해주는 사람들이니 말이다.

그 사람들을 한 명 한 명 바라보다 호월은 옆에 있는 취소걸의 머리 위에 손을 올렸다. 눈물 자국이 선명한 그의 머리를 살짝 헝클어뜨리며 입을 열었다.

"또 울었나?"

"이씨! 그럼 안 울어요! 호월 형님은 내가 죽으면 그냥 웃을 거요!"

"훗!"

재치 넘치는 그의 목소리에 호월은 작은 웃음을 지었다. 이젠 완전히 옛날의 모습을 되찾아 있었다. 그는 앞으로 살짝 움직이며 연도와 눈을 맞추었다.

"감사합니다."

"…도움이 되었는가?"

호월의 목소리에 연도는 입이 바짝 마르는 것 같았다. 왠지 그의 말이 내내 궁금해지는 순간인 것이다.

호월은 그저 슬며시 웃을 뿐이었다. 아무리 봐도 호월의 몸은 완전히 내력을 상실한 몸이었다. 움직임도 그렇고 그의 몸에선 아무런 기운도 느껴지지 않고 있었다.

호월은 눈앞에 있는 오경우와 한천조를 바라보았다. 그들의 눈엔 지금 호월이 무공을 잃었다 해도 그저 즐거울 뿐이었다. 살아 있다는 것 자체가 바로 기쁨인 것이다.

탁문일과도 눈을 맞춘 그는 옆에 있는 당예화와 은옥당을 바라보고 있었다. 은옥당을 보는 그의 모습에 당예화가 입을 열었다.

"날 믿어라, 호월. 곧 깨어날 거다."

"물론이다, 예화……."

그는 나직한 소리를 남긴 채 앞으로 걸어가기 시작했다. 그가 향하는 곳은 천우안과 음화선이 싸우는 곳이었는데 문득 그의 고개가 살짝 옆으로 틀어지며 또다시 목소리가 들려왔다.

"연도 장로님… 보여 드리겠습니다."

"……."

"이것이… 십삼월무입니다."

"……!"

연도의 눈이 한껏 커졌다. 몸 안에 이는 작은 전율에 그는 턱을 부르르 떨며 소리를 내었다.

"무… 무량… 무량수불! 조사님이시여… 연헌, 이 녀석아……."

서서히 움직여가는 호월의 뒷모습을 보며 연도의 눈에선 얇은 습막이 서리고 있었다.

2

"하아… 하아…."

과연 천우안이었다. 이 정도의 힘이라면 정말 강호에서 일 대 일로 그를 이길 수 있는 사람이 있을까 하는 의문이 들 정도였는데 가쁜 숨을 진정시키며 그녀는 눈을 번뜩였다. 어쨌든 빈틈이 있을 것이라 생각하며 다시금 륜에 내력을 집중하고 있었다.

고오오오…….

역시나 변함없는 소리와 함께 내력이 륜에 담기고 있지만 그 내력이 고르지 않음을 그녀는 알 수 있었다. 다른 사람은 모르겠지만 말이다.

"허허허 이제 승부를 낼 때인가? 그 정도의 무공으로 무림을 어지럽혔다니 말이 다 나오지 않는구나."

“…….”

그녀는 생각을 정정했다. 이 천우안은 자신의 상태를 잘 알고 있었다. 승부를 낸다는 것 자체가 이미 그는 자신있다는 뜻이었다.

“그럼 이 한 수로 끝내기로 하지. 자, 받으시게나!”

과아아앙!

그가 오른손을 휘젓자 강대한 내력이 치달아가고 있었다. 붉은 비단과도 같은 내력이 온통 그녀의 주변을 휘감고 있었는데 순간 음화선은 암담했다. 도저히 피할 곳이 없었던 것이다.

이대로라면 그녀는 압사해 죽고 말 것이었다. 뻔히 함정인 줄 알면서 그녀는 신형을 허공으로 띄울 수밖에 없었다. 그리고 그 순간 천우안의 내력이 변하고 있었다.

촤라라락!

감겨진 내력들이 하나의 창을 만들어 음화선의 발치부터 치달아 올라가고 있었던 것이다. 새로운 내력이 나올 줄 알았던 그녀로서는 낭패였다. 황급히 륜을 내려 이를 방어하려 했지만 속도가 너무나 빨랐다.

막고 어쩌고 할 새가 없었다. 이렇게 죽는구나 생각한 순간, 그녀의 눈앞에 누군가의 신형이 나타났다. 헐렁한 파풍의를 걸친 한 사내였다.

“호… 호월?”

틀림없는 호월이었다. 정확히 이 장여를 떠 있는 자신과 밑에서 치달아오는 천우안의 내력 사이에 있었는데 호월은 아무런 말도 없이 그저 양손을 뻗었다. 그리고는 밑에서 올라오는 천우안의 창날 같은 내력을 양 발 사이에 살짝 끼웠다.

콰가가가가각!

호월이 허리를 틀어 회전하자 천우안의 내력은 모두 호월의 몸에 감기고 있었다. 호월은 그 상태에서 바로 땅에 내려선 순간 귀신이 곡할 장면이 나타났다.

스슷… 콰아아앙!

호월의 신형이 앞으로 귀신처럼 나오더니 뒤쪽에 뭉쳐 있던 천우안의 내력이 폭발한 것이었다. 워낙이 가까운 거리에서 일어난 폭발이라 호월도 다쳤을 듯싶었는데 놀랍게도 호월은 아무런 피해를 입지 않았다. 그저 불어오는 힘에 머리칼만 날릴 뿐이었다.

"……."

뜻밖의 상황에 놀란 것은 음화선뿐만이 아니었다. 천우안 또한 대경하고 있었는데 지금의 이 상황은 그가 만든 것이 아니었다. 내력들이 제멋대로 치달아 움직이더니 결국 이렇게 된 것이었다.

모든 것은 호월이 만들어낸 것이라는 뜻이었다. 도무지 믿기지 않는 현실에 그는 그저 눈만 껌벅일 뿐이었는데 그의 귓가에 호월의 목소리가 들려왔다.

"오랜만이군."

"…뭐라?"

대뜸 나오는 호월의 목소리에 천우안은 눈썹을 꿈틀거렸다. 지난번 만났을 때 그냥 끝냈어야 하는 것을 지금 그는 후회하고 있었다. 마음속에선 당장이라도 가루로 만들라고 소리치고 있었지만 현실은 그렇지 못했다. 호월의 내력이 전혀 측정이 되지 않았던 것이다.

하나 그는 곧 평정을 되찾았고 이내 신색을 회복했다. 그리고는 호월을 향해 입을 열었다.

"아직 회복된 지 얼마 안 되어 상황을 모르는 것 같은데 그만 비켜라. 난지금 강호를 위해 움직이는 중이다."

정의로운 말은 모두 다 갖다 붙이며 말하고 있었지만 호월은 아무런 말을 하지 않았다. 그저 땅바닥에 떨어져 있는 한 권의 찢어진 책을 보고 있을 뿐이었다.

"네가 강호를 위해 움직이든 아니든 난 상관하지 않는다. 그저 예전 일을 기억할 뿐이다."

"…허허허!"

화가 머리끝까지 오르는지 천우안은 그저 웃었다. 천하의 자신에게 너라니…….

"이놈! 감히 어느 안전이라고 말을 함부로 하느냐! 정녕 관을 봐야 눈물을 흘리겠느냐!"

천우안이 노기를 실어 외치자 허공에 쩌렁하게 울려 퍼졌다. 하나 호월은 요지부동이었다.

"네가 날 죽이려 했다면 그건 그냥 넘어갈 수 있다. 하나 넌 그때 우리 모두를 다 죽이려 했다. 내가 화가 나는 것은 그 당시 널 제대로 막지 못했다는 것, 그 기억을 지우기 위해 난 이곳에 서 있는 것이다."

호월은 차분한 목소리로 계속 이야기하고 있었다. 그러자 천우안은 호월을 비웃으며 입을 열었다.

"큭큭, 기억을 지워? 웃기는 놈이구나. 그럼 어디 한번 지워보거랏!"

파아아아앙!

물경 세 개 이상의 내력의 끈이 호월에게 향했다. 눈 한 번 깜박할 사이에 호월의 눈앞으로 이르렀는데, 그때였다.

피이이잉… 꽈가강!

호월의 뒤편에서 굉장한 폭발을 일으키며 천우안의 기운이 땅에 틀어 박혔다. 분명 기운은 호월의 앞에서 툭 꺾이더니 급격한 곡선을 그리며 뒤로 돌아간 것이다.

"이놈! 이게 무슨 사술이더냐!"

호월의 옷깃 하나도 건드리지 못하고 공격이 실패하자 천우안은 악을 썼다. 도저히 있을 수 없는 일이 일어난 것이지만 호월의 입장에서는 당연했다.

그가 내력을 운용해 공격을 한 순간 호월은 이미 음의 기운으로 이동해 버린 후였다. 즉, 음양의 조화를 이루는 그 조화점을 이동시킨 것인데 이로 인해 천우안의 내력이 무위로 돌아간 것이었다. 호월은 가만히 있지만 그의 몸 주변에 흐르는 힘은 무서운 속도로 휘돌았던 것이다.

중도의 힘이란 이런 것이었다. 나의 힘이 아닌, 빌려오는 힘의 성질을 사용하는 것. 작은 깨달음의 차이지만 그 차이는 너무도 컸던 것이다.

"사술이라……."

호월은 그의 말을 되뇌었다. 그리곤 그를 바라보며 다시금 입을 열었다.

"자신이 모르는 무공을 하면 다 사술인가?"

"건방진 놈! 어디 맛 좀 보거라! 하압!"

키이이잉…….

천우안의 손짓이 허공을 가르자 호월의 눈앞에 한 사람의 얼굴이 나타났다. 그는 바로 삼목 진인이었는데 천우안은 순간 삼목의 몸을 감고 있던 자신의 내력을 풀어내었다. 그러자 바로 삼목이 호월을 향해 공격해 왔다.

파파파팟!

순간적으로 호월의 눈앞에 네 명의 삼목 진인이 보이고 있었다. 그들은 모두 호월을 향해 검날을 날리고 있었는데 호월은 그저 가만히 보고만 있었다. 그러던 어느 한순간 호월의 몸을 향해 삼목 진인의 검날들이 모두 꽂혀졌다.

"호, 호월!"

사봉희는 뒤에서 비명을 질렀다. 분명 호월의 가슴에 삼목 진인의 검날이 꽂혀 있었고 호월은 곧 죽을 것만 같았다. 그런데 뭔가 이상했다.

호월이 그냥 서 있었다. 약간 구부정한 상태 그대로였는데 눈을 좁히던 그녀는 이내 눈을 크게 떴다. 삼목 진인의 검들은 모두 이미 옆으로 크게 휘어진 상태였던 것이다.

"대단하군! 도대체 저것이 무슨 무공이지?"

여기저기서 경탄하는 목소리가 들려오지만 그녀의 귓가엔 들리지도 않았다 오로지 호월의 모습만 바라볼 뿐이었다. 그때 호월의 신형이 움직이고 있었다.

스스스스…….

그저 한 발 움직인 것뿐인데 호월의 신형은 너무도 쉽게 네 명 사이를 빠져나가고 있었다. 마치 물 위에 떠 있는 한 개의 나뭇잎과도 같았는데 네 명의 삼목 진인은 다시 검날을 휘돌리고 있었다.

스파파파파파…….

순간 중인들의 눈을 의심하게 만드는 찬연한 검광들이 피어오르지만 단한 개도 호월의 몸에 적중하지 않고 있었다. 호월은 너무도 자연스럽게 그 공격을 피해내고 있었는데 그저 보이는 것이라고는 간간이 보이는 호월의 모습과 삼목 진인의 검광뿐이었다.

그러던 어느 순간 모든 것이 사라졌다. 호월의 손이 삼목 진인의 목 줄기를 쥐고 있었던 것이다.

"커륵……!"

숨이 가쁜 소리를 내면서도 삼목의 눈동자는 여전히 호월을 바라만 보고 있었다. 그 모습에 호월은 한 사람을 생각하고 있었다. 바로 화산의 담우경이었다.

담우경의 모습과 이 삼목 진인의 모습은 너무 닮아 있었다. 그럼 삼목도이미 죽어간다는 뜻이었다. 호월은 그 고통을 덜어주기 위해 손에 힘을 가했다.

우드드득! 떨그렁…….

삼목의 목에서 섬뜩한 소리가 들리더니 이어 그의 손에서 검날이 떨어졌다. 삼목은 신형을 쭈욱 늘어뜨린 채 아무런 행동도 취하지 못했다. 그는 그렇게 호월의 손에 의해 목숨을 다한 것이다.

"그래… 역시 호월 너답다!"

"옥당! 정신이 드냐!"

당예화는 반색을 했다. 은옥당은 어느새 정신을 차려 호월을 바라보고 있었다. 당예화는 은옥당을 부축하며 그의 상체를 세웠다. 일행들이 다가와 모두 은옥당을 향해 웃음 띤 얼굴을 만들었다.

"장로님… 지금 호월의 무공이… 십삼월무인가요?"

그는 연도 장로를 보자마자 입을 열었는데 연도 장로는 그저 수염을 살짝 떨 뿐이었다. 그렇다고 이야기를 해주고 싶지만 왠지 입술이 잘 떨어지지 않았다.

"그래… 그렇구나……."

겨우 그 한마디를 한 채 연도는 입을 꽉 다물었다. 지금 이 순간 그보다 적절한 말은 없을 것이었다.

"놈… 과연 진전이 있기는 하구나. 그 빌어먹을 화산의 육가놈의 짓이렸다?"

"……."

천우안의 목소리에 호월은 눈을 좁혔다. 이자가 서서히 본색을 드러내고 있었다. 호월은 문득 바닥에 떨어진 한 권의 책에 눈길을 주었다.

길게 찢어진 그 책은 다름 아닌 가문의 무공이었다. 그는 그 책을 들어올리며 정성스럽게 흙을 털었다.

"그저 아는 것은 누구에게 배운 것밖에 없는 것이냐, 천우안?"

"뭐라!"

천우안은 열불이 나 죽을 지경이었다. 지금 이놈이 자신을 격장시키는 것을 뻔히 알면서도 참을 수가 없었다. 강호의 배분으로 봐도 한참 어린놈이 바로 호월이니 말이다.

"그렇게 알고 싶다면 이 책을 익혀라, 그럼 알 수 있을 테니."

턱……

천우안의 발 앞에 책을 던지며 호월이 이야기하자 천우안은 더 이상 참지 못하고 내력을 있는 대로 끌어올렸다. 그리고는 호월을 향해 소리쳤다.

"건방진 놈! 고작 허수아비 하나 이겼다고 기고만장하는 것이냐! 오냐 네놈에게 진정한 힘을 보여주마!"

좌아아앙!

머리를 울리는 작은 소음과 함께 천우안의 신형이 좌우로 떨리는 듯하더니 이내 다섯 명의 천우안이 그의 눈에 보였다. 호월은 그 모습에 입가를 살짝 비틀며 입을 열었다.

"역시 삼목에게 무공을 가르친 것은 바로 네놈이었군."

호월의 목소리는 비록 작았지만 모든 사람이 들을 수 있도록 내력을 살짝 실어 보낸 것이었다. 그 목소리를 들은 사람들의 표정은 대번에 변하고 있었다.

"이로서 모든 일은 다 밝혀졌군요, 삼목 진인과 당신은 애당초 한편이겠지요? 이제 당신이 운신하기 편하도록 삼목 진인을 배신한 것이구요. 아닌가요?"

호월의 뒤편에서 날카로운 목소리가 들려왔는데 다름 아닌 음화선의 목소리였다. 그녀 역시 내력을 충분히 실어 외친 것이었고 모든 사람이 그녀의 목소리를 들었다.

"큭… 그래서? 그럼 뭐가 달라지기라도 하는가? 난 여기 있는 사람들 모두

를 다 죽일 수 있는 사람이다. 그저 편하게 해보려고 여태껏 노력한 것뿐이
지. 달라질 것은 없다."

"모두 다 죽이겠다는 말인가?"

건조한 호월의 음성에 천우안은 눈썹을 꿈틀거렸으나 이내 호월의 객기라
고 생각하고 있었다. 그는 비릿한 미소와 함께 입을 열었다.

"네놈은 모를 것이다. 과거 무림의 고수들이 꿈꾸던 이상을. 난 그 이상을
그저 실현시키려고 하는 것뿐이다. 진정한 힘의 추구란 무엇인가를 보여주는
것뿐이란 말이다."

"……"

"어린 네놈이 알 턱이 없겠지. 꼴에 신진 고수라고 장삼품이 나대는 꼴은
정말 눈꼴시렸다. 난 그놈이 잘못된 생각을 가진 것이라 생각한다. 그러니
이런 무당 따윈 필요없는 문파지. 없어져야 할 강호의 문파가 있다면 바로 이
곳이야!"

"…훗……."

호월은 작게 웃었다. 열변을 토하지만 결론은 간단했다. 무당의 조사인 장
삼풍, 그를 시샘하고 있는 것이다. 힘의 추구라는 그럴듯한 포장을 통해 말이
다.

"정말 웃기는 이야기였다. 한데 말이야……."

호월은 말과 함께 오른손을 쫙 뻗었다. 그냥 길게 뻗은 것일 뿐, 아무런 내
력의 기운도 느껴지지 않았는데 그 순간이었다.

달칵… 달칵…….

"……!"

무려 십여 장이 넘는 거리에서 지켜보던 사봉희의 허리에 있던 자헌검이
달싹거리고 있었다. 그녀는 놀란 나머지 재빨리 검을 뽑았고 검은 뽑히자마
자 바로 허공을 날아가고 있었다.

피리리리리링… 턱!

"허… 허공섭물!"

여기저기서 경탄 어린 목소리가 흘러나왔다. 호월은 오른손에 정확히 자헌검의 검파가 쥐어쥔 채 여전히 천우안을 바라보고만 있었다.

"네가 추구하는 힘이란……."

시링…….

허공에 검을 한번 휘두르며 호월은 잠시 말을 끊었다. 기분 좋은 검의 울림을 들으며 호월은 다시 입을 열었다.

"잘은 몰라도 틀린 것 같다."

"뭐라……?"

호월의 목소리에 천우안은 이를 꽉 깨물었다. 더 이상 말 따윈 필요 없었다. 그대로 호월을 향해 다섯 명의 천우안이 달려들고 있었다.

스파파파팟!

과연 천우안, 그 기세는 좀 전에 보였던 삼목 진인에게 비할 것이 아니었다. 엄청난 기운과 속도가 함께했던 것이다.

하나 호월 역시 그냥 당하고만 있지 않았다. 그가 움직이는 순간 호월 역시 빠르게 움직이고 있었다.

스스스슛…….

그저 그림자라고 표현할 수밖에 없었다. 호월은 다섯 명의 천우안 사이에 잠깐씩 보이는 것이 전부였는데 천우안의 공격을 모두 피해내고 있었다.

꽝… 꽈가가가강!

엄청난 진력이 담긴 천우안의 공격은 호월과 그가 싸우는 장소를 초토화시키고 있었다. 호월과 천우안은 피어오르는 먼지에 가려 거의 보이지도 않았는데 그렇게 두 사람이 근 일각 이상 서로 얽힐 때였다.

키리링… 쩌어어어엉!

"크윽!"

답답한 신음성과 함께 누군가의 신형이 먼지 구름 사이를 뚫고 나오고 있었는데 모두의 눈이 그곳으로 향하다 이내 두 눈을 휘둥그렇게 떴다. 팅겨 나온 사람은 바로 천우안이었다. 헝클어진 머리와 잘게 잘려진 옷을 걸친 채 물러선 것이다.

타탓……

이어 먼지 구름을 뚫고 또 한 사람이 나오고 있었다. 한쪽 발을 약간 저는 호월, 그였다. 그는 아무런 변화가 없어 보였는데 천우안은 그 모습에 고래고래 소리를 질렀다.

"이럴 순 없다! 내가 네깟 놈에게 질 수 없어! 그 빌어먹을 십삼월무인지 뭔지는 절대로 있을 수 없는 무공이야!"

구와아아아아아앙!

낭패한 표정이 역력한 천우안은 온 힘을 다해 내력을 끌어 모으고 있었다. 호월은 그저 조용히 지켜보고만 있는 것인데 아직도 천우안은 모르고 있었다.

호월의 무공은 모두 천우안의 무공이 만들어낸 결과였다. 즉, 천우안의 무공이 스스로 자신을 해친 것이다.

호월은 자신에게 밀려오는 내력만큼 천우안에게 돌려주었다. 천우안이 강해지면 강해질수록 호월도 강해지는 것이었다.

십삼월무는 무공이 아니었다. 그저 조화를 추구하는 가장 이상적인 방법이었을 뿐이었다. 하지만 호월은 그곳에 또 하나의 무공을 추가했다.

그것이 바로 전중뇌검식이었고 지금 그가 사용하는 유일한 공격 초식이었다. 십삼월무는 균형만을 맞출 뿐, 그것으로 모든 것을 해결할 수는 없었다.

전중뇌검식의 가장 중요한 점은 언제 어디서나 발출할 수 있도록 하는 신속한 내력의 이동이었다. 그 성질을 이용해 천우안이 보내는 힘만큼 대기에서 반대의 힘을 모아 빠르게 되돌릴 수가 있었던 것이다.

그걸 모르는 천우안은 그저 죽음을 맞을 터였다. 호월은 거의 몸이 보이지 않을 정도로 내력을 감은 천우안의 모습을 보며 앞으로 움직이고 있었다.

"이아아아아압!"

구우우우… 쿠과가가가강!

호월을 향해 수많은 내력의 끈들이 다가오고 있었다. 모두가 강렬한 기운을 담고 있었고, 숫자는 거의 셀 수도 없었다. 하나 호월은 당황할 것이 없었다.

"……."

오히려 그는 눈을 감았다. 그리고 수많은 기운들이 그의 몸에 다가선 순간 호월의 몸은 저절로 반응하고 있었다.

스스스슷…… 콰가가가강!

호월의 몸이 좌우로 떨리고 있었다. 이미 그의 양 발은 허공에 떠 있었고 흘러오는 천우안의 기운에 스스로 밀리고 밀리면서 피하는 중이었다.

"이런 말도 안 되는! 이럴 수는 없다! 크아아아압!"

구아아아아앙!

천우안은 모든 힘을 다 뽑아 호월을 향해 날렸지만 결과는 여전했다. 아니, 호월은 그러면서도 앞으로 다가서고 있는 중이었다.

비록 눈을 감았지만 호월은 이미 느끼고 있었다. 그 느낌 그대로를 믿으며 앞으로 전진하면 될 것이었다. 음이 양으로 흐르는 것을 이용해 앞으로 움직이고 있는 것이다. 이미 저 앞에 있는 천우안의 코앞으로 음의 기운을 흘려 놓은 상태였다.

그러던 그의 머릿속에 새로운 생각이 들었다. 언젠가 무심코 지나 버린 움직임… 한순간에 공간을 통과하는 움직임이 생각이 난 것인데 호월은 기운을 그의 뒤편으로 맞추었다.

“……!”

한데 그 공간엔 이미 음의 기운들이 너무나 많이 모여 있었다. 그건 그 자신이 아니라 천우안이 만들어낸 것이었다. 그 공간을 보며 호월은 양의 기운 속으로 몸을 내밀었다. 그러자 그의 신형이 빛살이 되어 사람들의 눈에서 사라졌다.

파아앗!

“…어떻게…….”

한참 동안 내력을 퍼붓던 천우안은 멍한 표정을 지었다. 지금 호월의 모습이 사라진 상태지만 그가 어디 있는지는 잘 알고 있었다. 바로 자신의 뒤에 있었던 것이다.

“어떻게 이럴 수가 있나! 하압!”

파아아앗…….

순간적으로 허리를 틀면서 호월의 신형을 노렸지만 호월은 마치 철에 달라붙은 자석처럼 항상 그의 뒤를 점유하고 있었다. 그가 속임수를 쓰며 반대로 틀더라도 호월은 전혀 떨어지지 않았던 것이다.

“…….”

더 생각할 것도 없었다. 완벽한 패배. 이미 죽은 장삼풍에게 그는 또 한 번 졌다. 천우안은 조용히 입을 열었다.

“이것이……. 십삼월무?”

모든 것을 포기한 사내의 모습, 호월은 그렇게 느끼고 있었다. 그의 몸에서 이는 기운을 느끼며 호월은 조용히 입을 열었다.

“확신할 수는 없지만…… 가장 가까운 모습일 것이오.”

“…허허허허!”

호월의 목소리에 천우안은 그저 웃었다. 뭘 어찌해야 될지 모르겠다는 듯 그는 껄껄 웃다 이내 대소로 바뀌었다.

"크하하하하하… 크흡!"

파아아아앗…….

천우안의 가슴에서 피분수가 쏟아져 나오고 있었다. 이미 그는 너무 무리한 내력을 운용하고 있었다. 호월을 상대로 강한 힘을 내뿜기 위해 위험한 줄타기를 하고 있었던 것이다.

모든 것이 무너졌다는 상실감에 그는 내력을 거두어들였고, 팽창할 대로 팽창한 혈관들이 모두 터진 것이다. 천우안은 스스로 죽음을 택한 것이다.

*   *   *

"아버님! 어서 움직이셔야 합니다. 조금이라도 변방으로 가야 합니다. 권토중래라는 말도 있지 않습니까?"

"……."

송조승의 말에도 송완은 움직이지 않고 있었다. 그저 저 밑에 있는 무당산 정상에 눈을 박은 채 아무런 행동도 취하고 있지 않은 것이다.

"아버님, 이러다 정말……."

"이미 늦었소이다, 송조승!"

"……!"

송조승은 눈을 휘둥그렇게 뜨며 신형을 돌렸다. 그러자 뒤쪽에 일단의 사람들이 보였는데 바로 모인학과 염천, 그리고 왕안석이었다.

"왕안석……!"

송조승은 발에 힘이 쫙 풀리는 기분이었다. 또 한 번의 기회를 잡았다고 생각하는 순간 허무하게 끝이나니 더 이상 서 있을 힘도 없었던 것이다.

"한나라의 승상까지 지낸 인물로 그에 합당한 태도를 보여주시오."

왕안석의 목소리가 들려오자 송완은 그저 빙긋이 웃을 뿐이었다. 그는 신형을 돌리며 왕안석을 향해 입을 열었다.

"그럼 그에 합당한 죽음을 줄 수 있는가?"

"……."

송완의 목소리에 왕안석은 아무런 말을 하지 못했다. 합당한 죽음이라……. 그만큼 호사스런 죽음은 아닐 터였다. 그의 죄질로 봤을 때 상당한 수준이 될 것은 자명했던 것이다.

"역시 그럴 줄 알았네, 그래서 내 부탁하네. 내 스스로 결단하게 해주겠나?"

"…꼭 그리 해야만 하겠소?"

왕안석은 재차 그의 의도를 물었다. 어쩌면 도망갈 수도 있지 않느냐는 그의 물음이었는데 송완은 쓴웃음을 지으며 입을 열었다.

"그 먼 옛날, 내가 친구인 서현에게 검을 겨눈 후 난 내 스스로 결정한 것이 하나도 없었네. 그 이후로 모든 것은 다 흘러가는 대로 돼버렸지. 죽음만은 그렇게 하고 싶지 않다네."

처량한 죽음이었다. 왕안석은 잠시 생각을 하는 듯하다 이내 입을 열었다.

"그리하겠소이다. 자금성에 가까워오면 내게 말해주시오."

"고맙소이다."

그 한마디를 남기고 송완은 움직이기 시작했다. 송조승과 함께 움직이는 그는 아마도 집으로 갈 것이었다. 그리곤 모든 식솔과 같이 죽음을 맞이하게 될 것이다. 물론 그 광경을 보는 사람은 반드시 있을 것이고 말이다.

일단의 군사와 함께 떠나는 그의 뒷모습을 보며 왕안석은 고개를 흔들었다. 그리곤 눈을 돌려 저 멀리 있는 호월을 바라보았다.

"허허허, 대단한 친구야. 이젠 그가 강호제일의 무공을 지니게 된 것인가?"

"아마도 그럴 겁니다. 하나 전 그것보다 저놈의 성질이 두렵습니다. 아마

지독하기로 따지면 저놈이 최고인 것은 확실합니다.”

“하하하, 그런가?”

왕안석은 염천의 말에 기분 좋게 웃었다. 그리고는 신형을 돌려 움직이고 있었는데 그의 등 뒤로 왕안석의 말이 바람결에 흘러가고 있었다.

“아직 우리 사이의 연줄이 끊어진 것은 아니지……. 약속을 잊지는 않겠지, 호월?”

위험할 때 한번은 구해준다는 그의 말, 그는 그것을 기억하고 있는 것이었다. 문득 염천은 또다시 들려오는 왕안석의 말에 귀 기울였다.

“하나 난 그 약속이 지켜지지 않기를 바라네. 자네와 난 언제까지나 좋은 친구로 남고 싶으니 말일세.”

“…….”

그의 목소리에 염천은 웃었다. 그렇게 사라져 가는 왕안석의 뒷모습을 보다 염천은 다시 고개를 돌렸다. 사람들에게 둘러싸이는 호월을 보며 그는 조용히 입술을 열었다.

“…또 보자… 호월…….”

그렇게 염천도 사라져 갔다.

＊　　　＊　　　＊

“호월……!”

사봉희는 호월의 손을 잡고 큰 웃음을 짓고 있었다. 호월은 그녀의 얼굴을 보며 슬며시 웃음만 지을 뿐이었는데 다가온 일행 모두 한 번씩 호월은 눈을 맞추어 주었다.

저 뒤에 표우등과 혜오의 얼굴이 보이고 강호의 사람들도 보였다. 이제 그를 괴물처럼 보는 시선은 이미 사라진 후였다. 새로 태어난 강호의 고수를 보는 경이감이 서린 얼굴들이었던 것이다.

"멋지다, 호월! 잘 봤다!"

"……."

그의 앞에서 이야기하는 은옥당을 향해 호월은 웃음으로 말을 대신했다. 그리곤 한 걸음 뒤로 물러나 입을 열었다.

"잠시 모두들 뒤로 물러나 주시겠습니까?"

"……."

뜬금없는 호월의 목소리에 모두 놀란 눈이 되었는데 호월은 잠시 하늘을 바라보았다. 저 멀리서 새벽동이 떠오르고 있었고 어둠은 서서히 물러가고 있었다.

"언젠가 제게 무공을 가르쳐 주신 연 숙부님의 부탁이 있었습니다."

호월의 목소리에 모두의 눈이 집중되었다. 호월은 마음을 가다듬으며 말을 이었다.

"십삼월무를… 저 하늘에 둥근달이 뜬 날 십삼월무를 추어달라는 말씀을 남기셨지요. 비록 지금 달은 없지만 지금이 그때인 것 같습니다."

"호월……!"

연도는 그저 감격스러울 따름이었다. 더 이상 무슨 말이 필요할까? 그는 양팔을 벌리며 사람들을 물렸고 호월은 서서히 검을 들어올렸다.

콰아아아…….

음과 양의 정중앙을 가르는 검날을 시작으로 그의 검무가 시작되었다. 때로는 장중하고 때로는 가볍게 호월의 검은 새벽 공기를 가르고 있었다.

쩡… 쩌정!

바닥이 쩍쩍 갈라지며 그 웅혼한 힘이 드러나자 사람들은 모두 경탄해 마지않았다. 하나 호월은 두 눈을 질끈 감은 채 그저 검을 휘돌릴 뿐이었다.

'연 숙부님…… 잘 보시고 계시지요?'

질끈 감은 호월의 두 눈에서 작은 눈물이 흘러내리고 있었다. 저 하늘에
떠오르는 붉은 태양의 광채에 반짝이는 호월의 검무는 그렇게 만인의 가슴속
깊이 아로새겨지고 있었다.

외전

짹… 째짹…….

싱그로운 아침이었다. 은옥당은 언제나처럼 개운한 기분을 느끼며 본전을
나서고 있었다.

그의 곁에는 그의 아내가 함께하고 있었는데 두 사람은 말 그대로 하늘에
서 내려온 선남선녀의 모습을 하고 있었다. 다만 흠이라면 은옥당의 한쪽 팔
이 바람에 나부끼는 것뿐, 그 외에 보이는 모든 것은 무당산의 절경과 아주
잘 어울리고 있었던 것이다.

문득 두 사람의 눈에 막 수련을 시작한 무당의 수련생들이 보이고 있었다.
물경 수십여 명에 이르는 문하생이 모두 웃통을 벗고 조천세를 행하고 있었
는데 두 사람이 보이자 그들은 하던 일을 멈추고 공손히 허리를 숙였다.

"장문인을 뵙습니다."

"장문인……."

여기저기서 웅혼한 음성이 들리자 은옥당은 조용히 미소 지었다. 잠시 그

들을 바라보던 두 사람은 이내 신형을 돌려 연무전을 빠져나왔다.

"허허허, 오늘도 참 열심히 하는구려. 날로 본 파의 성세가 늘어나는 것 같아 즐겁습니다."

"모두가 다 장문인께서 노력하신 덕분이지요."

"제가 한 게 있소이까? 다 칠 년 전 호월이 보여준 그 신위 때문이겠지……."

잠시 말을 하는 도중 은옥당의 눈이 아련한 빛으로 변했다. 그리고 보니 무당산의 혈사도 어언 칠 년이 넘은 세월이 흘렀다. 그동안 호월은 전혀 강호에 그 모습을 드러내지 않고 있었다.

"물론 그렇습니다만, 이후 장문인께서도 각고의 노력을 거치시지 않았습니까? 세인들이 좌현검(左炫劍)이라 칭하는 것도 그냥 불리는 말이 아닙니다."

"허허허, 부인께선 이 사람의 얼굴에 금칠을 하시는구려."

은옥당이 껄껄 웃으며 말을 마치자 두 사람은 어디론가로 향했다. 본전의 뒤편으로 빙 돌아온 것인데 이제 초록이 완연한 그곳엔 다른 사람이 먼저 있었다.

"아니, 저 아이는 상유(相遺)가 아닙니까? 또 이곳에서 밤을 샌 모양입니다."

"으음……."

부인의 말에 은옥당은 미간을 살짝 찌푸렸다. 상유란 아이는 남달리 재질이 뛰어났지만 문제가 한 가지 있었다. 바로 예전 호월이 시전했던 십삼월무를 재현하고 싶어하는 것이다.

하나 그것이 쉬운 일이 아니어서 단 한 번도 이를 권한 적이 없었건만 아이는 막무가내였다. 벌써 몇 년째 달의 기운을 받겠다고 밤을 새고 있으니 이젠 더 두고만 볼일이 아니었다.

"그 친구에게 미안하지만 아무래도 아이의 미래를 생각해야 되지 않겠습니까?"

"……"

부인의 말에 은옥당은 동감하면서도 아무런 말을 하지 않았다. 그저 상유를 바라보기만 할 뿐이었던 것이다.

"후우……."

하나 이내 은옥당은 한숨을 쉬었고 신형을 돌리고 있었다. 부인은 그저 그 모습을 웃으며 바라볼 뿐이었다.

*　　　*　　　*

"헉… 헉… 이런 곳에 뭐가 있다고……."

상유는 죽을 것만 같았다. 장문인의 서신을 전하기 위해 멀리 조호산(組虎山)까지 온 것인데 무당에서 근 이백여 리나 떨어져 있는 것이었다.

호랑이의 목을 매단다는 이상한 산 이름에 걸맞게 정말 길도 사람 골탕 먹이기 딱 좋은 길이었다. 산에 들어온 지 벌써 일주일째인데 아직 반도 채 오르지 못한 것이었다.

"이쪽인가?"

오늘도 긴가민가하는 느낌이 드는 곳에서 그는 고민하다 그대로 발걸음을 내밀었다. 한데 그 순간이었다.

"모르면 함부로 가지 마라. 썰렁한 낭떠러지 보고 싶지 않다면 말이야."

"누… 누구냐! 헉!"

갑작스럽게 들려오는 목소리에 그는 신형을 뒤로 돌리다 기겁을 했다. 갑자기 까칠한 수염을 기른 사내가 그의 바로 뒤에 있었던 것이다.

"고놈 참 담력하고는. 옷을 보아하니 무당의 아이 같은데 이곳엔 웬일이냐?"

"저… 저… 저는 펴… 편지……."

너무 놀라 상유는 말을 더듬었는데 하긴 놀랄 만도 했다 곧 날이 저물어 가는데 웬 도깨비 같은 자가 기척도 없이 나타났으니……. 게다가 그는 아직

열한 살의 소년이었다.

"편지? 그럼 옥당 형님이 보낸 서신이냐?"

"저희 장문인을 아십니까?"

"이런 바보가! 빨리 이야기해야지!"

타탓!

말과 함께 괴인은 바로 상유의 신형을 업고 허공을 날기 시작했고 상유는 그저 소리치며 울뿐이었다.

"으아아아악……!"

"아, 누님 그게 왜 내 탓이오! 다 이놈 담력이 적어서 그렇지!"

"그러니 내가 수염이라도 깎으라 했잖아, 이 자식아! 네 꼴 보면 수연이와 진소도 놀라겠다!"

상유는 도무지 정신을 차릴 수가 없었다. 도깨비 같이 생긴 사내 앞엔 미부 한 명이 있었는데 그녀에게 도깨비가 꼼짝 못하고 있었다.

"아이고, 아이야 놀랐지? 그래, 이름이 뭐니?"

"사… 상유… 입니다, 부인."

떨긴 하지만 아이는 깍듯하게 호칭을 말했고 그러자 미부의 얼굴이 단박에 펴졌다.

"아이고 역시 은 대협이라니까? 이렇게 아이들의 교육이 잘 되어 있으니……. 소걸, 너 이 자식아 이 아이 반만 닮아라!"

"아따, 봉희 누님은 날 잡지 못해 아주 안달이오, 그래! 에이 확 장가나 가든지 해야지……."

"제발 부탁인데 좀 가라. 그리고 사라져 줘. 넌 내가 보기에 애들 교육에도 안 좋아."

"……우쒸!"

아옹다옹하는 두 사람은 바로 사봉희와 취소걸이었다. 이젠 중년이 된 사봉희였고, 어엿한 청년이 된 취소걸이었던 것이다.

"이런 놈이 뭐가 좋다고 차기 방주를 찍어? 참 사형도 미쳤어, 정말."

"아, 그게 내가 잘나서 그런 거요? 그 인간이 표 방주님처럼 휙하니 자리 던지고 놀러 다니려고 그러지……."

뚱한 얼굴로 이야기하지만 취소걸은 이미 강호에서 손꼽히는 고수가 되어 있었고 개방에선 더 말할 나위도 없이 중요한 사람이었다. 원래 바쁜 몸이지만 잠시 들른다는 것이 상유를 만나 같이 온 것이다.

두 사람이 원래 티격태격하는 것을 모르는 상유는 그저 어리둥절하고만 있었는데 그때였다. 갑자기 밖이 시끌해지더니 두 명의 아이가 문을 열고 들이닥치고 있었다.

"우아! 삼촌이다."

"와~ 삼촌!"

"어이고! 이게 누구야~!"

상유가 보기엔 딱 도깨비지만 또랑또랑한 어린아이들은 그가 마냥 좋은 것 같았다. 두 아이는 바로 그에게 안기며 재롱을 부렸고 그러자 사봉희의 목소리가 들려왔다.

"야! 자꾸 그렇게 이뻐만 하면 애들 버릇 나빠져!"

"그래봤자 누님만 하겠소? 그치?"

"이게 확 그냥! 어머 오셨어요……."

사봉희는 바로 발작을 하려다 말투가 확 바뀌었다. 상유는 이게 뭔 일인가 싶다 고개를 돌리곤 눈을 크게 떴다.

"호… 호… 호월 대협!"

아무리 어린 그라도 호월의 얼굴은 알고 있었다. 초상화를 그려놓고는 그 얼굴을 익힌 지 벌써 오래전의 일이었다. 그러니 단박에 알아볼 수 있었던 것이다.

아마도 밖에서 일하고 온 듯 온몸은 땀으로 범벅된 채 옆엔 들고 갔던 농기구를 내려놓고 있었는데 약간 구부정한 것이 틀림없는 호월의 모습이었다.

"부인, 이 아이는 누구요?"

"아, 은 대협의 서찰을 가져온 아이래요. 서찰은 거기 탁자에 있어요."

"서신, 그 거리를 이 아이 혼자서?"

호월은 조금 이상한 듯한 생각이 들었다. 절대 그 거리는 아이 혼자 심부름을 올 곳이 아니었다. 호월은 얼른 편지를 펼쳐 들었다.

"……."

잘 읽어나가던 호월의 눈에 웃음이 번진다. 그의 입가에 웃음이 감돌자 사람들은 호월의 눈치를 살피기 시작했는데 그러자 호월은 쓴웃음을 지으며 입을 열었다.

"곧 한 번 일행들을 모아 온다는구려. 그리고 이 아이를 제자로 맡아달라고 합니다."

"예? 아니, 놀러오는 것이야 언제나 환영이지만 이 아이는……."

"부탁드립니다. 반드시 십삼월무를 배우겠습니다!"

아이가 엎드려 절하기 시작하자 사람들은 모두 어이없어했다. 막무가내도 이렇게 막무가내가 없었던 것이다.

"그럼 그렇지, 옥당 형님이 아주 사고뭉치를 보냈구만. 쯧……!"

취소걸은 그럴 줄 알았다는 표정을 지으면서도 내심 잘 되었다는 생각을 하고 있었다. 이러다 호월의 절기가 끊어지는 것은 아닌지 염려했던 것이다.

호월은 자신의 자식들에게도 십삼월무를 가르치지 않았다. 그래서 오히려 사봉희가 아이들의 수련을 가르치고 있었는데 아마도 적합한 재질이 아닌 듯 싶었던 것이다.

"정말 배우고 싶으냐?"

"그렇습니다, 사부님!"

벌써 사부님으로 부르는 것을 보니 이미 보내기는 힘든 상황이었다. 호월은 아이의 신형을 일으키며 조용히 말했다.

"힘든 일이 많을 것이다. 하나 참고 견디어야 할 것이야. 일단 좀 씻고 오너라."

"…감사합니다, 사부님!"

상유는 부리나케 나가자 호월은 그저 웃으며 그의 뒷모습을 바라보았다. 지난 세월 사봉희와 부부의 연을 맺은 뒤 호월의 얼굴엔 웃음이 많이 늘어 있었다.

그는 잠시 아이의 뒤를 따라 밖으로 나갔다. 우물가를 찾아 얼굴을 씻는 아이를 보다 그는 고개를 들었다. 이제 어두워져 가는 하늘을 향해 호월은 나직한 독백을 읊었다.

"허허, 연 숙부… 이젠 제가 제자를 맞게 되네요. 잘하는 것인지 모르겠습니다."

문득 그의 눈에 연헌자의 모습이 보였다. 환영처럼 저 넓은 하늘에 커다란 그의 모습이 그려지고 있었는데 호월은 이어 입을 열었다.

"이젠 검무를 혼자 추지 않아도 될 것 같군요. 제가 잘할 수 있도록… 돌봐주십시오."

웃고 있었다. 환하게 웃고 있는 연헌자의 뒤에는 송여남의 얼굴도 같이 있었다. 아니, 그와 함께 강호를 움직였던 모든 사람이 다 떠오르고 있었다.

그 많은 사람들은 보며 호월은 그저 웃을 뿐이었다. 그리고 그 웃음을 지우지 않은 채 호월은 신형을 돌려 자신의 집 안으로 들어섰다.

스스로 생각하기에 언제나 웃음을 달고 사는 자신은… 세상에서 가장 행복한 사내였다.

『십삼월무』 終

작가의 글

새삼스럽게 많은 글을 쓰신 선배 작가 분들이 존경스럽습니다. 딱 두 번째 쓰는 것인데도 이렇게 힘이 들 줄은 몰랐습니다.

글이란 것이 쓰면 쓸수록 더 알 수 없는 것 같습니다. 어느 정도 쓰면서 마음이 즐거우면 되지 않겠냐는 생각도 해보고, 때론 이성적인 글로 써보기도 했지만 그 어느 것도 정답은 없는 것 같습니다.

왠지 글을 끝내면서도 아쉬움이 남습니다. 한자한자 쓸 때마다 그때는 몰랐지만 출간되고 난 것을 읽으면 괜스레 얼굴이 붉어집니다. 조금만 더 생각했었다면 혹은 조금만 더 신경 썼더라면 더 달라지지 않았을까 하는, 미련으로 남는군요.

부족하지만 끝까지 이 글을 읽어주신 분들에게 고맙다는 말을 먼저 하렵니다. 언제나 글을 끝내면 아쉬움이 남지만 이번 글은 특히나 더 아쉬움이 남습니다. 개인적으로 힘들고 조금은 어려운 시간을 보낸 것은 나름대로의 변명일 수도 있지만 그렇다고 그것이 면죄부가 되지는 않을 것이라 생각됩니다.

각설하고 다음에는 좀 더 성숙된 글을 가지고 찾아뵐 것을 약속드리겠습니다. 끝으로 언제나 제게 힘이 되어준 저의 가족들과 청어람의 김민정 씨께 다시 한 번 감사를 드립니다.